哲读论语

安乐哲与罗思文论语译注

[美]安乐哲(Roger T. Ames) [美]罗思文(Henry Rosemont, Jr.)——译著

彭萍——译

The Analects of Confucious: A Philosophical Translation

中国出版集团
中译出版社

编辑说明

本书由美国汉学家安乐哲（Roger T. Ames）和罗思文（Henry Rosemont, Jr.）合作英译、注释。二人在导言和附录中，针对《论语》中的哲学思想、人物、历史背景及汉语的特点等，详细地作了分析解说。本译作及分析参考了杨伯峻、刘殿爵、吉德炜等多位学者的研究，其中还包括1997年整理完毕、发掘自定州汉墓的《论语》竹简残片，即书中所称《定州论语》。二人的英译文考证充分，注释及分析旁征博引，从中西对比和哲学视角探讨《论语》思想，无论是对《论语》的学术研究，还是中英翻译学的研究都有较高价值。

在安乐哲及罗思文亲属的支持下（罗思文已于2017年去世），中译出版社细致整理材料，将二人的导言、附录及注释译为中文，并将正文部分排为中英对照形式，纠正原稿的一些错讹之处，题名为《哲读论语：安乐哲与罗思文论语译注》出版。

能力不足，水平有限，若见书中不足之处，还望各位读者批评指正。

2022 年 7 月

序

阅读《论语》需要回归孔子最初的“道”。这种“道”古老而又周而复始：两千多年来，无数人都曾沿着这条“道”前行。在我们看来，这条“道”依然非常适合通行，完全可以指导探索者、研究者和人们改善自己目前的状况。

因此，很多读者可能会马上开始阅读本书的译文，在孔子及其弟子的直接带领下进入“道”。不过，对于其他不熟悉地形的人，我们担心路标可能不太容易辨别。与西方的众多哲学家试图以一种与历史和文化无关的方式进行哲学探讨不同，孔子非常关心当时亟待解决的问题，因此《论语》涉及众多人物、地点和事件，当代西方读者很可能对这些内容觉得非常陌生。

为此，我们将介绍文本的历史背景，也许这样会使阅读变得更加轻松。如果能够实现这一目的，我们将非常开心。我们并不是要在历史背景介绍或尾注中把文本中涉及的所有人物、地点和时间都描述一遍，如果这样做，我们的译本会变成一部多卷本的著作，可能无助于阐释孔子的“道”。想了解中国古代历史更多细节的读者可以直接阅读书后的参考书目，以及更侧重于历史导向和阐释语境的译本。

在我们看来，从哲学角度介绍文本非常重要，因为孔子的“道”通往一个在诸多重要方面与我们截然不同的世界。按照我们的观点，那一定是一个宜居的世界，与我们的世界截然不同。我们试图描述那个世界及其居民和他们的语言，希望这些路标能够显著降低当代西方读者的阅读障碍。

我们建议，读者在仔细阅读文本的同时关注哲学方面的材料。实际上，我们从哲学角度的介绍旨在使不同层次的读者都能按照孔子自己的主张走上“孔子之道”，避免带着文本自身所没有的文化内涵和重要性对其进行改写。我们在既定的文化环境中成长，成长中被赋予特定的世界观（各种信念和价值观），这些世界观照亮我们生活的道路，通过必要的文化价值为我们提供前行的阶梯。这种作为照明源的世界观就像柏拉图的太阳，使生活稳定并且可以预期。借助这些明亮的文化之光，我们试图透过窗户观察一种极为不同的文化，我们的光使这扇窗户变成了一面镜子，因此我们看到的都是相似的——是自己的映像。换言之，我们倾向于将自己文化体验中熟悉的部分放在最重要的位置，而将有助于自身发展和丰富自己知识的比较抛在身后。

我们只有始终想着沉淀于中国人生活和思维方式

的不寻常的假设，才能抵抗文化还原论的吸引。这并不意味着对《论语》做某种程度的客观解读是一种天真的想法。《论语》本身隐含的前提是文本必须内化成读者本人的东西。尽管我们相信自己解释性的哲学论据是合理的，但并不希望强制别人接受并因此声称这是对文本的“终极”解读，因为《论语》内容十分丰富。此外，尽管我们的历史性介绍相当直接，且不会引起过多争论（编写过程中我们并没有努力凸显其学术性），但并不意味着我们的哲学素材同样直接且不会引起争议；我们非常尊重的很多学者很可能不同意我们对中国古代社会、人民和语言的部分阐释，并因此不赞同我们对《论语》的至少部分解读。

为更好地说明我们的诠释，也考虑到广大汉学家和其他感兴趣的读者的需要，附录中提供了额外的证据和论据，还附上了有关最近复原的考古手稿（该手稿是现存最古老的《论语》版本）的讨论，这一手稿对我们的翻译很有启发。

这就是本书的结构。希望读者能够深入本书的核心，即《论语》本身；希望看到您沿着我们所说的“道”一路前行。

安乐哲　罗思文

致谢

以前，我们两个人都曾分别参与过主要思想家著作的合作翻译工作，例如孙膑、莱布尼兹等，不过这是我们二人第一次就一份文本的翻译合作。我们都认为此次经历收获颇丰，而更大的收获在于，翻译的过程验证了文本自身的主旨：在他人的帮助下，我们能最有效地遵循并再创造“道”。

大多数情况下，对大部分问题，我们从一开始的意见就十分一致，解读、诠释、使用的语言或哲学论据都得到了相互的支持，这非常令人满意。在起初存在争论的领域，我们分别更深入地详细探究分歧所在，最终达成的解决方案，因为谁也不会觉得最终结果是一种妥协。

与此同时，对于将自己的名字与一位重要而著名的历史人物联系在一起，我们都有些惭愧，或者说至少有点惶恐，因为谈到这个脆弱的行星上影响了古往今来人类生活的人物，孔子或可与拿撒勒的耶稣、佛陀或许还有柏拉图相提并论。就这一点而言，《论语》中引用的

《诗经》中的诗句很好地表达了我们的感受，那就是：“战战兢兢，如临深渊，如履薄冰。”

正是出于上述原因，我们向为完成本书翻译工作提供帮助以及对《论语》进行评论的众位致以诚挚的感谢，是他们的努力让我们的恐惧感至少减轻了一点点。首先要感谢丹尼尔·科尔（Daniel Cole），他对我们的几份翻译稿件反复审校，最终将一份充满学术性、体面而又赏心悦目的完成稿提供给出版商。这是一项烦琐的工作，尤其是将中英文精确并列，进一步增加了工作的难度。

同样要感谢兰登书屋的编辑欧文·洛克（Owen Lock），他对我们的书稿进行了最细致的审读和评论。还要感谢默默无闻的文字编辑，不仅指出了我们（令人尴尬的）语法错误，还使我们在引用文本时保持十分谨慎。

另外，简介、附录和注释的初稿主要由埃伦（Ellen）和伊娃·科森（Eva Corson）母女整理完成，她们热情、聪明、优雅、高效地完成了自己的工作，减轻了丹尼尔·科尔在处理文本方面的工作量。

还要感谢参加我们在夏威夷大学和马里兰州圣玛丽学院举办的《论语》研讨会的学生，他们不仅提醒我们注意自己译文和注释中（有时还是令人尴尬的）明显的错误或矛盾之处，帮助我们指出表达明显不贴切的地方，另外，还激发了我们坚持完成这一事业的激情。

正文和注释中的很多引用来自吉德炜的著作，我们希望，这能清晰地表明，我们深深受益于他的著作。我们将其视为比较哲学家同行，虽然身为著名考古历史学家，吉德炜可能不完全认同这种关联。

在中国，我们的合作者是文物出版社的杨瑾和蔡敏，他们对定州抄本一丝不苟的认真态度和渊博的学识对我们翻译时决定何处、何时改动《论语》通行文本起到了至关重要的作用。希望目前的著作能够配得上他们付出的巨大努力。

最后，我们的译作参考了《论语》的众多研究者和前辈译者的著作，特别是使我们开始了解孔子的三位前辈，我们从他们那里学到了很多，与他们的差异只会令我们惶恐不安，他们是：理雅各、阿瑟·韦利和刘殿爵。

上述所有人均应因传承了历史的智慧而受到赞扬，本书为创新而出现的所有错误均由作者承担责任。

安乐哲于檀香山

罗思文于圣玛丽市

安乐哲（左）与罗思文（右）

目录

导　言

历史及文本背景

孔子

如果评判思想家影响力的标准，是看有多少人曾完全根据其思想的指导，度过自己的一生的话，那么孔子（前551—前479）堪称人类历史上最具影响力的思想家。

和众多古代其他具有划时代意义的人物（苏格拉底、佛陀、耶稣）一样，孔子似乎没有留下任何确信由其撰写的著作，我们对他思想的全部了解，只能根据现存文本中对他教学与生活的记述拼凑而成，这些文本包括《论语》，以及可信度更低的其他旁系作品，如《孟子》《春秋左氏传》等。[1]

无论从出现的先后顺序还是从重要性来看，孔子都堪称中国历史上第一位伟大的老师，他的思想成为中国文化传统得以发展和繁荣的沃土。实际上，在孔子去世大约 2500 年之后，无论现在我们所说的“中国性”是什么意思，都与孔子为后人提供的人格典范密不可分。孔子的影响不仅仅局限于中国。整个中华文化圈（特别是韩国、日本和越南）都围绕着主要源自孔子思想的生活和思维方式演进而来，这些思想在孔子去世后由其弟子和其他人记录下来，与当代对社会、政治、道德和宗教问题的关注并非完全脱节。

孔子出生于古代的鲁国（位于今天的山东省），生活在中国文化繁荣的时期之一。在孔子诞生 200 年前，很多小城邦都效忠于分布在黄河流域的周朝王室，这就是周朝（习惯上认为周朝存续的年代为公元前 1046—公元前 256 年），在周朝结束之后，才出现了之后作为帝国的中国。孔子诞生时，只剩下 14 个独立的国家，其中 7 个最强大的国家为了争夺中原的霸权而互相讨伐。那是一个暴力杀伐逐渐升级的时期。形成这一局面是因为各国均意识到：谁都无法置身事外。所有国家都竞相参加这一零和博弈——失败就意味着毁灭。战斗越来越激烈，就像产前阵痛一样，越来越频繁，越来越严重，预示着帝制下中国的最终诞生。[2]

那时的局势，千差万别的不仅在政治上。知识界，在数百年间争夺学说霸主的“百家争鸣”中，孔子确立了一种模式。他在自己所在的鲁国创建了一座学堂，后来的职业生涯中，他开始作为独立的哲学家，周游列国，说服政治领袖相信，他们学堂中形成的特殊学说有助于社会和政治的成功。孔子去世后数十年间，儒家、法家、墨家、阴阳家、兵家等各个学派的士人也纷纷采取行动，多数被吸引到朝廷资助的学堂。在这些学堂和朝廷内部，各家学派千差万别的政治和社会统一之策引发了激烈的争辩。[3]

孔子自称“述而不作”（7.1）[4]，认为自己是一位传承者而非创新者，是一位古典主义者而非哲学家。这种自传式陈述并非完全准确（无论以何种标准来衡量，孔子都是一位有创见的思想家），不过孔子的这种说法显示了儒家思想的一个基本特点，即尊重和热爱中国文化积淀深厚的历史，这在《论语》中被称为“好学”。孔子认为古代圣王时代一定是人类繁荣的时代，主张恢复过去的统治方式。按照孔子及其引用的另外两部古代典籍《尚书》和《诗经》[5]的说法，古代圣王通过遵守礼俗而非法律和强权统治国民，他们尊重自己的过去，更关心要确保人民物质和精神福祉而非积累个人财富，将维护社会和谐以及其他自然秩序作为自己的主要任务。孔子希望能重新恢复这些传统，并使之世代相传。

作为一名老师，孔子希望自己的学生能够全身心地投入学习。一方面，他宽厚包容，有教无类，“自行束脩以上，吾未尝无诲焉”（7.7）。他特别喜欢学生颜回。颜回很穷，这却使孔子对他更加赞赏（6.11，6.3）。另一方面，孔子要求严格，无法容忍学生不认真热情地对待学习（7.8）。

孔子一生中吸引了大量忠诚的追随者，不仅向他们传授书本知识，还通过课程鼓励多个方面的个性化发展和提升。他的“六艺”包括礼、乐、射、御、书、数，所有这一切不仅使学生掌握实践技能，更是培养学生的道德品格。显然，中国传统上认为，诸“艺”的精通程度，可以显示一个人的品格。

尽管孔子作为一名老师备受欢迎，他的很多弟子也走上了仕途，但他本人在当时的政治实践却只产生了微不足道的影响。他一直在经受这样的挫折。孔子是一位启蒙哲学家，而不是理论哲学家。他渴望积极参与思想和社会潮流，改善依赖于这些潮流的生活品质。在鲁国期间，尽管重要的政治人物多次询问他的建议，希望他能出仕，但是孔子在朝廷中只担任过小官。在职业生涯的晚期，孔子最终被任命为司寇，但其建议也没有被采纳，反而受到鲁国朝廷的无礼对待。在此之前，孔子曾数次短暂前往邻国，不过，在鲁国朝廷的祭祀典礼中受到了不公正的对待后，他决定带着自己的学说再次上路，这一次他游历的范围更加广泛。

这是一段艰难的时光，当时，为相互竞争的政治中心建言献策非常危险。孔子五十出头时，周游列国，向各国献计献策，数次面临死亡的威胁（9.5）。和在国内一样，孔子在国外也仕途失意，最后不得不回到鲁国，作为一名低级顾问度过了生命中的最后几年。根据后来的记载，孔子在晚年还继续修编典籍，最后于公元前 479 年去世，几乎可以肯定，他一生在政治方面毫无建树。

弟子

尽管和西方哲学家一样，孔子对这世界是什么样的，拥有自己的“设想”，但和众多西方哲学家不同的是，孔子没有，也无法试图仅以单纯描述性的语言来传达这种设想（对此，下文将进一步论述）。他对于“道”的设想不仅需要理解，或者需要在与其弟子对世界的“客观”感受相一致的基础上进行接受、修正或拒绝。与此相反，孔子认为，“道”是必须在生活中感受、体验、和实践。他的兴趣在于如何在生活中取得成功，而不是去探索“真理”。[6]

如果这准确描述了作为老师的孔子，考虑到其弟子年龄、背景、受教育程度和性格各异，那么我们就开始理解，为什么在《论语》中，孔子偶尔有泛泛之谈，但更多的时候，常常针对某个弟子的特定问题给出特定答案。有时候，孔子针对相同的问题给出了不同的答案，这可能会让人简单总结为，孔子不是一位始终如一的思想家。可是，进一步仔细阅读之后，会发现相同的问题出自不同的弟子，因此，我们可以合理地推断，孔子是基于学生提问的具体角度（生活、学习、经历）而提供具体答案的（参见 11.22）。

为了最有效地阅读《论语》，接下来，我们必须了解向孔子提问题的人。[7]

颜回无疑是孔子最得意的弟子。颜回每天的生活就是“一箪食，一瓢饮”（6.11），因为好学、真诚而深受孔子的喜爱（6.3）。出于某些不为人知的原因（9.11），孔子认为他的弟子中唯有颜回聪明超群，能够“闻一以知十”（5.9）。颜回比孔子小三十岁，是孔子学说的继承人——这显然可以解释为什么这位弟子英年早逝令孔子悲痛欲绝（11.7-11）。实际上，正如刘殿爵推测的那样，如果最初是由颜回而非《论语》最后五篇中的五位弟子传承，古典儒学也许会有不同的面貌。[8]

子路是孔子另一位著名的弟子，尽管没能像颜回那样一直被视为典范，却也深受孔子喜爱。子路是一位勇敢的活动家，有时候因过于大胆和鲁莽而受到孔子的责备（11.22）。当他询问勇气是否是人类最高尚的美德时，孔子回答道，“君子有勇而无义为乱，小人有勇而无义为盗”（17.23）。与此同时，很明显孔子也很欣赏子路的勇气（5.7），同样明显的是，子路也努力以自己的方式领会儒家之道，特别是在孔子同时与子路、颜回交谈的时候（5.26）。

子贡是一位出色的政治家和商人。尽管孔子嘲笑过子贡吝啬，但相信他可以从政（6.8）。尽管偶尔好管闲事，子贡还是提出了一些重要的问题（7.15，17.19）。很明显，孔子很喜欢他（1.15）。

曾子是孔子弟子中最提倡“孝”的一位（1.9，8.3-7），《论语》中他被称为“曾子”的次数可以证明这一点（8：3-7，19：16-19）。显然，孔子去世后，曾子成为儒家一分派的领军人物。他不是孔子弟子中最敏锐的一位（11.18），不过至少偶尔会详细说明孔子不寻常的观点（14.26）。

子夏是一位学者，在早期经典文本的编撰工作中扮演着重要的角色。他的名字出现在《论语》靠前的篇章（6.13），是能够循道的弟子之一。孔子认为子夏的缺点没有另一位弟子子张那么严重，当然孔子最终还是愿意指导子张的（2.18）。孔子注意到子夏胆怯的毛病（11.16），不过也注意到子夏对深厚文化传统的理解（3.8）。

子张本人经常详细询问一些有关历史事件的意义的问题（5.19），不过很明显，他渴望寻找这些问题的答案，以试图在实践中实现孔子的主张（2.18，2.23）。

冉有在《论语》中是一个奇特的形象。一方面，他是一个平庸的学生，缺乏主动性（11.22）。另一方面，孔子对冉有的从政能力深信不疑（5.8），毫不犹豫地推荐他做官（6.8）。在很多方面，冉有的失败也许是证明《论语》主题的一个重要例证：真正的教育是培养一个人的品格，而不是积累管理技能。冉有最终无法将篡权的季氏家族引回正轨，是因为他缺少令人尊从的品格（3.6，16.1）。

其他弟子或者在文本和注释中有详细描述，或者可以通过所问问题的类型和孔子的回答了解他们的品格。可以看出，对学生来讲，孔子有时候是严厉的导师（14.43）；有时候，根据学生和环境的不同，他又是求"道"路上一位温和、谦逊、极有同情心的伙伴。实际上，在与年轻弟子交流时，孔子无疑拥有绝佳的幽默感（例如 5.7，5.20，11.19，17.1 和 17.4）。7.38 提到了他与学生互动的概况："子温而厉，威而不猛，恭而安。"

正文

孔子去世后不久，几个弟子就开始简要记录下记忆中孔子曾对他们说过的话。孔子第一代学生的部分弟子继承了这一做法，因此，据说孔子去世后一百年间至少出现了 10 本有关孔子生平及其学说的小"册子"，接下来的一百年间还出现了匿名作者编撰的其他十几本甚至更多的小"册子"，又过了一百年，若干这样的"册子"汇编在一起，组成了现在被我们称为《论语》或"孔子语录"的著作。[9]

因此，这部目前囊括了 20 个章节的著作历经了 300 多年才得以成书，将这些篇章编撰成一本著作遇到了众多困难。首先，孔子在世时，中原各国之间征战不休，在他去世后战事变得更为激烈：直到现在，中国还将公元前 475—公元前 221 年这段时期称为"战国时期"。孔子的弟子和再传弟子散落各地；有些被杀，有些创办了自己的流派，毫无疑问，记录下来的东西很多，不过各个文本只有少数抄本得以流通，当然，所有文本都经历了遗失或毁坏。

更糟糕的是，公元前 213 年，秦朝第一位令人敬畏的皇帝（就是兵马俑守护的那一位）统一全国之后不到 10 年，丞相李斯下令烧毁所有与实用技艺无关的书籍。

每种被毁的书籍都有一定数量的副本保存在朝廷的图书馆中，不过秦始皇死后，秦朝开始分崩离析，朝廷的图书馆也被焚为灰烬。[10]

在秦朝的灰烬中，汉朝诞生了，这是中国历史上统治时间最长的朝代之一（前206—公元220）。在汉朝统治的最初一百年里，笼统的“儒家思想”逐渐开始成为帝国的主流思想，这是一种融合了哲学和宗教思想的强化观念，在汉武帝（公元前140—公元前87年在位）登基之后逐渐上升到统治地位。汉朝初期，开始进行对关于孔子及其弟子所有残存材料的整理工作，其中的一项成果就是我们现在看到的《论语》。

关于《论语》的编撰有很多不同的叙述。刘殿爵坚持传统的说法：《论语》是在孔子去世后不久编撰而成的。他认为，《论语》的前15篇在孔子去世后较短时间内编撰而成，最后5篇在孔子第一代弟子思想成熟之后的某个时间编撰而成。

最近，梅约翰坚持认为，《论语》的各篇章的年代难以确定，最终成书大约是公元前150年。白牧之、白妙子夫妇推测，目前文本中的第4篇到第8篇是最古老的部分，均由孔子的亲传弟子编撰而成。第9篇至第11篇可能由再传弟子编撰而成，剩余的篇章，时序和局部顺序各异，但第20篇一定是最新的篇章，大约在孔子去世225年后撰写完成。[11]

考古发掘的文本数量日益增加，这有助于解决“时间”的问题。目前，也许能得出两个结论。第一，近

40 年来，考古发现不断推翻（支持传统的年代测定）很多现代学者的观点及推测。第二，为本书翻译提供资料的定州抄本残片尽管来自公元前 55 年的汉墓，但与流传到今天我们见到的晚得多的文本只存在少数差异。这说明，在此之前，文本的编撰工作已经结束。无论时间之谜作何解，通行本《论语》对定义“中国性”的巨大影响从未受到质疑。

正是出于上述原因，特别是对习惯于线性连续文本的现代西方读者而言，目前的《论语》似乎并不是一个连贯的整体，这一点毫不奇怪。众多编撰者跨越几百年，经过多次分类、再分类、编辑和整理，最终形成了这些“语录”。因此，这些文本最初给人留下的印象是不完整、不连贯，偶尔还会相互矛盾的，这不足为怪。

总之，今天的《论语》作为哲学文本，从头到尾读完它并不是一件轻松之事，尽管我们充分认识到孔子很少有命令式的说教，从来不谈论特定的事物（7.21，9.1，9.4），而是经常通过针对相同的问题给出不同的答案，来引导学生走上正道，这些“答案”都是他基于对学生接受能力的判断而分别提供的。不过，尽管在诠释《论语》的过程中面临这些困难，还是必须再次强调，今天我们所见的文本在此前两千多年的时间里，是每位中国文人都必须研习琢磨的；实际上，他们不仅要记住其中提到了哪些人物，通常还要背诵全文。在 175—183 年间雕刻的熹平石经中，《论语》也被雕刻在石碑上，自宋代[12]以来，不断有石经的残片被发现。中国最后一次以《论语》为基础的科举考试于1905年举行。因此，一代代传承至今的《论语》值得我们像之前70多代先人那样仔细研读。《论语》内在的连贯性远高于第一次阅读时的感受，很多章节都围绕着特定的话题和主题展开，因此，文本的结构随着读者的阅读消化而逐渐显现。

战国时期的其他几种文本也记录了孔子的言论，但在目前的《论语》中找不到。这些文本主要包括《孟子》《左传》和《荀子》。我们早期在评论《论语》时大量使用这三个文本，如果它们与《论语》一贯简洁的记录一致，就可以用来阐释这些记录。还有很多有关孔子的"册子"在多次战乱中未能逃脱毁灭的命运。

其他经典古籍

在《论语》中，孔子经常赞扬富有传奇色彩的古代圣王——尧、舜、禹，传说他们是公元前3000年前后通过禅让制继承王位的统治者。这些富有传奇色彩的统治者是不是历史上真实存在的人物可能永远无法知晓（除了传说，有关他们存在的直接证据非常少），不过孔子及受他影响的传统文化确信这些圣王存在过。我们知道，孔子出生时，中国的文明已经高度发达，至少已经存在了一千年。孔子终生致力于赞美、恢复和推崇这种文明。因此，和在佛陀面前谈论佛教、在基督面前谈论基督教没有意义不一样，在孔子面前谈论"儒学"实际上很有意义：他将一千多年来塑造了中国文化传统的艺术、社会、礼仪、宗教和其他众多实践明确地融为一体并加以大力弘扬。

在孔子之前，有两部典籍记录了中国的传统，孔子在《论语》中引用了这两部典籍。第一部是《书经》（即《尚书》），英译为 *Book of History* 或者 *Book of Documents*[13]。有些学者认为《尚书》的部分内容可能是中国最古老的成文作品，甚至早于商朝（一般认为商朝的存续时间为公元前1600—公元前1046年）后期的甲骨文，还有些学者认为《尚书》不可能早于周朝（一般认为周朝的存续时间为公元前1046—公元前256年）。该书由记录几位圣王和早期三个朝代统治者统治时期的一系列小短文、回忆录和文献组成（见《论语》2.23），这三个朝代是：夏朝（一般认为该朝代的存续时间为公元前2070—公元前1600年）、商朝（殷朝）以及西周。《尚书》绝不是对上古历史的完整记载，人们普遍认为，就连其中最古老的部分也是在其描述的事件发生很久之后才书写而成。[14]

《尚书》的部分内容是对事件的简单编年体记载，其他部分是统治者对其继任者和大臣的告诫。这些训词中不断出现道德、政治、宗教方面的主题，对孔子的信念产生了决定性的影响（这也许是后来的很多评论者相信孔子曾编辑过《尚书》的原因）。《尚书》中描述的很多做法一定受到早期超自然观念的启发，不过书中并没有过多强调这些观念，所占篇幅还不如劝人克己奉公的多，而且孔子及其弟子在讨论《尚书》时也大多忽略了这部分内容。

除了尧、舜、禹，《尚书》中还提到或引证了很多名人，有三位值得特别关注，因为孔子对他们特别敬重。他们是周朝的创建者：文王、文王的儿子武王以及武王的弟弟周公。文王的名字中就包含着“文化”“文雅”“文饰”的意思，他最广为人知的身份是忠于商朝末代君主的诸侯。商朝最后一位统治者是一名欺压百姓的无道暴君。文王经常劝告这位统治者，试图让他改邪归正，不过这种努力并没有成功。文王去世之后，他的儿子武王成功推翻了商朝，正式建立了周朝。身为孝子，武王追封他已故的父亲为周朝的第一位君主。

孔子通过拥护这两位早期的君主，为中国之后的官场一种妥协之道，以解决许多中国官员直接面临的紧张局面：一位有德的大臣该如何侍奉无德的统治者？相信统治者能够通过劝谏和榜样的力量有所改变的大臣可以以文王为榜样；不相信君主会改变的大臣至少可以退隐，或者，更强势一些，可以以尊敬的武王之名竖起反旗。

不过，孔子似乎觉得与这三位王室成员中的第三位最为“心有戚戚焉”（尤见 7.5）。周公至少是两个方面的典范。首先，《尚书》中有一个非常感人的段落，记录了周公代表病重的兄长武王献祭并向先祖祈祷的情景，他恳求祖先治愈兄长，但如果一定要有一位王室成员去世，自己愿意以命换命。事实证明，这些乞求是徒劳的，武王还是去世了，他的王位留给了年仅 3 岁的儿子。于是周公担任了摄政王，不过他并没有篡夺王位，而是在侄子成年后能够独立亲政时立即还政。因此，就像古罗马执政官辛辛纳图斯一样，周公回到了自己的封地颐养天年，他的确是一位值得尊敬的文化名人。

《论语》中引用量第二多的典籍是《诗经》，英译为 *Book of Poetry*、*Book of Odes* 或 *Book of Songs*。[15] 该书经常被孔子引用以佐证其想要强调的部分美学、道德或政治观点，实际上，《诗经》里的 305 首经典诗歌是用来大声吟诵和吟唱的。有些诗歌的确可以读出一些道德含义，但大部分诗歌仅仅是中国最早期生活的写照。有的是爱情诗，有的表达了对儿子或丈夫出征的悲伤之情，有的描写自然、渔猎、友情、节日，还有的描述传奇故事和古代礼仪。总而言之，《诗经》中的诗歌精确地描述了公元前 9 世纪前后中国人（贵族和平民）的日常生活。

在西方，最著名的中国古代典籍除了《论语》，就是《易经》（*Book of Changes*）[16]。和《尚书》一样，虽然《易经》的部分内容也许可以追溯到西周（前 1046—前 771）初期，但我们现在看到的版本经过了数百年的不断充实，在孔子去世多年后才完善成书。《易经》最初是一本占卜书，而且一直也被用作占卜书。作为首屈一指的经典，《易经》一定对孔子后来的思想产生了影响，这点通过阅读《论语》中不同作者创作的“章节”可以发现。孔子在《论语》中至少有一次明确对卦象进行了解释（13.22）。还有一个版本的《论语》提及孔子晚年时学习《易经》（7.17），1973 年马王堆出土的儒家注疏更加证实了这种说法的可信度。尽管我们依据的是并没有提及《易经》的定州抄本，马王堆版本的差异说明《易经》在中国精神生活中有着持久的重要影响。[17]

目前儒学经典中还包含（部分也许在孔子生前就已经存在）三部有关礼仪的典籍，即《周礼》（*Rituals of Zhou*）、《义礼》（*Appropriateness and Rituals*）和《礼记》（*Records of Rituals*）。[18] 另一部历史典籍《春秋》是有关公元前722—公元前481年鲁国朝政大事的编年史，正是因为这部编年史的名字，这段时间后来被称为“春秋”时期。这部典籍简练地概括了朝政大事，以此为基础人们撰写了一系列注疏，成为汉朝训诂研究的焦点。[19] 另外似乎还应该有一部《乐经》（*Book of Music*），不过，近2000年来都没有发现这部典籍的抄本，甚至连重要的残片也没有流传下来。

在《论语》的最后几章，我们看到了对孔子学说进行传承的开端，当时思想已经成熟的几位弟子在这几章中诠释了孔子的学说。不过，孔子最著名的继承者是后来的孟子（英文译为“Mencius”），活跃在孔子去世后150年前后（约前372—前289）。据说孟子曾受教于子思的门人。子思是孔子的孙子，据说是《中庸》（*Doctrine of the Mean*）的作者，1993年郭店新出土的竹简中有几处明确提到了他的名字。在《孟子》一书中，孟子详细阐释了孔子的观点，对于其他各家的思想，他运用各种技巧与之争辩，捍卫孔子的观点，感情充沛，雄辩滔滔。[20] 孟子后来被尊称为儒家的“亚圣”，这在很大程度上源于他宣称人性本善。《孟子》中的很多段落明显是对

《论语》的诠释，这些内容收录在我们这个翻译版本的注释中。

汉朝之前，孔子另一位最著名的继承者是荀子（约前313—前238）。和孟子一样，荀子也出现在战国时期的百家争鸣中，在“百家”的争鸣者面前捍卫孔子的观点，也许荀子思想中的激情比不上孟子，不过他同样表现得非常文雅，而且更加严谨（至少从西方哲学的角度看是这样的）。荀子吸收了诸子百家的思想，为“儒家思想”作出了重要贡献。他去世一百年之后，儒学被奉为正统思想，荀子对其具有他人无可比拟的影响，堪称“古代儒学的塑造者”，虽然这种说法并不十分恰当。[21]

尽管我们无法确定孔子的这两位著名继承者是否见到过我们今天所看到的《论语》，但他们经常引用孔子的名言。虽然有时候这些名言在目前的文本中找不到，不过这些话语的哲学精神通常与《论语》一致，经过适当的修正，至少对当时的知识分子有所启发。最近马王堆（1973年）出土的《易经》注疏引用了孔子的言论，这无疑丰富了现存关于孔子的资料。这些引文一方面使我们相信当时还流传着更多有关孔子的“文献”；更重要的是，作为孔子的继承者，孟子和荀子的地位当之无愧。

后世的注疏传统

在我们今天所见的《论语》成书后不久，为《论语》注疏这一古老而悠久的传统就拉开了序幕，无论从数量还是质量来看，这一传统也许都能与有关圣经的研究相媲美。

在知识和精神层面，与来自印度的佛教进行了数百年的竞争之后，《论语》和其他儒学典籍经历了中国思想变化的全面再整理和研究，这些变化源自佛学的中国化，也源自帝制下的中国不断发展过程中出现的政治、经济和文化模式的改变。这种对典籍的再整理和研究标志着所谓理学的开端。在知识渊博的学者、哲学家朱熹（1130—1200）的影响下，这一带有浓厚宗教色彩的思想运动在宋朝（960—1279）达到巅峰。[22]

理学将《论语》《孟子》《易经》以及礼仪典籍中的部分主题综合在一起，构建了一个包罗万象的清晰的纯哲学系统，这在古代著作中是很罕见的。它的建立是为了对抗佛教丰富的形而上学体系（及受其影响的道教形而上学体系）。因为无论在文人还是普通人中，佛教的哲学思想都长期占据着统治地位。理学继承了儒学形成初期建立的模式，即具有包容性的儒家思想，吸收一切有助于其对抗其他思想的内容。理学公开否定佛教和道教，却充分吸收来自二者的精神食粮来拓展自身。这并不是说，理学家歪曲了其古典前辈的观点或著作。与此相反，他们运用理学的形而上学方法，增强其宗教色彩，把《论语》和其他早期典籍所描述的儒家生活方式合理化，甚至唯一化，即人若想在审美、道德、精神上取得进步，只能通过履行对家庭和社会的诸多义务来实现。

换言之，朱熹等人认为，他们没有打破儒学传统，反而是回归传统，为孔子及其他古代文化圣贤的观点提供形而上学的基础。其中自我修养的重要性是将早期和后来的儒学联系在一起的一条主线（也是《论语》的基本主题），不仅可以培养审美，而且可以锤炼品德、增进民生福祉、提高洞察力。与早期典籍相比，理学的修身法更注重沉思，但始终如一的是二者对修身和自律的强调。[23] 圣贤并非先验性地脱离于世俗世界。

朱熹对《论语》（和《孟子》）的注疏成为14世纪初期到20世纪对儒家经典最权威的一种解读。除了这两部典籍，朱熹还强调了选自《礼记》的两个篇章的重要性，这两章是《大学》和《中庸》，与《论语》及《孟子》合称“四书”，是中国600多年科举考试必考的经典。

此外，朱熹的文化遗产超越了中华帝国的疆界。西方传教士、商人和学者来到中国并开始翻译儒家典籍时，从各自的中国老师那里把朱熹的注疏传承下去，其中一位成就斐然的里程碑式的人物就是苏格兰长老会传教士理雅各（1815—1897）。直到今天，理雅各的《中国经典》在很多方面都堪称一切翻译活动的标杆。

总之，《论语》（以及广义上的儒家经典）的读者要足够重视孔子在塑造中国思想、政治、文化和日常生活中的重要角色，这一点至关重要。尽管道家和佛家也很重要，但儒家思想才是两千多年来的主流文化，受到一代代文人士子的传承阐发，而且因为政府官员出身士人，儒家思想也正式成为国家意识形态。此外，因为重视传统、礼仪、孝亲、敬祖以及其他民间习俗，儒家思想也成为中国百姓日常生活的准则，因此许多人尽管没有读过《论语》和相关典籍，但他们的实际行动却符合孔子的学说。

如此一来，在中国，孔子不仅仅是众多伟大的思想家之一，他捍卫和提倡古代文化遗产，是中华文明不朽的象征。正因为如此，即使有人与他观点不同（道家和佛家的信徒），有人无法通过阅读典籍了解他的观点，这些人依然尊重孔子。因此，《论语》的精神始终反映在后世儒家的著作和行动中，对整个中国文化产生持续影响。

最后，阅读《论语》的当代西方读者必须牢记，“儒家思想”形成之初受到了道家、墨家、法家和“百家”（先秦各思想学派的统称）中其他各家的挑战。随着时间的推移，佛学渐盛，数百年里，儒家思想因此黯然失色。再往后，儒家思想又受到基督教的挑战，首先是16世纪晚期和17世纪的耶稣会士、方济会士和多明我会士，接着是19、20世纪的新教和天主教传教士。最早进入中国的传教士依靠的是他们对西方经典学说合理性的坚定信念，后来者依靠的则是西方帝国主义列强的炮舰外交，他们也是这样向中国宣扬其思想主张的。当然，在西方自由民族主义、资本主义等外来思想的冲击下，儒家传统的复兴面临巨大的威胁。不过，即使面对所有这些挑战，儒家思想不仅没有消失，还数次复兴，并从试图打击削弱它的势力中汲取新的力量和素材重申自己的主张。因此，断言儒学思想现在对我们没有任何价值的说法是武断的，而且很可能是错误的。

儒学的经久不衰不仅在非西方国家和地区得到了最为成功的（严格地说是经济成就）证明。这些国家和地区在社会现代化的过程中深受儒家传统的影响，比如日本、韩国、新加坡等。“儒学学说”[24]经常被用来解释这种经济上的成功，但按照我们的观点，学说中描述的处于权威地位的孔子与《论语》中贤明的老师大相径庭。我们的孔子不教条（9.4），不在乎个人利益（4.16，7.7），不喜欢争强好胜（3.7），不太重视物质财富（1.15），对财富平等分配的关注超过了财富本身（16.1），本书中的孔子既不专制，也不是资本家。

出于所有这些原因，阅读《论语》不应仅仅出于对古代历史的兴趣，或者仅为研究现代经济。读者应该认真考虑，本书中的诸多内容不仅有助于东亚地区人民，还有助于每个人；不仅有益于过去的文人士子，更有益于当今所有渴望未来变得更体面、更宽仁的人。

哲学及语言学背景

关于语言的形而上学[25]

为了使读者充分领会《论语》的精妙与深奥，作为译者，我们必须首先尝试描述书中所涉及的古代中国人所生活的世界。这是一项艰巨的工作，因为我们用当代英语语法描绘的这个世界是个完全不同的“世界”。这样说并不是为了突出中国的异域风情，中国的花鸟树木、山川河流以及其他绝大部分事物与我们家乡附近的一切并没有根本的差异。也不是说中国古人的所有信仰和观念都与我们自己的截然不同：虽然中国人口众多，信仰观念不尽相同，但其中很多都能在西方找到相似之处。

相反，我们认为关于世界、信仰和观念的所有话语都有预设，这些预设沉淀在话语所用语言的具体语法之中。我们知道，唯一比文化泛化更危险的是走向另一个极端的文化简化，因此我们需要确认并阐述这些预设中的一部分。为确立用于比较研究的一些初始术语，我们在此声明，英语（和印欧语系的其他语言）基本上是重视实体的，倾向于反映事物本质的语言，而古汉语应视为一种重视动作的、倾向于反映事物变化的语言。那么体验一个动态的，充满变化的世界，也许与体验一个充满“事物”，需要与其互动来观察的世界就不同了。

举个例子，某个人庭院中的树显然一年到头都是同一棵树；其实质（潜在的真实）是相同的，尽管这棵树一年四季的外表不同。不过，在生活经验的世界里，我们不必强迫自己关注树的同一性、实质或本质，反而要体验其中的不同：一棵开花、发芽的树，一棵长满绿叶的树，一棵树叶变黄的树，最后是一棵根本没有树叶的树。这棵树看起来不同，可是不同的外表为什么不能是“真实的”？我们可以从变化、联系的角度去感知这棵树，把它与季节相关联，与其他自然现象相关联，与我们自己相关联：这棵树有时候带给我们阴凉，有时候需要清扫满地落叶，有时候需要为它修剪枝条。

如果不了解这种“非实质”的体验世界的理念，这个例子看起来一定会非常奇怪。个中原因并不在于中国人的认知缺乏理性（就我们的理解，中国人的认知是非常理性的），不过至少一部分是因为英语的语法规则，而我们在尝试描述这种认识时是无法完全违背语法规则的。英语的定冠词表示“独一无二的”，在句子中同一个代词指的也一定是同一个对象。因此，我们说“the tree”的时候，指的一定是这棵“独一无二的”树，用“it”指代树时，指的也一定是同一棵树，与季节无关。与此类似，据说，砍倒了一棵樱桃树并勇于承认这件事情的那个男孩一定和美国第一任总统乔治·华盛顿是同一个人。

因此，这里有必要指出（我们将在下一部分更详细地介绍中国的语言）：古汉语没有定冠词（或者说根本就没有冠词），代词的功能也不完全与现代英语中的代词相同。在英语中，句子就是这样的：某事物、本质、物质做某事（或使用动词化的名词）；或使它们具有某种属性（借助助动词构成），本质论实际上变成了英语的一部分——实际上，是变成了所有印欧语系语言的一部分。因此，从作为对象语言的中文（可能描述为动作丰富型语言更贴切）转换成实质丰富型的目标语言英语，需要对英语进行补充以更好地表达中文，我们在翻译《论语》（及上述例句中）的过程中也是这样处理的。

亚里士多德的范畴理论要求我们将体验分解为事物、动作、事物的属性、动作的方式，即名词、动词、形容词和副词。因此，遇到不熟悉的事物，我们的第一反应就是做出这样的判断。“道”被具体化、客观化为“这一个道”（the dao）。可是“道”与主体和客体的联系一样大，与主体的理解能力和各方面的体验感受到都有联系。换言之，“道”挑战了亚里士多德的范畴理论，涵盖所有的范畴。我们对树的体验是“道”的一部分，而各种各样的体验加在一起，才能形成一个整体。

文言“重视动作与变化”的特点可以通过现代汉语口语或者普通话来理解。例如，“东西”（thing）（字面意思为“东面和西面”）就是一种非实质的关联[26]。再如，用语言学的话说，作为中心词的名词短语在英语中前置，在汉语中却后置。英文例句如下：

The young woman who just entered the room is very bright.

汉语中的语序则完全不同，如下：

刚才进屋的小姐非常聪明。

至少对我们两位译者而言，与“中文”的对应部分相比，英语中的“young woman”显然更实质化，缺少动态化（名词化 / 反映实质 vs. 动词化 / 反映关联），中文助动词的缺失更强化了这一印象。

在我们看来，与西方古今思想家不同，中国早期思想家并不关注探求事物的本质。在我们西方人看来，虽然人很容易就能感知到事物发生的变化，但事物的本质却是不变的。与之相反，中国早期思想家似乎认为唯一不变的是变化本身，《易经》清晰地论述了这一点。这一实在 / 认识二元论非常贴近西方哲学思维的核心，与“永恒 / 变化”和“形式 / 实在”之间的区别密切相关，因此如果发现中国早期著作中没有探讨作为基础的存在与变化的认识，我们不应感到惊讶，因为在古代中国人看来，实在与认识是同一的，实在就是变化，发生在自然、社会和个人等各个层面。绝大部分的变化循环往复（树第二年依然开花发芽），和谐统一（开花发芽时小鸟和蜜蜂又会回来）。有些变化是新的（某一年花特别多），还有一些变化出乎意料（树可能被闪电击中）。在一定范围内，我们也许可以创造性地影响这种变化（这样而不是那样地修剪树木），充分认识到这种变化的循环是分层的、系统的，也是不可逆的（有一天树会枯萎死去，人也一样；树的后代将由人的后代培育种植）。显然，在中国的这种世界观里，面对某种定现象，人们更重视感知其变化发展的情境和存续情况（相比于苹果树本身，更容易注意到某个果子里生了虫）。

如果我们在这一点上的阐释是对的，读者就应该预料到在阅读中国典籍时会发现中国人更注重相关性；他们不注重描述事物本身是什么样的，而是描述这些事物在特定时期与其他事物之间如何联系。因此，如果世界是不断变化的，那么这些关系也一定在不断变化，而不是只有树在发生变化。这点可以清晰地从《论语》中讨论人际关系的部分看出。《论语》用了大量篇幅来讨论人际关系。尽管孩子必须终生孝敬父母，孩子与父母之间的关系也会发生变化。小时候，孩子由父母抚养，孩子长大成人，父母上了年纪，孩子又会赡养父母。等他们也老了，成了上了年纪的父母和祖父母，又会再度成为受照顾的人，如此循环。更简单地说，没有人（不仅是父母和孩子）本质上是保护者或被保护者，只有考虑到特定时期与他人的相互关系才能确定一个人的身份。

对于“关联性”的性质，我们需要作出澄清，因为此处可能存在模糊性。在物质世界里，人或物因外部因素关联在一起，因此，当两者之间的关联消失，它们本身依旧完整无缺。这种外在的关联性可以以图表示为：

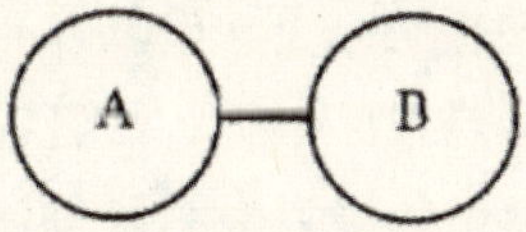

可是，在儒家的世界观中，关联性是固有的，是基本的组成部分。也许用“相关性”来描述更为恰当，图示如下：

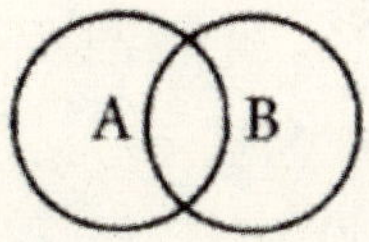

在这种情况下，解除关系就像做一次外科手术，双方所受损害的程度取决于这种特殊关系对双方的重要性。在这样的世界中，人们真正改变着彼此的想法，而不是象征性地改变。

这一点也许可以进一步概括为：任何事物或任何人都没有本质，只能在某个时间点“通过彼此的关联”加以定义，其他时候则拥有不同的关系；具体情况决定了我们是关爱朋友、邻居、爱人、同事等的人，还是受他们关爱的对象。这种思维模式不仅体现在中国早期哲学著作中，也体现在其他种类的著作中。中医草药学认为，在胸背关系中，胸属“阴”（凝聚、柔软、内守），背属“阳”（弥散、坚固、外向）。但在胸腹关系中，胸属“阳”。这些关系又会根据身体状况不同（比如腿骨折、神经损伤等）而改变。也就是说，没有什么东西总是属阴或属阳，只有考虑到与一个或多个其他“事物”的关联，才能根据具体情况确定其当前的阴阳属性。[27]（在这里，我们要顺便提醒一下，既然没有本质，就不可能存在阴柔或阳刚的特质，因此，尽管古代中国社会和帝制下的中国社会都存在家长制的社会结构，但我们一定不要将西方的性别概念强加于中国早期思想家。）[28]

值得我们注意的是，尽管关注的文本对象完全不同，研究中国科技史的著名历史学家南森·席文也得出了和我们几乎相同的结论，这种结论不仅仅局限于医学领域，而是中国所有的科学领域。

与其他地区一样，中国科学思想的发端源于对以下问题的探讨：为何个体在不断变化、不断出现和消亡，而井然有序的自然不仅能够承受这种变化，还能自我适应？西方对这个问题最早的回答认为：我们身边的事物尽管表面不同，但都是由基本元素构成的，这就是自然保持不变的事实。

中国人最早用时间来解释这个问题；放眼历史，时间说也是影响最深远的科学解释。在他们看来，短暂的事件是融入自然循环节奏中的一部分。[29]

我们将席文的观察加以扩展，不仅用于科学领域，还将其用于中国的伦理话语体系。西方科学中的"基本要素"类似于西方道德和宗教中不朽的自我或灵魂（"严格的自我认知"），而中国人却"通过将自己融入自然（和社会）过程的循环节奏"来认识自身。我们在分析关爱者—受关爱者的角色时涉及很多因素，不过时间是基本要素。在西方，老年人常常哀叹"我不再是曾经的我了"（I'm not the person I used to be）。在中国，这句话的字面意思尤其正确。华盛顿将军不同于华盛顿总统，两者都与传说中砍倒樱桃树的男孩没有相似之处。

如果在西方哲学语境中详细叙述这些要点，那么首先，西方科学的"基本要素"是具有某种属性（借助助动词），或能做出某种行为（借助及物或不及物动词）的物质。因此赫拉克利特才会发出疑问：物质（水）都不同了，人怎么可能两次踏进同一条河流？笛卡尔在试图探寻事物本源的过程中认为，有两种物质没有共同属性，因为两者截然不同，一种是实体（广延），一种是精神（思维）。笛卡尔还试着解释了这两种物质是如何相互影响的，但他思想的继承者并不信服。和斯宾诺莎一样，莱布尼兹也认为物质实际上不可能相互影响，不过斯宾诺莎认为，既然如此，那么就只存在单一的物质（有很多状态和属性），莱布尼兹则认为有无数物质。这些单独的物质，即“单子”，不能互为因果和相互影响，但可以全部按照上帝预先谱写好的同一个和谐曲调起舞。

从形而上学的角度讲，也许中国早期的思想家似乎从未认为有什么物质能在时间的长河中保持不变；在我们的解释中，他们关联地看待“事物”，在不同的时期有着不同的关系。作为万物总体的“道”是一个过程，因此汉语既要“变”，又要“通”，从而捕捉到这种动态的特点。《论语》（9.17）就论述了这种体验的动态属性：

子在川上曰：“逝者如斯夫！不舍昼夜。”

西方许多思想家（即使不是绝大多数）则相反，认为我们每一个人在时间的长河中是一成不变的——无论是上帝创造的拥有不朽灵魂的人，还是（从更偏向不可知论的角度看）拥有记忆和道德责任的自我。中国早期思想家，特别是孔子，似乎已经看到了人从孩童到成年人的明显变化和成长。他们认为，成长过程中所受的教育以及形成的各种关系使我们成为不同的人，诸如结婚、为人父母等过程也是如此。关系的数量不断增加，质量不断提高，我们在世界中也不断发展。这种思想不应完全被视为陌生的思想，如果可以说我们“从经验中学习”（特别是从自身的错误中学习），学习的成果难道不正是体现在改变的态度、信仰和行为中吗？我们是仅仅象征性地“改变自己的想法”，还是应该更原原本本地按照字面意思来理解“改变自己的想法”呢？

然而，变化的背后潜藏着规律和连续性；我们的生活既不是随心所欲，也不完全是偶然或心血来潮。有多少子女，就有多少成为孝子、孝女的方式，不过憎恨和无礼等特定的态度和行为不在此范围。新朋友也是朋友，友谊对我们提出了要求，因为真正的朋友一定可以信赖。作为孩子、父母、爱人、朋友等，在“父母”“爱人”“朋友”和“邻居”这些词表示的限定条件内，通过与他人互动时富有创造力的方式，我们展现出自己独特的人格（不是个性）。虽然遵从礼仪化的角色和行为需要个性化，例如，每个女儿都是独特的“唯一的女儿”，但是不要夸大促进成长和举止优雅的正式礼仪的约束效果。

回顾一下《论语》中哪几节通常被认为体现了孔子重视“正名”的思想（6.25、11.16、12.11 和 13.3），就能以另一种方式认识到这一点。这几节的意思相当直白：君君（a ruler, to rule，“rulerly”）可以译为“the ruler should rule”，没有违反英语的用法。其他的英语名词也能起到类似的作用：“臣臣”就可以简单译为“ministers should minister”。可是，如果将“父父”翻译成“fathers should father”就会出现意思上的偏差，因为“father”作动词的含义是“繁殖”。而如果将“子子”翻译为“sons should son”，则肯定不合中文语法。

我们想说的是，我们看到，汉字（包括汉字本身及句中字与字之间）的关联要素之间是动态而又受到约束的，这反映了写下这些字的人是以同样动态而又受到约束的方式体验世界的。“子子”这个短语中既不允许名词不能被动词化，也不允许使用其他动词。

此外，众所周知，在中国的文言中，做主语的名词短语经常省略，使语言读起来有一种动态、富于变化的感觉，因此，在某种程度上强化了世间的存在具有动态、变化的特点。实际上，名词与动词的区别往往让位于一种“动名词的”语言。不是“What do you mean by ‘government’？”（你说的“统治［名词］”是什么意思），不是“What do you mean by ‘to govern’？”（你说的“统治［动词］”是什么意思），也不是“What do you mean by ‘proper government’？”（你说的“善治”是什么意思），而是“What do you mean by ‘governing properly’？”（你说的“正确地统治”是什么意思）。

在查阅阐释这样一个世界的繁体中文词典时（例如2世纪的《说文解字》），我们发现汉字并非通过其基本含义和字面意思来定义，而是借助语义和语音的结合，像文字游戏一样来解释字的意思。例如，“君”是通过与其读音相似的同源词“群”（出自《白虎通义》：“君，群也，下之所归心”——译者注）定义的，其潜在的假设一定是“群聚在一起尊君”。正如《论语》（4.25）所强调的：“德不孤，必有邻。”“镜”的定义是“景”（意为光辉）：镜子是一种光源。“阵”的定义是“陈”（意为陈列、展示）（出自《康熙字典》或南北朝时期的字典《玉篇》——译者注）：阵形最重要的作用是展示力量，威慑敌人。“鬼”的定义是“归”（出自《说文解字》：“人所归为鬼”——译者注）：可能是因为做了鬼就找到了前往更原始国度的道路。“道”的定义是“蹈”（出自汉代字典《释名》：“道，蹈也”——译者注），正如庄子所说：“道行之而成。”[30]在《论语》中，“仁”的定义是“讱”（12.3，意为说话缓慢谨慎），“政”常被注释为“正”（12.17）。

这种释义法的特别之处在于，定义一个词不需要参照物，只需发掘它的联系即可，而且这种联系似乎较为随意。此外，原来的名词性表达默认为动词性表达，“事物”默认为“发生的事件，”这种传统中的一个基本前提是，强调过程重于强调形式。

用对词的理解方式来理解人的时候，我们发现，人和词一样，不是通过某些假定的内在属性（即人身上某些完全相同的标志性特征，使其成为自然人类中的成员）来理解，而是通过探索构成其特定含义关系模式的相应关系来理解。人不被视为高级个体，正如施动者独立于其行动一样，而是由具体家庭和群体中的基本角色和关系（即守礼）所定义的正在发生的“事件”。

文化中的主流哲学预设往往是默许假设的功能，早在叙事过程的初期就形成了，常常反映在其语言中。古希腊的形而上学假设与犹太教和基督教共有的信仰相结合，创造出一种“上帝模式”，其中，一种独立的高级原则决定着世界的秩序和价值，又游离于这个世界之外，使人的自由、自治、创造力和个性成为令人困惑的问题，也成为哲学关注的重点。在中国人看来，体验具有连续、变化的性质，永远是暂时的，他们的这种认识将构成世界（包括人类世界）的“万物”（或者说“万事”更合适）变成了相互联系又独一无二的东西。因此，这些假设产生的首要哲学问题是情境化的艺术：我们如何将这些独一无二的细节关联在一起构成最连贯的整体呢?（这与用蓍草占卜向《易经》“问卦”的基本形式一致）

敬祖是最典型的宗教情感，家庭是人类最基本的单位，仁（也许字面含义更贴近“仁者爱人”）和孝是基本的道德标准、仪式化的角色和关系，礼是公共话语，所有这些策略旨在实现并维持“和”。正如《论语》（1.12）中所述：

> 礼之用，和为贵。先王之道，斯为美；小大由之。有所不行，知和而和，不以礼节之，亦不可行也。

在提及文言中的“句子”后，事物与本质、事件与关系、词语与语法之间的对立可能因此变得模糊了。我们都知道什么是句子（陈述句）：就是陈述一个完整的想法，陈述某事物是真是假的句子。不过，在文言文中，什么样的“句子”才算表达了作者的“完整想法”就不太明确了。例如，陈汉生（Chad Hansen）就认为，中国古代思想家没有将语言视为描述世界或者交流对世界看法的一种基本方法，而是将其视为指导人们如何在世间行事的一种工具。“言说（道）”是一种“指导话语（道）”。换言之，语言既有描述性又有规定性，既影响世界又对世界应该是什么样子提出建议。尽管我们可能会对陈汉生的某些具体观点提出异议，例如他认为“话语”仅限于语言中，而不考虑肢体、礼仪、音乐等其他维度中的话语，不过我们大致认同他的整体观点。[31]

要理解陈汉生的观点，了解他与我们的论点有哪些共同之处，我们必须从形而上学和语法转向宗教。在西方，尽管亚伯拉罕传统三宗教（所谓的亚伯拉罕传统宗教是指犹太教、基督教、伊斯兰教都以亚伯拉罕/易卜拉欣为其信仰的起源——译者注）对上帝属性的认识存在很多差异，但是通过《创世纪》和其他著作可以看出，这些宗教一致认为，上帝出于某种目的，按照计划创造了世界，因此这个世界一定能够被解释和理解，无论进行真正的解释有多么困难。正如《古兰经》中安拉所说：“你们认为我随意创造了这个世界吗？”由此，我们越试图看清楚上帝创造的这个世界的面貌，可能就越能了解为什么上帝要这样创造这个世界，从而明白，作为这个世界的一部分，我们为什么身处其中。

通过这种方式，借助理解“多”背后的“一”，我们来解答生命意义的谜团，一个贯穿西方哲学传统的谜团。通过探索这个“一”，我们发现了“客观性”本身：世界之外有一个特殊位置，从那里出发，可以做出不受时间或环境约束的普遍性的客观陈述。另外，正是根据与“客观的一”的相似性，我们才能够脱离语境，将语境归为独立于我们而存在的“客体”。

由此看来，在西方，亚伯拉罕传统宗教不是科学和哲学的竞争对手，而是两者的源头。直到启蒙运动时期以前，牛顿等绝大多数被我们称为科学家或哲学家的重要思想家依然笃信宗教，他们的科学或哲学兴趣也可以描述为精神追求。我们已知那时有无数与世界有关的“事实”，可是现在看来，除了工具性事实，似乎对我们的日常生活没有多少直接意义。可是，如果有任何事实提供了指明上帝意图的线索，那么这些事实就重要了。推论很简单：我们越深入了解上帝创造的这个世界，就越能理解上帝为什么创造这个世界，因此就能理解为什么上帝要创造我们，使我们成为世界的一部分。

贯穿整个西方历史的主导学习模式一直是：获取有关世界的知识，了解世界存在的方式，用合乎语法的句子（无论这些句子是对是错）描述这个世界，表达完整的思想。我们认为，这一事实证明，最初人们看待世界的方式带有宗教倾向，这种倾向无处不在（也吸收了古希腊思想中一些宗教色彩较弱的方面）。

与此相反，中国古代没有创世神话或传说，没有《创世纪》《新约》或《古兰经》之类的典籍，没有克洛诺斯和宙斯之类的天神，无论明确还是含蓄，没有任何古代文献主张世界是可以解释和理解的。当然，在两种文化中，都可以通过感官（也就是通过现象）来认识世界；不过至少对古代中国人而言，现象并不具有欺骗性，他们并不关注世界是什么样的以及为什么如此（即某些重要的终极现实的存在）。换言之，他们没有足够的理由去思考，是否可能存在一种解释，来说明世界为什么是这个样子，因此更没有理由寻求一种先验的答案，来回答为什么我们存在于世上这一问题。

如果这种观点成立，就能更好地解释，为什么中国哲学家（特别是孔子）作为老师，通常与浸淫于希腊和亚伯拉罕传统的哲学家不同，因为中国老师似乎并不太关注描述世界，进而传授与世界有关的知识，而是更关注如何让学生学习如何处世，文献记录明确反映了这点。诚然，传统西方教育有时也用语言帮助学生学习如何为人处世，不过这些建议都取决于某些具体的情势。在中国古代，人们认为“道行之而成”，似乎与西方的情况相反。[32]

文言中并没有与英语的“true”（真实）和“truth”（真理）对应的词，更重要的是，“true to fact”（求真）的意识不像其在西方著述中那么重要。这样的事实更证实了上述观点。当然，这些英语表达是陈述性的，即描述世界的句子：如果描述性陈述是准确的，那么我们所说的也是真实的；如果描述性陈述不准确，那么所说的也就不真实。但是，如果没有将描述视为语言的本质功能，就无须产生与陈述句相关的真理概念，或者真理概念至少并不重要。

以上对亚伯拉罕宗教和中国传统宗教进行的论述极不充分，不过却能使我们更深入地理解中国古人“观物”的方式。如果他们的基本关切是用有效的话语指导行动，从而帮助听众和读者学习为人处世，那就可能逐渐领会，中国的语言（这点详见下文和附录二）在与英语一样能够有效、规范地起描述的作用。描述性和规范性之间的这种差别也使我们更深入地理解孔子为什么对不同弟子提出的相同问题给出不同答案。

当然，这并不是说，中国人不体验客观事物，在中国和在中东一样，踢一块石头一定比踢一堆树叶伤得更重。西方文明中的古人也不是没有通过事件来发现变化：尽管芝诺有很强的洞察力，他的老师巴门尼德却并没有顺理成章地赢得很多追随者。而且，文言描述事件的能力与印欧语系语言描述客体的能力不相上下。我们当然并不是说中国对“事物”一无所知，也不是在说希腊对“事件”一无所知。

只是东西方的重点不同，中国注重事件，西方强调事物。我们清楚地意识到，理解我们这里所提的观点有一定的难度，即：古代中国人所体验的“世界”以及描述这一世界的语言与我们体验的“世界”和我们使用的语言截然不同。我们希望，借助西方汉学家前辈做出的巨大贡献，自己不仅仅是在使中国重获“神秘东方”的印象。我们坚持认为，“细读”时务必谨慎。汉学家、语言学家卜弼德就曾感叹：

> 一些人坚持认为，中国人在写作以及其他诸多文化领域的发展演化遵循着某些与其他种族不同的神秘原则，这一整体趋势一定得严厉批评……（唉，这片大陆上的汉学研究过分强调描绘事实）[33]

我们认为，卜弼德表现出的这种情绪既有充分正确的一面，也有严重错误的一面。正确的一面在于，中国人与其他民族是平等的，任何暗示中国人完全是“他者”的“神秘原则”都值得高度怀疑。错误的一面在于，他认为除了一些无足轻重的细节外，中国人“像我们一样”，因此《论语》只能作为一个人的言论来阅读，这个人往最好处说是一位善意的训诫者，往最坏处说是一个独裁的教条主义者。毫无疑问，孔子堪称人类历史上最具影响力的思想家，在中国也是如此，因此我们极不愿意将孔子的言论贴上训诫、独裁主义或教条主义的标签。我们相信孔子有很多话要对今天的我们讲（否则我们也不会尝试本次翻译），不过在2400多年之后，在离他跨越半个地球之遥的地方能够听到他的话语之前，我们首先要承认，孔子确实有他的独特之处。也许，承认孔子的“不同之处”，说明我们似乎在遵循卜弼德所感叹的“神秘原则”。但是，在我们看来，只有深入了解孔子与我们的差异有多大，才能同样深入地理解他所说的“性相近也，习相远也”（17.2）到底是什么意思。

形而上学视角下的语言

我们认为，文言是一种有效的表达沟通的手段；我们还认为，文言的结构特色是非本质主义的。由此我们坚信，一方面，本质主义（以及由此衍生的普遍主义或/和绝对主义）不是观察、存在于或描述这个世界的唯一方式。另一方面，我们不希望为彻底的相对主义倾向提供支持或帮助。

通过比较哲学研究，我们有了一个发现，中国传统并不像最初假设的那样，与西方主流哲学相反。先天的缺失并不等于内在；客观性的缺失并不等于主观性；绝对主义的缺失并不等于相对主义；原子论个体的缺失并不等于无相异性的集体。在努力了解中国的过程中，我们不得不借助想象，寻找第三种立场。

认为作为他者的中国是彻底的他者并不意味着中国处处都是他者。如果不是这样，我们将无法提出孔子的言论对今天的人类有任何重要性。因为相信孔子今天的确有很多话要“讲”的，我们就必须更加仔细地审视表达孔子“言论”的语言。

1890 年，一位来华的基督教传教士抱怨道：

是否有一种简单易懂的方法，来阐释不包含最纯粹唯物主义的三位一体教义？无论用何种语言来表述耶稣的复活，对此完全没有概念的人都会理解为转世轮回。[34]

我们认为，文言（也就是《论语》所使用的语言）是独特的，不仅与中国语言以外的所有其他语言都存在明显的差异，而且从古到今，文言文还与中国人使用的口语有着明显的差异。附录二中将对此进行详述，不过对《论语》原本所用语言的性质进行分析也许有助于引导普通读者更自觉地适应《论语》的英语译文。[35]

首先，如果认为中国古代典籍基本上都是语录体，不仅会模糊我们对口语和书面语差异的认知，而且还可能导致我们在研究中国哲学时走上无效的道路。有很多作者只凭文言中的某项特殊的言语制约，就据此宣称中国思想家在思想的抽象性、逻辑性、精确性等诸如此类的多个方面存在某些概念性的障碍。显然，这类观点需要大量的假设支持，其中必备的是：书面语言中发现的所有语义、句法或语音特点也都能在口语中发现。换言之，必定假设书面语言和口语受到相同语法规则的制约，否则，就没有理由相信书面语比口语更能反映中国人的知识能力。实际上，所有证据都表明，对各种语言和各个民族来说，情况正好相反。不过，不管怎样，这种假设不合理，认为中国人的思维具体而不抽象的论断也不合理。[36] 当然，通过关注书面语和口语的差异，我们能够提出另一个方面的假设：与其说思想和表达在某种程度上受到其语言的制约，不如说中国的思想家也许得到了双倍福佑，因为他们有两种截然不同的语言媒介可以选择，来表达他们诗意的、哲学宗教方面的观点、看法和解决方案。

文言如何达意？

说到“classical Chinese”或“literary Chinese”，我们指的不是1919年“五四运动”之前每个中国人使用的语言，也不是现在或多或少记录每天言谈的书面语言，而是指帝制下的中国使用的文言，流传至今的典籍、历史、诗歌、文学、哲学和官方文献都用这种文字写成。在持续性方面，没有一种语言能与文言文相比，这种语言的原型自公元前1200年就开始使用。今天的中国有时依然会使用文言，例如依然有一些古典风格的报纸会刊登半文半白的文章，毛泽东创作诗歌时也使用文言。现代书面语和口语中随处可见的成语往往是直接来自古典语料库的典故，常常保留着文言形态。但是文言根本不是口语。我们承认，通过背诵、引用，很多典籍中的文字段落融入了口语表达中，其中较为著名的部分成为谚语，但很少有直接证据表明基本的口头交流通过这种媒介进行。此外，很难想象如何用文言进行口头交流，因为文言中同音词众多，根本无法仅仅通过耳听来辨别。即使借助显著的声调差异区分了一些后，也很难听懂文言，因为太多语义不同的词汇拥有完全相同的发音。

这种同音异义现象在语言中很不寻常，但自汉语形成以来就一直存在。从语音角度来看，大部分以辅音结尾的音节都随着时间的流逝而消失，即使得以保留，同音异义字的数量依然众多，随便就能找出 2 到 7 个音同字不同的字。如今，这种情况甚至更为严重。例如，在一本收录了 5000 个词的普通词典里，即使考虑音调，依然有 40 个语义不同的字都发 /yi/ 的音；/shi/ 和 /ji/ 各有 32 个词条；/zhi/ 有 31 个词条，等等。几乎没有音素只对应一个语义。口语中会使用两个字的词语来加强口语交流的效果。

不管怎样，文言就像一个乖巧的小男孩，人们总是只看见他，却很少听见他。今天，试图用文言发表演讲最后就会变成自言自语。这并不是说从古至今语音与书面语都毫不相干，因为有些双关语、所有押头韵和尾韵的文字及其他书面表达显然体现了语音方面的特点。而且毫无疑问，这些语言手段在帮助记忆后面的讨论中所使用的大量文本时极具价值。这说明该问题也是我们整体观点的重要前提：无论过去还是现在，汉语口语从来都是要人听到才能理解的；文言目前不是（也许永远都不会成为）多数人听到能理解的口语；因此，汉语口语和文言现在是（也许永远都是）两种截然不同的语言媒介，如果是这样，文言显然就不能简单地被视为言语的记录。

这种推论的重要性需要引起重视。杰出的语言学家高本汉研究了将文言转换成拼音文字的可能性，认为文言中的汉字字符是无法替代的。这种语言可以阅读，但是无法只通过朗读来理解。如果中国人不再费心费力地记忆典籍中的文字，那么会付出多大的代价呢？高本汉认为：

> 首先，如果使用拼音文字，中国人将不得不抛弃大约4000年的文献，而这些文献恰恰是整个中国文明的支柱。同理，使用拼音文字创作的中国文学将变得完全无法理解……[37]

众所周知，文言中缺乏印欧语系语言的绝大多数语法特点：没有语气，没有语态，没有时态，没有词尾变化，没有复数标记。也许，最重要的是，文言中没有正式的“词性”；只有在上下文中才能说一个字是名词、形容词、动词或副词（读者应该记住，所有这些语法分类都源自对印欧要素型语言的研究）。

这一点值得详细探讨，因为我们经常碰到不另行解释就难以翻译的语法问题。将君子译为“Gentleman”，相比原词就多了一层特指男性的含义，而且单数形式也是对原词所没有的含义的外推。当然，这样翻译的一个原因是因为大部分译文试图强调中国古代家长制的社会等级制度，“Gentleman”强调了这种制度，用代词“he”和“him”指代君子也有这样的效果。可是在文言中，代词也无法显示所指人物的性别或数量，因此在原文完全没有这层意思的情况下，这两种突出了性别特征的译法就显得过于直白了。（至少有部分证据表明，《论语》

成书时以及成书之后不久，时人认为君子具备的一些品质同样适用于女性。）[38]

我们在译文中避免使用单数，是为了强调对儒家世界中人际关系和事件的解读，这些人有各自的角色和关系场，他们的一言一行无论是好是坏，都代表了所属的群体。

我们在翻译《论语》时没有按照惯例使用有性别歧视的语言，并不是为了隐藏中国文化中固有的性别歧视，也不是为中国文化中固有的性别歧视辩解，其实这种歧视早于儒家传统，当然后来又被儒家传统加以强化。正相反，我们承认儒家典籍的说教和纲常功能，这些儒家经典必须重新解释，以满足后代的需求，提升其潜在价值。我们认为，儒家思想作为一种鲜活的传统，一定要经过重组以推动未来消除性别偏见。儒学不是教条，文言没有表现出性别歧视。

与其他语言文字不同，中文的书写体系拥有三千多年连绵不断的历史，时至今日，有些汉字的书写几乎依然和最初一样：例如“日”“月”“弓”“人”“门”等。这些字被称为象形字，是对事物的直接描摹。第二类是会意字，将象形符号组合在一起，表达更抽象的概念，例如，“日”和“月”组成了“明”，表示“明亮”“聪明”“被照亮的”，双木为“林”，表示“树林”，三木为“森”，表示“森林”。

现代汉语只有大约百分之十的汉字是象形字或会意字，剩余的百分之九十被称为形声字，这些字有一个部首表意（语义），另一个表音（语音）。有关以上汉字类别的进一步讨论详见附录二。现在仅需注意到，《论语》中大约只有2200多个汉字，其中表达重要哲学意义的汉字很大一部分是象形字或会意字，也就是说，这些文字本质上是表意的，应该通过字形而不是字音来理解，而且阅读时应注意它们之间的关联。

我们还必须意识到，在《论语》各篇章成书的时代，象形字和会意字虽然在某种意义上都是约定俗成的，但是各自的字形与所代表的事物十分贴近。当然，中国人不一定非要用“日”和“月”组成的“明”字来表示“明亮/聪明/被照亮的”等含义；他们可能也曾使用“火”或“白”的象形字来表达同样的含义。从这个角度看，象形字是约定俗成的。日和月都是明亮的，二者组成的“明”字（尤其是最早的写法）是什么意思就显而易见了。从字的组成部分看出含义，这种方式对英文读者来说是行不通的。英文读者直面的仅仅是视觉符号bright，无法理解其含义，尽管这个单词的拼写很奇特，但却是一个不表达语义信息的符号。

除了承担自身的语言价值，文言的语义部分还要发挥其他语言的语法中由语音和句法成分承担的功能，这是文言被视为一种独特语言媒介的另一原因。关于这种独特性，我们有更多材料来支持这一论点，附录二包含更多详细论证。不过迄今为止，我们应该已经作了足够的论证，用目前最具体的方式说明了区分文言口语和书面语语法结构的重要性，同时旨在促使人们对他们不假思索就接受的一种假设产生怀疑，即：文言仅仅是对早期口语的记录，而且是拙劣的记录。我们手头有关这一论点的语言学证据最少，因此暂时转向少数几个更哲理化的推断。

首先，文言语义部分承担了很重要的语法作用，可能用“语义过载”一词来表达更为贴切。文献中一般词汇（特别是基本的2500多个汉字）的语义内容非常丰富，以至很难区分其含义，因此实际上每一段文字都会引起歧义，需要反复阅读，直至对其作出明确的解释（然后以口头或注疏的形式传承）。“通假”字的使用加剧了这种歧义，同音异义字或简写字会取代更抽象或更复杂的概念。即使在汉朝中期的定州竹简中，这种现象也很常见：例如以“正”代“政”，以“辟”代“譬”，以“耳”代“耻”等。

当然，很多西方学者都提醒（而且往往会特别强调）过文言这种歧义性和缺乏准确性的特点，将其视为一种独特的语言缺陷。可是，也许他们的观点是有偏见的。缺乏精确性可能具有明显的交际优势，是一种“建设性的含糊”，要求读者参与文本的阐释，并在阐释的过程中将特定的内容吸收并内化。

一方面，在那些需要详细或精确表达的例子中，我们可以设想中国思想家运用了自己的口语，有充分理由相信他们可以达到其他任何自然语言所具有的精确性。另一方面，如果表达涉及更开阔的视野，或者涉及多样化的态度和立场，或者涉及错综复杂的关系，那么精确性可能反而达不到预期效果。原因之一是精确性使表达中的要素过于分散，使这些要素的内在联系过于模糊。这种情况下，使用书面语反而能够使沟通更简洁、更贴切、更优雅。在很大程度上，信息的语义内容不仅取决于所使用的特定词汇，还取决于这些词汇的结构和组织。文言的读者深知文字的精妙和丰富，这些文字的排列使得交际方式既有效又简洁，口语就做不到这一点。我们一方面不应轻视准确表达的意义或价值，另一方面，我们既不应感到惊讶，普通的哲学观点和看法往往通过非常普通的术语就得到了很好的表达（无论使用哪种语言），也不应对日常语言并非总是适合表达非凡的体验和思想而感到困惑。

文言中，这种不寻常的沟通方式从语义角度成为可能，是因为事实上每个词条每次使用时都蕴含着所表示的各种含义，两个或更多汉字的连接又将每个字与其他字的各种含义关联在一起。阅读时，丢失诸多关联是不太可能的，因为虽然词序很重要，但词序在书面语中并非固定不变的，因此读者可能不得不每段都仔细阅读数次，注意这些字可能的多种顺序，然后才开始进行解读。汉字的象形、意象和美学特征进一步加强了这种沟通。要找出篇章中两个或多个字之间的联系，可以观察这些汉字是否包含同一个特定的要素，例如“德”和“思”仅通过外观就能联系在一起，因为两个字都包含“心”字。构成文言词汇的2500多个基本汉字绝大多数都是以同样的方式即图形组合构成，因此，拼音文字中可能被视为双关语或不合语法而因此被完全忽视或轻视的部分，在表意文字的表达和沟通中却发挥着重要作用。

这一点可以从另一个角度来观察，也就是关注文言的非语言学（技术层面）特点，即风格偏好。对偶句受到推崇，被视为作者修养、才智和美学感觉的标志，这种风格偏好毫无疑问受到文化因素的影响。不过在此必须说明，风格偏好对解释和翻译文本有着重要意义：如果遇到四个对偶句，其中有些句子从句法角度（或语义角度）来看比其他句子更模糊，那么通过阅读句法（或语义）较清晰的句子，就可以对更模糊的句子进行句法（和 / 或语义）结构的解读。这是一种绝佳的启发式策略，因为这些句子始终要在相互关联的基础上进行分析。早先我们用这种对偶结构系统讨论过如何正名。如果我们将《论语》的相关段落翻译为“Let rulers rule（君君），let ministers minister（臣臣）”，那么我们接下来也可以使用“let fathers father（父父），let sons son（子子）”这样的翻译（希望不会给读者带来困惑）。

文言文的另一个特点使我们坚持区分书面语和口语的观点变得复杂，但这并没有削弱我们的观点。书面语所具有的排比、格律、反复、押韵等特点有助于背诵，而背诵是继承传统的一项重要训练，因为当时可供传播的书面记载有限。这可能意味着，在记忆时，更精确的表达型口语与简洁诗意的书面语产生了重要的重叠，而口头上的重复则强化了口语。从古至今，汉语充满了各种典故，这些典故是口语（和现在的书面语）方言及书面语中都存在的谚语。

在这样的背景下，我们来简单介绍一下《论语》中反复出现的一些哲学关键词。

汉语词汇[39]

道

“道”在《论语》中出现了约八十次。“道”不仅对阐释孔子的思想至关重要，而且对阐释中国其他古代早期思想家的思想也至关重要，“道”很可能是哲学词汇中最重要的一个术语。在很大程度上，厘清一位思想家使用“道”的意图以及方式，就等于理解了这位思想家的哲学思想。

“道”字由两个部分组成：“辶”的意思是“经过”“越过”“穿过”（步行），“首”，是头发和眼睛的象形，字面意思是“头”，衍伸为“最前面的”。“道”常被用作其同源字“導（导）”（意思是引导，领导）的假借字。因此，这个字显然具有动词性、过程性、动态性等特征。“道”最早见于《尚书》，上下文讲述了开凿沟渠，“引导”河流以防止河水漫过河岸。[40]就连“道”字的组成部分“首”也有“领导”或“引导”之意。

以“道”的动词含义为基础，其他几个引申义自然就会出现了：穿过，由此引申出道路、路径、途径、方法、技艺和教导；解释、说、信条。“道”最基础的意思似乎是指“修建道路”的动作，引申为已经完工可以通行的道路。正是这种含义使“道”在翻译时常常被名词化（the Way），不过，我们必须区分，是只在路上旅行，还是规划自己的旅程。按我们的解释，实践“道”就是指按照特定的方式去体验、解释、影响世界，进而加强和扩展自己从文化先辈那里继承的生活方式。这种生活方式也是后人继承文化时的遵循的路线图和方向。对孔子而言，“道”首先是“人道”，是“成为完备的仁人的方式”。正如《论语》15.29 所述：“人能弘道，非道弘人。”

我们在上文已经提到，“道”挑战了亚里士多德的范畴理论，“道”对主体和客体同样重要，对理解的程度和这个世界的状况同样重要。这一点可以通过约翰·杜威的一段话得到印证，他的观点类似：

> 如果理念、含义、概念、观念、理论和体系能够作为工具有效调节现有环境，消除某些特定的烦恼和困惑，那么完成了这项工作，也就完成了其有效性和价值的检验……That which guides us truly is true（真正引导我们的是真实）——这种引导所展示的能力恰恰是真理（truth）的含义。副词“truly”（真正地）比形容词 true（真实的）或名词 truth（真理）更基本。副词表示一种方式，一种行动方式。[41]

翻译《论语》时，我们尽可能尊重文本中各处“道”的隐喻。中文版《论语》给我们留下了孔子始终在探索道路的印象。也就是说，阅读《论语》原文时，“过”这样的词往往被译为名词“faults”（过错），如果用作动词，则译为“to err”（犯错），具体含义是“误入迷途”或“走得太远”：不仅仅是犯错，而是偏离了道。

天

对“天”这个词我们不得不选择音译。主要是因为我们认为其一般英文译法“Heaven”无法准确传达“天”的含义，反而会使读者受犹太教与基督教共有的传统影响，想象出中国所没有的形象。“Nature”也不合适。首先，“天”往往单独使用，用来指代“天地”——说明天并不独立于这个世界。“Heaven”常用作转喻，指代《圣经》中的上帝，是世界的创造者，而文言中的“天”就是世界。

“天”包括了世界的样子和运作的方式。“天”是“万物”（对应“everything”）的创造者，“万物”与“天”并非相互独立，而是“天”的组成部分。“天”既是创造者，也是创造物的所在之地。秩序本身与秩序的来源之间没有明显的区别。正是因为这种超秩序的缺失，才使得道家的“道”与佛家的“*dharma*”（法）成为类似的相关概念，两者均涉及具体现象以及具体现象中的秩序。

在此基础上，我们可以把“天”描述为一种自然形成的固有秩序，这种秩序源自对构成“天”的具体事物的处置。不过，“天”不仅仅是“事物”；它是一种鲜活的文化——经过精心打造，世代流传，现在根植于人类社会。“天”是人格化的，也就是说“天”与“神话即历史”（将神话解读为历史）密切相关，这也是中国人敬祖的原因。也许，正是基于敬祖的这一共同基础，商代复杂的“帝”（先祖之魂）文化才与周部落（这些部落像罗马人一样英勇善战，征服了黄河河谷）“天”的概念融合在一起。似乎有足够的理由可以相信，“天”的含义符合艾兰和芮马丁的观点，即中国的神主要是死去的人。[42]因为缺少超验的造物神作为真、美、善的源泉，“天”似乎代表了一种注重先人精神文化遗产的累积和延续。因此我们不必奇怪，中国神话、天理和历史之间的关系与西方传统截然不同。重要的文化人物（例如周公和孔子）被神化为“天”，而“天”本身也会被人格化，通过具体的人表现出来。

最后，“天”从不直接开口，而是通过卜辞、异常天象以及人类世界的自然变化给出有效的启示，但表达得并不总是那么明朗。这场对话中，参与的一方是“天”，另一方是人类群体，至少是最杰出的那群人。因为儒家世界中各种秩序存在内部关联并相互依赖，所以影响其中一个秩序就会影响所有秩序。人类世界的秩序一旦发生混乱，自然环境中就会同时反映出来。尽管“天”不是犹太教与基督教共有世界观中能够回应个人需要的“个人的”神，但是作为祖先的集合体，“天”公正无私地尽可能使其子孙后代在各个层面达到和谐。这个“天”不是先验的，但确实为其子孙后代行使职责，

《尚书》中可以清晰地看到这一点："天聪明，自我民聪明。"[43]

仁

"仁"在本书中被译为"authoritative conduct""to act authoritatively"或"authoritative person"，是孔子最重要的思想，在《论语》中出现了一百多次。"仁"是一个相当简单的字，在《说文解字》中，这个字由"人"和"二"组成。这种词源分析进一步强调了孔子的观点：一个人不可能独自成长为人——我们从一开始就是不折不扣的社会人。赫伯特·芬格莱特对此简要评论道："对孔子而言，除非至少有两个人，否则就没有人类。"[44]

我们可以从甲骨文中找到"仁"字的另一种解释。甲骨文中的"二"实际上是"上"的原形，当时也写作"二"。[45]这种解读突出了人的成长就是"成仁"的过程，从而为一个人进入社群和世界指明方向："仁者乐山……仁者静……仁者寿"（6.23，另见 2.1 和 17.3）。

"仁"最常见的翻译是"benevolence""goodness""humanity"，偶尔译为"humanheartedness"，极少数情况下译为"manhood-at-its-best"（这个译文有些拙劣，带有性别歧视色彩）。

"benevolence"和"humanity"可能是"仁"更贴切的英文翻译，我们经过深思熟虑，决定使用优雅程度略逊的"authoritative person"。一方面，"仁"是一个人全部的素养：通过教化获得的认知、美学、道德和宗教的鉴别力，体现在礼仪角色和人际关系中。这是一个人的“自我场域”，是重要关系的总和，使一个人成为彻底的社会人。“仁”不仅仅是精神层面的，也是身体层面的：包括一个人的姿态和举止、手势和肢体语言等。所以，将“仁”译为“benevolence”是在不依靠“心智”这一概念定义人类经验的传统中对其进行“心理分析”，就是牺牲人之所以为人的复杂性中更多的东西，将一个人与众多道德素质割裂开来，从而损害“仁”的内涵。

另一方面，“humanity”令人联想起人类全体成员成为人所共有的必要条件。但是，“仁”并不容易实现。这是一项美的事业，一种素养，一种成就（12.1）。“人”的关键并不在于我们是谁，而在于我们做了什么，要成为什么。要准确表达“成为人”这一含义的过程性和自发性，也许“human becoming”是更合适的词。“仁”不是一种基本的天赋潜能，而是一个人基于他的初始状态与其自然、社会和文化环境之间的相互关联，能够成为的样子。

当然，作为各种基本关系焦点，人具有一种天性（17.2）。不过，在这些关系“生”长为人类社会中强大而又健康的重要组成部分的过程中，“仁”最为重要。

孔子曾被多次问及他所说的“仁”到底有何含义。这一事实表明，他出于自己的目的不断改造这一术语，和他对话的人不满意自己对“仁”的理解。孔子创造性地赋予“仁”新含义，这点通过对之前文献的调查可以证明，那些语料中“仁”字使用率不高，而且用法相对不太重要。最早的古代文献没有出现“仁”字，后来的文献中，“仁”也只出现了三次。这与“仁”在《论语》全部 499 章中的 58 章出现了 105 次形成鲜明的对比。[46]

由于“仁”可以表明某个特定的人发生的质变，其含义就更加模糊了，因为“仁”必须结合那个人的具体情况加以理解。没有公式，没有典范。就像一件艺术品，“仁”是一个逐渐显露而非逐渐封闭的过程，没有一成不变的定义和复制。

我们用“authoritative person”翻译“仁”，是一个和“仁”一样有些新奇的表达，也许会激发人们如同向孔子询问“仁”一样，要求澄清其内容的渴望。“authoritative”蕴含着一个人因成“仁”而在群体中具有的“authority（权威）”，具体表现为通过遵守礼仪从而体现出此人所在社会的传统价值和习俗。“仁者”的杰出和引人注目可以通过山的隐喻来理解（6.23）：岿然不动，宏伟庄严，永恒不朽，是一个人所在文化和群体的一座丰碑。

与此同时，成人之道并不是确定的，“仁者”一定是一位“筑路者”，是“创造”当地、当时文化的参与者（15.29）。按照定义，守“礼”是一个内化的过程——“使传统成为自己的一部分”——需要将一个人在社会中的角色和关系个性化。在一个人成为他那个群体的仁者的过程中，“仁”的创新性是其中固有的部分。

自上而下、强制性的“独裁主义”秩序与自下而上恭敬的“权威性”秩序之间的对比也是有益的。仁者是一个典范，其他人认可仁者的成就，心悦诚服地遵从仁者，模仿仁者塑造自己的人格。礼仪社会以德治人，对抛弃这种非强制性的制度转而以法治人，孔子清晰地表明他持保留意见，同样，对权威（仁?）关系变成独裁关系，他也同样清晰地表明持保留意见（2.3）。

礼

“礼”曾被翻译成“ritual”“rites”“etiquette”“propriety”“morals”“rules of proper behavior”和“worship”。这个复合字是一个象形字，意思是在祭坛（豊）为神灵献上祭祀品。《说文解字》的解释是“履”，意思是“踩出一条小路，因此有行为之意”——也就是“如何侍奉神灵以求好运。”在相应的上下文中，以上每种英文翻译都能表达“礼”的某种含义，不过在文言中，每个“礼”字都包含了所有的含义。

我们选择将“礼”译为“observing ritual propriety”，这又是一个经过深思熟虑的选择。

“礼”就是有助于沟通、培养群体意识的角色、关系和习俗，内涵丰富。“礼”的范围很广：各种正式场合的行为，从餐桌礼仪到如何问候和告别，如何办毕业典礼、婚礼、葬礼，从表示恭敬的手势到祭祖，等等，所有这一切都是礼。这些行为是社会的法则，明确了每个成员在家庭、社会和政治组织中的位置。“礼”是作为意义宝库而世代相传的生命形态，使年轻人拥有恒定的价值观，适应自己的所处的形势。

完全融入一个礼仪社会要求将通行的习惯、习俗和价值观个性化。礼与法律或规则最显著的不同在于，礼是将传统内化的过程。拉丁文“proprius”的意思是“使……成为自己的”，这与“property”的意思相类似，这启发我们在翻译关键哲学概念时使用一系列的类似表达方式来捕捉这种“参与”的感觉：在我们的译本中，“义”不是“righteousness”，而是“appropriateness”；“正”不是“rectification”或“correct conduct”，而是“proper conduct”；“政”不是“government”，而是“governing properly”。

对西方人而言，粗俗和邪恶显然有明显的区别。不过，孔子认为，因个人没有同情心而产生的不恰当、有损身份、伤感情的行为只是程度上存在差异，不仅仅是不懂礼貌，完全是道德责任的丧失。

例如，孔子在定义“孝”的时候，关心的并不是为父母提供食物和住所——我们也为家畜提供这些东西。“孝”的实质在于一个人尽孝时的“色”——不能像做一件平常事那样，而是应该步履轻盈、和颜悦色地侍奉年长的父母（2.8）。

也许，在理解儒家的“礼”时，最大的障碍是认为它的含义与英语世界中类似概念的维度相同，把它当作“benevolence”的近义词，自认为我们充分理解其中的含义。英语中的“ritual”几乎总是贬义的，常常与虚伪以及毫无意义的社会习俗联系在一起。不过，通过对《论语》的细读，我们发现了一种精心安排的生活方式，细致到怎样的面部表情和形体姿态才合乎礼，在这样一个世界，生活就是需要极为注重细节的表演。重要的是，这种“礼”的表演始于以下深刻的认识：个人的教养只能通过仪式化的角色和行为来培养。没有创造性的个性化，规定就只是强制性的、剥夺人性的法规；空有创造性的个人表达而没有规则制约，往最好处说是随意，往最坏处讲是放纵。只有将形式和个性化恰当地结合在一起，社会才能自我约束并且进步。

信

我们将“信”译为“making good on one’s word”。埃兹拉·庞德继承了他的老师欧内斯特·费诺罗萨的观点，将“信”生动地描述为“一个人守在他说过的话旁边。”[47] 不少学者因为庞德在语言学方面的异想天开而公开指责他的观点，不过每位汉学家都一定会以相同的方式分析这个特殊的汉字：左侧是一个“人”字，右侧是一个“言”字。现在我们回想一下古典儒学词汇中有多少字属于象形字或会意字，就不会苛求庞德和费诺罗萨的阐释了。现代研究表明，《说文解字》误将“信”列为会意复合字；几乎可以确定的是，“人”是“信”的声旁。不过，有关这个字的大量语言学考证工作决不会否定以下事实的重要性：《论语》的每位读者都会看到由“人”和“言”组成的“信”字。“信”常常被译为“trustworthy”。不过，一个人的言行仅仅有良好的初衷还不够，还必须有足够的方法坚持到底并且实现目标。

有趣的是，正如绝大多数文言术语一样，在了解“信”的时候，我们一定要注意，情景比手段重要。也就是说，“信”描述的是双向的守信，施恩者信守承诺，受惠者信心坚定。因此，“信”是圆满的信用关系。

义

著名学者刘殿爵在翻译《论语》时，有时将“义”译为“right”，有时译为“duty”，偶尔译为“moral”，大多数情况下译为“morality”。如果像刘殿爵一样致力于把孔子描述为多少有些西方意义的“道德哲学家”，那么“义”在英文中的最佳对应词大概就是“morals”或“morality”。不过，现代英语中，特别是在后康德伦理学中，“morality”一词与其他众多术语联系紧密 ，如“自由”“独立自主”“选择”“责任”“个体”“动机”“自治”“困境”“客观”“主观”等。这些英语术语在文言中都没有对应的词汇，因此，在缺少这些关联的情况下，我们对于将“义”译为“morality”持怀疑态度，因为“义”与完全不同的术语群有着密切的关联，包括礼、仁、信（1.13），等等。

在商代，“义”字起初有数种不同的写法，使人想到“义”字的另一种解释。从词源角度来看，“义（義）”简单地勾勒出“羊”站在“我”之上的一幅画，至于这个“我”最初到底是指“我”“我们”“对我”还是“对我们”，就无人知晓了。这同时说明，在人人都是社会人的传统中，单数“我（I）”和复数“我们（we）”在语言中的区别并不明显。“我”和社会语境是相互观照和相互包含的。

代词“我”在很多早期的写法和《说文解字》的解释中都是一人执戈的形象。只要了解定期祭祖时会将羊作为祭品（3.17），就可以将“义”解释为一个人在准备为祭祀仪式宰杀羔羊时的态度。

这种态度使此人成为该团体的神圣代表，祭祀用的动物也因他得到净化并变得神圣。如果是这样，那么“义”就不应该译为“moral”或“morality”。“Appropriate”或“fitting”也许是更贴切的英文对应词，本书也是这样翻译的。那么，“义”就是一种适度的感觉，使一个人即使在特殊情况下也能表现得举止得体（4.10，9.4，18.8）。从引申意义上讲，“义”的含义是通过代代积累的礼制确定的——一个人可以在扮演这些角色和实践这些礼仪的过程中感受到这种含义。“义”是“适宜”的意思，在充满信任的社会中，正因为如此，这种“适宜”使得各种关系变得真正有意义，也正因如此，孔子才说“信近于义”。

读者应该记住，我们用“appropriate”翻译“义”时候，不仅应该注意其美学和道德内涵，还应该考虑到其社会和宗教含义。

知 / 智

“知”或“智”通常被译为“knowledge”“wisdom”

和“to know”。孟旦（Donald Munro）曾将“知”译为“moral knowledge”,可是这种译法再次牵扯到“moral”，随之而来的是上文所讨论的无依据的联想。[48]而且，这种译法虽然强调了“知”在价值论方面的重要性，但它原本更广泛的“智慧”的含义就受到了限制，尽管这种理解并不完全令人满意。我们尽可能将“知”译为“to realize”。“To realize”与英语中的“to know”或“knowledge”一样强调了仁知方面的含义。你可以说自己喜欢什么就相信什么，但只有真实存在的事情，你才能去了解（know）或实践（realize）。此外，这种译法还强调了“知”表述行为的言后行为含义，即：创造一种情境并“将其变为现实”。而且，我们相信，将“知”译为“realize”正好给了通常被称为“知行合一”（通过实际行动认识事物）的儒家准则应有的关注。文言“知”的这种实践性含义消除了英语中“知识（knowledge）”和“智慧”（wisdom）之间的差异。如果“to finalize”的意思是“to make final”（使完成），“to personalize”的意思是“to make personal”（使个性化），那么，“to realize”的含义一定是“to make real”（使……成为现实），这种表达再次利用了英文的丰富性，而且没有牵涉与“道德”（moral）和“知识”（knowledge）相关的各种哲学联想。

心

“心”字最初是一颗心脏的样子，但是这个字常常被翻译成“mind”和“heart”。这样翻译的理由很充分，因为除非“心”能思考，否则古典文献中有太多的段落翻译成英语都没有太大意义。但是将“心智”（mind）和“心情”（heart）分开（也就是将认知与情感分离），意味着重返西方的形而上学范围（尤其通过身心关系二分法），使用与历史无关、去文化的纯粹理性基础这一概念。为了避免这种涵义，我们将“心”译为“heart-and-mind”也许不够优美，但是能够提醒读者，对孔子而言，没有完全脱离躯体的思想，也没有任何完全无（英语中所谓的）“认知内容”的直觉。

在古代中国人的世界观里，过程和变化优先于形式和静止，具体到人体，会经常发现，生理机能优先于人体结构，器官的功能优先于其位置。这种情况说明，可以说“心”的意思是“思想和感觉”（thoughts and feeling），再从引申和隐喻的角度来看，“心”是与这些体验相关联的器官。

和

“和”通常被译为“harmony”，我们也沿用了这种译法。这个字来自烹饪：“和”是将两种或多种食材组合调配，使其相得益彰，而不丧失其各自独立特性的艺术。[49] 在早期文献中，常用烹饪食物来解释这种优美和谐的含义。因此，“和”的含义是：既保留了具体成分的完整性，又将各种成分融合成一个更大的整体。“和”的构成离不开具体材料的持久性以及和谐的美化属性。

这种美化源自一种秩序，一种由内部相互关联的细节相互协调从而对各自的贡献加以美化而形成的秩序。

在《论语》中，“和”的这种含义被视为最高的文化成就。在这里，“和”区别于仅借助特殊性的核心作用而达成一致。《论语》中随处可见有关家庭的隐喻，这是因为以下直觉：在家庭制中，成员之间的互动受到“礼”和“义”的约束，每个成员都毫无保留地努力维系团体关系。重要的是，这种对家庭的责任远远超过了必要的自我奉献或自我牺牲，它要求的是高度的正直无私，因此成为一个人追求终极自我实现的最佳情境。

德

“德”最常见的译法是“virtue”或“power”。不过，如果我们作为特定群体中相互关联的一员，绝大部分的“知”来自个人品质和职业，那么这个界定我们可以做什么或者我们是什么的中文术语，则更接近于佛教的“法”（dharma）。我们将“德”译为“excellence”，表示在自我实现的过程中不断超越的意思。大法官瑟古德·马歇尔生前要求他的墓志铭这样写：“He did the best he could with what he had（他倾尽所有竭力做到最好）”。他所“拥有”（had）的就是他的“德”，这位法官毫无疑问已经将“德”发挥到了极致。

“德”字有一系列含义，再次反映了情景比情景中的人更重要更为重要，“德”同时具有给予和得到的特性。“德”既是“善行”（beneficence），也是针对这种慷慨所表现出的“感激”（gratitude）（见 14.34）。

善

“善”最常见的翻译是“good”，这种译法的缺点是，对“善”基本的相关内容进行了“精炼”。约翰·杜威有一则轶事广为流传，也许这则轶事能够帮助我们理解这一点。

一天下午，杜威和一位同事一起出席了一场演讲。就座以后，杜威的同事探过身子说道：“你看最后一排的那两位先生——他们长得真像啊！”杜威看了看那两位先生，微笑着回答道：“哦，你是对的，他们看起来真的很像。尤其是左边那位先生。”

理解了杜威的幽默，我们就需要明白，“善”最基本最重要的含义是“good to”“good for”“good with”“good in”或者“good at”，只有引申意和抽象意才是“good”。我们曾努力保留“善”的这种与其他事物关联的含义，将其翻译为“truly adept”“ability”等。对“善”的这种理解，就像“义”一样，强调了儒家基本的美学特性，即一个繁荣的群体中，只有人人都做出贡献，才能实现共同的善。人和群体的这种特征或“气质”是一项在不断实践中获取的美学成就。

文

“文”的意思是“刻写”“修饰”，引申为“文化”。有趣的是，在文言词汇中，由于缺乏严格意义上的个性/律法、本性/培养之间的区别，“文”这个术语就像“道”一样也用于表示阐释自然和人类文化的模式化规律性。例如，“天文”就是宇宙的规律，在现代汉语中，还有“文字”“文学”“文明”和“文化”等用法。文言中，单是“文”字就可以表示以上双音词的大部分含义。自然与人类世界的这种连贯性是情形优于手段的另一个例证，也是这种传统中随遇而安的人生体验的例证。

孝

“孝”可以直译为“filial piety”或“filial responsibility”。在儒家之道中，家庭占据着中心位置，家庭情感是生活的源泉（1.2）。提倡以家庭作为秩序的普遍模板时，儒家的世界观并不认为社会等级体系一定是有害的，也不认为简单的平均主义应该是一种不需要批判的价值观，注意到这一点十分重要。说到这里，可能会出现一个问题妨碍我们理解“孝”，那就是将子女责任与孝顺简单地对等起来。有时，在家庭中做一个真正孝顺的人就像在朝廷里做忠臣一样，需要进谏和规劝而不是无条件服从，不过这种质疑权威的责任有其局限性，而且不能成为反对长辈观点的理由（2.5，4.18）。

《论语》中还有一些其他的重要术语。能够将孔子的哲学“一以贯之”的是4.15中的“忠”和“恕”，我们将这两个字分别译为“doing one’s utmost”和“putting oneself in the other’s place”。这也是孔子对于如何最好地确定适宜的行为而提出最基本的忠告。也许，“一”

以贯之实际上包含“忠”和“恕”“两”个方面似乎有些奇怪，但其实，“忠”和“恕”不只是一种方法的两个方面，它们还都与“心”有关，这是两者之间的联系。

在不知道具体情景以及应该依据什么原则或规则处事时，孔子认可“能近取譬，可谓仁之方也已”（6.30）。

“学”（learning 或 studying）和“思”（reflecting）这两个术语最好在相互联系中加以理解。就像遵守“礼”是需要从集体共享的记忆中汲取有意义的文化，并通过一个人的角色和行为表现自己的义，从而使文化内化的过程，“学”也同样要求反思我们曾经学过的内容，并将所学以合适的方式用于日常生活从而将其个性化。

很重要的一点是，“学”被解释为直觉（“学”实际上与“觉”是同源词，而且“学”可以用近音字“觉”来解释），而不是之前讨论过的，经过对客观世界的思考所获得的“真实”理念。在孔子的时代，这种“觉”表示在士人成为博学之人的过程中，经过自我学习和教授他人所具有的更高层次意识。只是在后来的传统中，“学”的焦点才逐渐集中在学习方面。就“学习”的意义而言，“学”还与传承、再证明和传承一个人的文化遗产有关，而不是被动地接受“事实”。

“思”有多个义项，通常涵盖思考的多种形式，如沉思、考虑、猜想、深思熟虑等。不出意料，“思”往往与宽容相联系。这一术语还隐含着一个有针对性的关切。必须牢记，“思”的基础是“心”，因此这种思考不仅仅是一个认知过程，也是一种感受过程。孔子在《论语》2.15中这样总结“学”和“思”的互补性：

学而不思则罔，思而不学则殆。

最后，在《论语》中，孔子有时还有其弟子会对以下几类人表示赞许：包括“大人”“善人”“成人”“仁者”或“仁人”等。不过，我们希望聚焦另外三类人：“士”“君子”以及“圣”或“圣人”，这三种人都与“小人”形成对比。

孔子之前的时代就开始使用这三种说法。例如，《诗经》中的“士”用来指中等社会地位的男子、家臣，也用来指仆人。“士”还用来指“君”的下级官员，也许是一名军人，类似于古代英国的骑士（威利翻译时用的是knight这个词）。“君子”是“君”的儿子，也可能像卜弼德认为的那样是“君”的私生子。[50]《诗经》和《尚书》中的“圣”字似乎都含有“非常聪明之人”的意思。

孔子将所有这些术语化为己用，赋予它们新的内涵和外延意义，将其含义和指称从地位、等级、出身或职责转向我们（不是孔子）所谓的美学、道德和精神特质。因为克尔凯郭尔等人的原因，这三种文化焦点在西方属于截然不同的领域，我们认为，对孔子而言，这三者之间的内在联系是不证自明的。而且，在中国，神圣与世俗之间并非不存在先验的区别。

《论语》中有12章提到了“士”，大部分情况下是指某方面的初学者。“士”的目标是成为正统、刻板，也许一丝不苟的人。他已经不再囿于家庭，因为在《论语》的所有篇章中，“孝”（filial piety）都与“士”无关。此外，从结构来看，提及“士”的12个章节使绝大多数译者认为它们描述的是“士”的品质，“士”是怎样的人；而我们认为这些章节最好理解为对“士”应该做什么的指导。“士”已经走上了道，但是依然还有很长的路要走，还有很多事情要做。正如曾子所言（8.7）：

士不可以不弘毅，任重而道远。仁以为己任，不亦重乎？死而后已，不亦远乎？

通过将“士”描述为承担“仁”的人，我们从中找到了一个重要线索，那就是，“士”是道德和精神方面的初学者，因为——我们再次强调一遍——“仁”才是孔子眼中的“至德”。“士”是踏上精神之路的人，这在其他章节种还能找到更多证据（4.9和14.2），这些章节从指导“士”不应做什么，倡导“士”应远离物质享受。

当然，孔子也提供了很多正面指导，不仅面向“士”，也面向其他人，例如：熟知诗和历史，学习并实践“礼”；聆听、演奏并沉浸在音乐之中；适宜的时候担任公职；最重要的是，通过这些努力，学习让一个人的悲悯之情超越家庭、宗族和村庄，学习成为更大范围内的施恩者和受益者。同样，孔子并未指导“士”该如何正确地对待自己的父母、孩子或其他亲戚。

根据我们对这些章节的解读，“士”的主要目标是努力成为榜样，即“君子”。“士”要成为榜样，而“君子”则几乎已经是榜样。在《论语》中，“君子”几乎总是描述的对象（为了教育弟子）而不是指导的对象（因为君子大概不需要指导）。“君子”已经沿着“道”行进了相当一段距离，扮演着相当多的角色。他是很多人的施恩者，同时也是受益者，有许多像他一样的人给予他恩惠。“君子”既敢于对不恰当的行为及由此产生的不公表示愤怒，平时又能做一个内心平和的人。他知礼仪，通音律，在做这些事的时候不仅表现出精湛的技艺，而且风度翩翩，神态庄严，姿态优美，心怀喜悦。他依然孝顺自己的父母和长辈，不过将“天下”作为自己的居所。尽管实际上在模范行为方面会偶尔失误（14.6），可是“君子”一定会恰当地履行自己的职责——这种行动不是被迫的，而是轻松、自发和富有创意的。总而言之，“君子”的生活具有很强的美学和伦理色彩；他恢复了“礼”，实践了“道”，并因此受到人类的尊敬。

对我们绝大部分人而言，“君子”是我们能够立志追求的最高目标。不过，对人类而言更崇高的目标是成为“圣人”，但是在《论语》中，这的确是一个遥远的目标。“圣人”与“君子”的共同之处在于两者都具有超凡的沟通能力。从词源角度讲，“君子”是通过有效“交流（口）”对群体进行“监督（尹）”的人。“圣（聖）人”是沟通的大师，“听（耳）”和“表达想法

（呈）”不仅仅能够说明人的经验，而且还具有可以影响宇宙的含意。这让我们想起了孔子在《论语》13.3中提出的“正名”概念，纠正世上之事的名分（“名”），就能掌控（“命”）一个名正言顺的世界。

“圣人”一词在《论语》中出现了8次。在其中一个章节中，孔子不敢将自己列为“圣人”（7.34），在另一章节中，他哀叹自己从来没有见过圣人，而且可能永远也不会见到圣人（7.26）。还有一个章节中，子贡把孔子比作“圣人”，这时孔子温和地批评了子贡（9.6）。后来，虽然孟子认为举止像尧或舜（即圣人）的普通人都是圣人，但是也坚定地认为，这一目标绝非大多数人所能达到的。[51]

不过，“圣人”是存在的。他们的层次超越了“君子”，因为《论语》16.8将“君子”描述为“畏圣人之言”的人。通过《论语》6.30，我们知道，“博施于民而能济众”的人就是“圣人”。

最后，子夏认为，“有始有卒者，其惟圣人乎”（19.12），这一点连“君子”都做不到。这里有一丝《论语》中不常见的神秘主义色彩。如果这是神秘主义，也是一种不寻常的神秘主义，是积极活跃参与社会和政治生活的结果，由近及远（14.35）。如果孔子的一生可以称为“圣人”的一生，也许“有始有卒者”说的就是孔子，他在晚年做到了“从心所欲，不逾矩”（2.4）。

对“士”“君子”和“圣人”的特性及三者之间关系的简要诠释总结如下：所有的“圣人”都是“君子”，

所有的“君子”都曾是“士”，反之则不然。换言之，如果对这三类人进行排序，顺序应该是从“士”到“圣”。处于底部的“士”相对而言人数较多，“君子”更少见一些，“圣人”则因为“任重而道远”而极为罕见（8.7）。

“士”在循“道”时非常坚决，而“道”体现在“礼”中，“礼”则支配着“士”的多重典型角色的人际关系。沿着知行的道路走下去，我们就看到了“君子”，他们通晓“礼”，可以在没有先例的情况下表达自己的态度；他们技巧熟练地履行自己的职责，与他人相处时表现得优雅、有风度、轻松自如而且具有创造力，对待陌生人就像对待亲人一样，并从中得到一种深深的满足感。“君子”在众人中脱颖而出，他们有效地履行社会和政治责任，因此成为典范。

这一序列的顶端是“圣人”。除了拥有“君子”的各种品质，圣人似乎能全面观察和体悟风俗、礼仪和传统，不仅在当时广泛定义、凝聚了人类社会，而且对过去和未来的人类社会而言也是如此。“圣人”的这种观察和体悟可以描述为一种意识，这种意识赋予一个人超越我们所在的特定时空的能力，不但持续影响我们的同龄人，还会影响我们的前辈和后代。

用来描述“圣人”的隐喻和宇宙及天空相关：“仲尼，日月也，无得而逾焉”（19.24）。聚焦“圣人”的文化将人类经验提升到深邃的美学和宗教的高度，使人类成为配得上天地的伙伴。“圣人”的典范作用就像一道光，照耀了一代又一代人，超越了地理的限制，不仅稳定和保护着人类世界，还成为滋养人类文化的源泉。正是“圣人”引导“人道”通往更确定的未来。

在分层次诠释“士”“君子”和“圣人”之间的关系时，我们必须强调，不应将这种层级想象为一种垂直的关系，在不知的基础上得出超验的结论。我们当然希望保留“道”的丰富意象：“圣人”已经走上了正“道”，在这条路上走得比“士”和“君子”远得多，圣人为“士”和“君子”提供路标，影响他们前进的方向。后来，儒家学者荀子曾在论述“礼”的著名文章中简洁地描述了这种关系：

> 苟非圣人，莫之能知也。圣人明知之，士君子安行之，官人以为守，百姓以成俗；其在君子以为人道也，其在百姓以为鬼事也。[52]

这就是我们在翻译《论语》时遵循的主要指导思想。在它的指引下，我们阐述了《论语》中多姿多彩的世界，这个世界中彼此关联的人物以及表现、宣传、改造这个世界和其中人物的语言。我们希望这能使《论语》的西方读者理解，倘若哈姆雷特生在中国，在阅读过《论语》之后，可能会说出一些不同的话语。他不会说“天地之间有许多事情，是你的睿智所无法想象的”，而是可能会说：“感受天地的方式太多了，是你的睿智所无法想象的。”

注释 1. 导言部分随后会提到理雅各（Legge），他对多部中国经典做了翻译和评述，每一位严肃研究的学生最终都离不开查阅这些著述。特别见 *Chinese Classic*（《中国经典》），全书共五卷，19 世纪时在上海首次出版，1960 年由香港大学出版社重印。第一卷第 56-90 页讲述了孔子生平。其他英语版本的孔子传记，有雷蒙·道森（Raymond Dawson）的 *Confucius*，卫礼贤（Richard Wilhelm）的 *Confucius and Confucianism*，以及或许是最易读的一版，顾立雅（H. G. Creel）的 *Confucius and the Chinese Way*。

2. 因此，我们无需惊讶，军事战略和战术在中国古代是主要的写作题材。例如，见 *Sun-tzu: The Art of Warfare*（《孙子兵法》）和最新发现的 *Sun Pin: The Art of Warfare*（《孙膑兵法》），前者由安乐哲（Roger T. Ames）英译，后者由刘殿爵（D. C. Lau）和安乐哲（Roger T. Ames）共同英译，均作为"古代中国经典"系列书籍出版。

3. 探究中国哲学的经典之作当属冯友兰（1953）。近年来，许多新作诠释性更强，完成得很棒，在多方面超越了冯友兰。相关作品包括葛瑞汉（A. C. Graham，1989），史华慈（Benjamin Schwartz，1985）和陈汉生（Chad Hansen，1992）。

4. 指 7.1（全书共二十篇）。

5. 分别指理雅各 *Chinese Classic*（《中国经典》）的第三卷 *The Shoo King*（《书经》）和第四卷 *The She King*（《诗经》）。前者还有高本汉的英译本 *The Book of Documents*（《尚书》）。高本汉还以同样直译的方法译出 *The Book of Odes*（《诗经》）。相比之下，韦利（Arthur Waley）的译本 *The Book of Songs*（《诗经》）更为流畅，埃兹拉·庞德（Ezra Pound）的译本 *The Confucian Odes*（《儒家诗经》）

则以更有创意的方式加以阐释。

6. 见霍尔和安乐哲（Hall and Ames，1998）第二部分，区分了“追求真理的人”和“追求道的人”的不同。

7. 见刘殿爵（D. C. Lau，1992）附录 2“《论语》中出现的孔子弟子”。理雅各（Legge，1960）*Chinese Classics*（《中国经典》）第一卷第 112-128 页同样介绍了孔子弟子。

8. 刘殿爵（D. C. Lau，1992：262）。

9.《论语》的其他英译本有理雅各（Legge）的 *Chinese Classic*（《中国经典》）第一卷；韦利（Waley）的 *The Analects of Confucius*；刘殿爵（D. C. Lau）的 *Confucius: The Analects*；道森（Dawson）的 *Confucius: The Analects*；西蒙·莱斯（Simons Leys）的 *The Analects of Confucius*。白牧之和白妙子夫妇（E.Bruce and A.Taeko Brooks）著有《论语辨》，由哥伦比亚大学出版社出版，我们阅读了其中的译文和评注，获得不少收获。这些译作大部分都有值得推荐的独到之处：刘殿爵的译本在语文学方面无可比拟；而白牧之和白妙子夫妇译本则坚持强调历史细节，认为其对完整理解文本有至关重要的作用。我们希望前人的译本和我们对于文本的哲学思辨能够互相补足。

10. 更多介绍见卜德（Derk Bodde）的 *China's First Unifier*（《中国第一个统一者》），以及 *The Cambridge History of China*（《剑桥中国史》）第一卷。

11. 白牧之和白妙子夫妇的解读与梅约翰（Makeham，1996）对《论语》所作的细致文本研究高度一致。

12. 梅约翰（Makeham，1997：263）著作中的注释 9：所谓熹平石经上刻印的《论语》经本（实际刻于 175—183 年间），据说是基于《鲁论》而成。

13. 见注释 5。

14. 见夏含夷（Shaughnessy，1993：378）。

15. 见注释 5。

16.《易经》的英译本里，当之无愧有着最大影响力的是卫礼贤（Richard Wilhelm）的 *Book of Changes*（1961）。最近两个译本出自林理彰（1994）和夏含夷（Shaughnessy，1996），后者的译本作为“古代中国经典”系列书籍出版。

17. 对于孔子和《易经》解说文章的关系，相关探究由来已久，马王堆新出土的帛书为这一问题提供了新证据。见夏含夷（Shaughnessy，1996）。

18. 目前仍未有《周礼》的英语全译本。施约翰（John Steele）有《仪礼》英译本 *I-Li*（普罗伯斯坦，1917），理雅各（Legge）则有《礼记》英译本 *Li Chi*。

19. 理雅各 *Chinese Classic*（《中国经典》）第五卷（1960）。

20. 理雅各所译《孟子》见 *Chinese Classic*（《中国经典》）第二卷（1960），此外刘殿爵（D. C. Lau，1984）也曾英译《孟子》。

21. 约翰·诺布洛克（Knoblock，1988-1994）曾全文英译《荀子》。伯顿·沃森（Burton Watson，1963）和德效骞（H. H. Dubs，1928）此前曾有过节译本。德效骞还著有 *Hsun-tzu: The Moulder of Ancient Confucianism*（《荀子：古代儒学的塑造者》）（1929a）。关于荀子不为人知的重要性的讨论，见霍尔和安乐哲（Hall and Ames，1995：205-211）。

22. 有关朱熹的资料，可参考陈荣捷（Wing-tsit Chan）的 *Chu Hsi and Neo-Confucianism*（《朱熹与新儒家》）（1986）。

23. 见艾文贺（P. J. Ivanhoe，1993）和杜维明（Tu Wei-ming，1978，1985）。

24. 请看杜维明（Tu Wei-ming，1996）。罗思文（Rosemont，1995） 在 “Why the Chinese Economic Miracle Isn't One”（为何中国的经济奇迹并非如此）一文中对“儒家假说”简要提出了质疑。

25. 这一部分以及后文提到的许多材料都反映了我们在其他著述中的观点。见霍尔和安乐哲（Hall and Ames，1987，1995，1998）以及罗思文（Rosemont，1974，1991）。

26. 由王庆节（Wang Qingjie）向我们提出。

27. 见威斯（Veith，1972）。

28. 霍尔和安乐哲（Hall and Ames，1998：第四章）。

29. 席文（Sivin，1965：110）。

30.《庄子·内篇·齐物论》。

31. 陈汉生（Hansen，1992：多处出现，尤见第33-52页）。

32.《庄子·内篇·齐物论》。

33. 引自德范克（DeFrancis，1984：69）。尽管我们不同意德范克所述古典汉语在音韵上的重要性，我们在这一话题上更加谨慎，因为我们尊重他在学术上的贡献。此外，尽管我们在书面汉语的字母化改革上比德范克更为保守，我们完全理解德范克提倡改革的原因，即教学方面的考量：此举将更广泛地提升人们的汉字读写能力。

34. 引自芮沃寿（Wright，1953：291）。他所著论文全文——“The Chinese Language and Foreign Ideas”（汉语和外来思想）——应当引起读者重视。

35. 这几段是对罗思文（Rosemont，1974）部分著述的总结，原文有相关参考。

36.“老中国通”和许多学者老生常谈的话题。见德效骞（H. H. Dubs，1929b），特别是第26-29页，以及乌尔曼

（Ullman，1969：18-20）。柏拉图，维特根斯坦，以及最近的博尔赫斯所著“Funes the Memorius”（博闻强记的富内斯），都提供了颇有说服力的论据，说明人类不能“具象”地思考。

37. 高本汉（Karlgren，1923：40）。

38. 见瑞丽（Lisa Raphals），“A Woman Who Understood the Rites: Confucius on Ji of Lu”（一个达礼的女性：孔子关于鲁季的论述），收录于 *Essays on the Analects of Confucius*（《论语论文集》）（即将出版）*，万百安（Bryan Van Norden）编。同时见瑞丽（Raphals，1998）。

39. 词汇部分参考了霍尔和安乐哲（Hall and Ames，1987）*Thinking Through Confucius*（《通过孔子而思》）。全书中，我们以动态、关联的方式描述中文术语，以英语语法允许而非根本上的指涉为基础，以此指代事物、物质、精神。尽管乔姆斯基（Noam Chomsky，1996：52）以下的论述出自不同的语境，但他所建构对语言的理解，似乎特别能确证我们翻译经典汉语著作的方法。从更宏观的层面讲，也能确证我们对语言的处理方法：

我们谈论的话语，即使是最简单的话，也不需要对应现实世界的物体，同时也没有人相信我们说的话可以和现实中的物体对应。人们要用词汇指涉事物，需要通过复杂的方式，同时反应兴趣和情景，而词汇本身并不指涉事物；词汇和事物之间不存在关系……更复杂的词汇－事物－人的关系也并不存在……

40. 理雅各 *Chinese Classic*（《中国经典》）的第三卷第 92 页及其后。“The Tribute of Yu”（禹贡）。

41. 杜威（Dewey，1920：128）。

---

* 最终出版的书名似乎有所改动，疑是 *Confucius and the Analects: New Essays*（《孔子与论语新论》）。

42. 见艾兰（Allan，1979）和芮马丁（Ahern，1981）。

43. 理雅各 *Chinese Classic*（《中国经典》）的第三卷第292页。

44. 芬格莱特（Fingarette，1983：217）。

45. 高本汉（Karlgren，1950c：191）。

46. 竹内（Takeuchi，1965）和陈荣捷（Wing-tsit Chan，1969）。

47. 庞德（Pound，1951：22）。

48. 孟旦（Munro，1969：75-76）。

49. 见本书13.23的注解，详细讨论了评注这一术语时在烹饪方面的关联。

50. 卜弼德（Boodberg，1953：320-322）。

51.《孟子·离娄章句下·第三十二节》和《孟子·告子章句下·第二节》。

52.《荀子·礼论》。罗思文（Rosemont，1999）和安乐哲（Ames，1999）更完整地阐释了这种精神发展的路径。

学而篇第一

BOOK 1

1.1

子曰："学而时习之，不亦说乎？有朋自远方来，不亦乐乎？人不知而不愠，不亦君子乎？"

The Master said, "Having studied,[1] to then repeatedly apply what you have learned—is this not a source of pleasure? To have friends come from distant quarters[2]—is this not a source of enjoyment? To go unacknowledged by others without harboring frustration—is this not the mark of an exemplary person (*junzi* 君子)?

注释 1. 吉尔伯特·赖尔（Gilbert Ryle，1949）区分了如"study"（学）一类的"进行"词和"过程"词，和如"learn"（习）一类的"成果"词和"完成"词的不同。在中国古代宇宙观中，比起固定形态和停滞，过程和变化更能代表事物的自然状态。因此，原文语言更倾向于指前者"study"。见霍尔和安乐哲（Hall and Ames，1998：229-30）及霍尔和安乐哲（Hall and Ames，1995：183-97）。

2. “朋”和“友”的不同，见霍尔和安乐哲（Hall and Ames，1994：77-94及1998：257-69）。此处的“朋”指门下，即同一师门的学生，或指从各地来的孔子的众多追随者。“友”更像是导师。

1.2

有子曰：“其为人也孝弟，而好犯上者，鲜矣；不好犯上，而好作乱者，未之有也。君子务本，本立而道生。孝弟也者，其为人（仁）之本与！”

Master You[3] said, “It is a rare thing for someone who has a sense of filial and fraternal responsibility (*xiaoti*孝弟) to have a taste for defying authority. And it is unheard of for those who have no taste for defying authority to be keen on initiating rebellion. Exemplary persons (*junzi*君子) concentrate their efforts on the root, for the root having taken hold, the way (*dao*道) will grow therefrom. As for filial and fraternal responsibility, it is, I suspect, the root of authoritative conduct (*ren*仁).”[4]

注释 3. 有子：见刘殿爵（Lau，261-262）。有子常被认为受到孔子身边人的尊敬。或许是因为有子说过的话，据传他和孔子很相像。《礼记·檀弓上》中，子游说：“有子之言似夫子也。”

4. 本段中，译者取“仁”字。

1.3

子曰："巧言令色，鲜矣仁！"

The Master said, "It is a rare thing for glib speech and an insinuating appearance to accompany authoritative conduct (*ren*仁)."[5]

注释 5. 本段在 17.17 中重复出现。

1.4

曾子曰："吾日三省吾身：为人谋而不忠乎？与朋友交而不信乎？传不习乎？"

Master Zeng said, "Daily I examine my person on three counts. In my undertakings on behalf of other people, have I failed to do my utmost (*zhong*忠)? In my interactions with colleagues and friends, have I failed to make good on my word (*xin*信)? In what has been passed on to me, have I failed to carry it into practice?"

1.5

子曰："道千乘之国，敬事而信，节用而爱人，使民以时。"

The Master said, "The way (*dao*道) to lead a thousandchariot state effectively is to carry out your official duties respectfully and make good on your word (*xin* 信); be frugal in your expenditures and love your peers;

and put the common people to work only at the proper time of year."[6]

注释 6. 此处的"peers（人）"和"the common people（民）"相对，指特定阶层的人。参看 14.42。

1.6

子曰："弟子入则孝，出则悌，谨而信，泛爱众，而亲人（仁）。行有余力，则以学文。"

The Master said, "As a younger brother and son, be filial (*xiao*孝) at home and deferential (*ti*悌) in the community; be cautious in what you say and then make good on your word (*xin*信); love the multitude broadly and be intimate with those who are authoritative in their conduct (*ren*仁).[7] If in so behaving you still have energy left, use it to improve yourself through study."

注释 7. 有的版本记载："而亲人。"本处译者取"仁"字。

1.7

子夏曰："贤贤易色；事父母，能竭其力；事君，能致其身；与朋友交，言而有信。虽曰未学，吾必谓之学矣。"

Zixia[8] said, "As for persons who care for character much more than beauty, who in serving their parents are able to exert themselves utterly, who give their whole person in the service of their ruler, and who, in interactions with colleagues and friends, make good on their word (*xin*信) —even if it were said of such persons that they are unschooled, I would insist that they are well educated indeed."

注释 8. 子夏是一名文人，据传，他对开创儒学经典有重要作用。他在全书最后五篇中发挥了主要作用，强调了学习的重要性。孔子也认为，他在和子夏的对话中学到了很多。尽管子夏坚持强调，学习的目的是在人际交往中做到品行端正，并希望借此弥补自己的学究形象，孔子还是不时批评他的人生志向太过小气和狭隘。

1.8

子曰："君子不重则不威；学则不固。主忠信。无友不如己者。过则勿惮改。"

The Master said, "Exemplary persons (*junzi*君子) lacking in gravity would have no dignity. Yet in their studies they are not inflexible.[9] Take doing your utmost and making good on your word (*xin*信) as your mainstay. Do not have as a friend anyone who is not as good as you are.[10] And where you have erred, do not hesitate to mend your ways."

注释 9. 本处的意思是，"重"和灵活变通之间不矛盾。

10. 关于儒家中"友"的概念，见霍尔和安乐哲（Hall and Ames，1994 及 1998）。同时见上注释 2。

1.9

曾子曰："慎终追远，民德归厚矣。"

Master Zeng said, "Be circumspect in funerary services and continue sacrifices to the distant ancestors, and the virtue (*de*德) of the common people will thrive."[11]

注释 11. 语言的施为功能在礼治社会里最为有效。

1.10

子禽问于子贡曰："夫子至于是邦也，必闻其政，求之与？抑与之与？"子贡曰："夫子温、良、恭、俭、让以得之。夫子之求之也，其诸异乎人之求之与？"

Ziqin asked Zigong,[12] "When the Master arrives in a particular state and needs to learn how it is being governed, does he seek out this information or is it offered to him?"Zigong replied, "The Master gets all he needs by being cordial, proper, deferential, frugal, and unassuming. Perhaps this way of seeking information is somewhat different from how others go about it."

注释 12. 子贡是优秀的政治家和商人，可能是孔子除颜回外最喜欢的学生。孔子敬重子贡的能力，尤其是他的才智，但并不赞赏他靠聪明才智积累个人财富的行为。子贡没有心怀苍生的志向，选择积累个人财富而非主动肩扛为官之重任。综合对他的各种描述，孔子很明显并不十分满意这种行为。子贡对旁人冷淡，也不慷慨。同时，由于经常评价他人，他总显得高人一等。子贡出身富庶之家，从小受过良好教育，言语得体，谈吐文雅。也正因此，孔子常批评他的言行不一。尽管如此，《论语》中对孔子的许多赞美之词都出自能言善辩的子贡之口。

1.11

子曰："父在，观其志；父没，观其行；三年无改于父之道，可谓孝矣。"

The Master said, "While a person's father is still alive, observe what he intends: when his father dies, observe what he does.[13] A person who for three years refrains from reforming[14] the ways (*dao*道) of his late father can be called a filial son (*xiao*孝)."[15]

注释 13. 注意"态度"和"行为"的区别——此处的预期是，当父亲还在世时，儿子的行为没有讨论的余地，但他的态度可以被质疑。

14. 这里的"改"意为修正和调整。"改"字常被注为"更"，意思是"修正，改变，改进"。同时见附录二第279页至281页。

15. 见4.20中此句重复出现。

1.12

有子曰："礼之用，和为贵。先王之道，斯为美；小大由之。有所不行，知和而和，不以礼节之，亦不可行也。”

Master You said, “Achieving harmony (*he*和) is the most valuable function of observing ritual propriety (*li* 礼). In the ways of the Former Kings, this achievement of harmony made them elegant, and was a guiding standard in all things large and small. But when things are not going well, to realize harmony just for its own sake without regulating the situation through observing ritual propriety will not work.”[16]

注释 16. 此处，有子区分了简单地施行命令和实现和谐之间的不同。

1.13

有子曰：“信近于义，言可复也。恭近于礼，远耻辱也。因不失其亲，亦可宗也。”

Master You said, “That making good on one’s word (*xin*信) gets one close to being appropriate (*yi* 义) is because then what one says will bear repeating. That being deferential gets one close to observing ritual propriety (*li*礼) is because it keeps disgrace and insult at a distance. Those who are accommodating and do not lose those with whom they are close are deserving of esteem.”

1.14

子曰："君子食无求饱，居无求安，敏于事而慎于言，就有道而正焉，可谓好学也已。"

The Master said, "In eating, exemplary persons (*junzi*君子) do not look for a full stomach, nor in their lodgings for comfort and contentment. They are persons of action yet cautious in what they say. They repair to those who know the way (*dao*道), and find improvement in their company. Such persons can indeed be said to have a love of learning (*haoxue*好学)."[17]

注释 17. "学"并不单指从书本中学习，常指在现实事件中培养正当的行为举止。"学"可以用近音字"觉"来解释，既要自我学习，又要教授他人——即通过实际情况认识世界比通过媒介要来得重要。见霍尔和安乐哲（Hall and Ames，1987：43-46）及导言第61页至第62页。

1.15

子贡曰："贫而无谄，富而无骄，何如？"

子曰："可也；未若贫而乐道，富而好礼者也。"

子贡曰："《诗》云：'如切如磋，如琢如磨。'其斯之谓与？"子曰："赐也，始可与言《诗》已矣，告诸往而知来者。"

Zigong said, "What do you think of the saying: 'Poor but not inferior: rich but not superior'?"The Master replied, "Not bad, but not as good as: "Poor but enjoying the way (*dao*道); [18] rich but loving ritual propriety (*li*礼)"

Zigong said, "The Book of Songs states: Like bone carved and polished, Like jade cut and ground.[19] Is this not what you have in mind?"

The Master said, "Zigong, it is only with the likes of you then that I can discuss the Songs! On the basis of what has been said, you know what is yet to come."

注释 18. 许多校订本，包括定州汉墓竹简，在此处作"贫而乐"而非"贫而乐道"。考虑到平行结构，后者更佳。

19.《诗经》第55篇。参看理雅各（Legge）*Chinese Classic*（《中国经典》）第四卷第55页。

1.16

子曰："不患人之不己知，患不知人也。"

The Master said, "Don't worry about not being acknowledged by others: worry about failing to acknowledge them."

为政篇第二

BOOK 2

2.1

子曰："为政以德，譬如北辰，居其所而众星共之。"

The Master said, "Governing[20] with excellence (*de* 德) can be compared to being the North Star: the North Star dwells in its place, and the multitude of stars pay it tribute."[21]

注释 20. 定州汉墓竹简中"政"作"正"。以这一同音字延伸出"以正道执政"的确切含义，这在经典文本中很常见。见 12.17。

21. 这是孔子对道家"无为"思想的阐释。推行恭敬，治国时就无须以高压强迫人民，为政者不靠专制，却能让天下听命于他。参看 2.3。

2.2

子曰："《诗》三百，一言以蔽之，曰：'思无邪。'"

The Master said, "Although the Songs are three hundred in number, they can be covered in one expression:'Go vigorously without swerving.'"[22]

注释 22. 这一表述出自《诗经》第297篇：

駉駉牡马，在坰之野。
薄言駉者，有骃有騢，
有驔有鱼，以车祛祛。
思无邪，思马斯徂！

参看理雅各（Legge）*Chinese Classics*（《中国经典》）第四卷第612页。这首诗似乎只是在称颂好马，与人生道德无关。朱熹评注："善者可以感发人之善心，恶者可以惩创人之逸志，其用归于使人得其情性之正而已。"他似是将本句按字面理解为"不要有邪恶的想法"，并由此延伸出"让人们在心中善良"的意思。然而，由于孔子偏好创造性地引用《诗经》，引用时常脱离原文语境，此处似乎没有理由按字面意思解读。

2.3

子曰："道之以政，齐之以刑，民免而无耻；道之以德，齐之以礼，有耻且格。"

The Master said, "Lead the people with administrative junctions (*zheng*政) and keep them orderly with penal law (*xing*刑), and they will avoid punishments but will be without a sense of shame. Lead them with excellence (*de*德) and keep them orderly through observing ritual propriety (*li*礼) and they will develop a sense of shame, and moreover, will order themselves."[23]

注释 23. 本段再次展示出孔子不以高压强迫人民，而是以礼乐制度规范管理的想法，是孔子对道家"无为"思想的阐释。

2.4

子曰："吾十有五而志于学，三十而立，四十而不惑，五十而知天命，六十而耳顺，七十而从心所欲，不踰矩。"

The Master said, "From fifteen, my heart-and-mind was set upon learning; from thirty I took my stance; from forty I was no longer doubtful; from fifty I realized the propensities of tian (*tianming* 天命); from sixty my ear was attuned; from seventy I could give my heart-and-mind free rein without overstepping the boundaries."[24]

注释 24. 本段的遣词暗喻"道"：向一个方向出发，找准自己的位置，知道走哪条路，了解身边的地形条件，沿着道路前进（有人猜测此处的"耳"是变体，但定州汉墓竹简中同样有"耳"字），最后可以自由地去任何想去的地方而不会迷路。同时参看芬格莱特（Fingarette，1972）*Confucius: The Secular as Sacred*（《孔子因凡而圣》）第二章。

2.5

孟懿子问孝。子曰："无违。"

樊迟御，子告之曰："孟孙问孝于我，我对曰，'无违。'"樊迟曰："何谓也？"子曰："生，事之以礼；死，葬之以礼，祭之以礼。”

Meng Yizi[25] asked about filial conduct (*xiao*孝). The Master replied, “Do not act contrary?”Fan Chi[26] was driving the Master’s chariot, and the Master informed him further: “Meng Yizi asked me about filial conduct, and I replied, “Do not act contrary?”Fan Chi asked, “What did you mean by that?”The Master replied, “While they are living, serve them according to the observances of ritual propriety (*li*礼); when they are dead, bury them and sacrifice to them according to the observances of ritual propriety.”

注释 25. 鲁国大夫。

26. 樊迟给人以好问的印象，在 12.22 和 13.19 中问仁和知。他学得不快，会重复询问孔子话中之意。一次，樊迟向孔子请教种菜栽花（13.4），孔子因而不耐烦。不断变化的“道”有另一种表现，那就是通过孝行体现出的血缘关系，这一点渗透在中国文化的各个方面。

2.6

孟武伯问孝。子曰：“父母唯其疾之忧。”

Meng Wubo[27] asked about filial conduct (*xiao*孝). The Master replied, “Give your mother and father nothing to worry about beyond your physical well-being.”[28]

注释 27. 上一段中孟懿子的儿子。

28. 本段有歧义。还可以理解为："除他们（父母）自己的身体安康以外，不让父母担心其他的事情。"

2.7

子游问孝。子曰："今之孝者，是谓能养。至于犬马，皆能有养；不敬，何以别乎？"

Ziyou[29] asked about filial conduct (*xiao*孝). The Master replied, "Those today who are filial are considered so because they are able to provide for their parents. But even dogs and horses are given that much care. If you do not respect your parents, what is the difference?"

注释 29. 如果说子夏的问题是过于重视书本知识，那么子游则和子羽很像，过分看重孔子的教诲和礼制的正统性，而忽略了其中的人情温暖和幽默。

2.8

子夏问孝。子曰："色难。有事，弟子服其劳；有酒食，先生馔，曾是以为孝乎？"

Zixia asked about filial conduct (*xiao*孝). The Master replied, "It all lies in showing the proper countenance. As for the young contributing their energies when there is work to be done, and deferring to their elders when there is wine and food to be had—how can merely doing this be considered being filial?"

2.9

子曰："吾与回言终日，不违，如愚。退而省其私，亦足以发，回也不愚。"

The Master said, "I can speak with Yan Hui for an entire day without his raising an objection, as though he were slow. But when he has withdrawn and I examine what he says and does on his own, it illustrates perfectly what I have been saying. Indeed, there is nothing slow about Yan Hui!"

2.10

子曰："视其所以，观其所由，察其所安。人焉廋哉？人焉廋哉？"

The Master said, "Watch their actions, observe their motives, examine wherein they dwell content: won't you know what kind of person they are? Won't you know what kind of person they are?"

2.11

子曰："温故而知新，可以为师矣。"

The Master said, "Reviewing the old as a means of realizing the new—such a person can be considered a teacher."[30]

注释 30. 注意对学习的阐释态度，这是经典儒学的标志。

2.12

子曰："君子不器。"

The Master said, "Exemplary persons (*junzi*君子) are not mere vessels."[31]

注释 31. 孔子坚持区分教育和训练的不同。个人的教育关乎的是培养性格，而与学习某种特定的技能无关。

2.13

子贡问君子。子曰："先行其言而后从之。"

Zigong asked about exemplary persons (*junzi*君子). The Master replied, "They first accomplish what they are going to say, and only then say it."[32]

注释 32. 定州汉墓竹简中更言简意赅："先行，其言从之。"

2.14

子曰："君子周而不比，小人比而不周。"

The Master said, "Exemplary persons (*junzi*君子) associating openly with others are not partisan; petty persons being partisan do not associate openly with others."

2.15

子曰："学而不思则罔，思而不学则殆。"

The Master said, "Learning without due reflection leads to perplexity; reflection without learning leads to perilous circumstances."[33]

注释 33. 古代哲学家程子对本段的评论："博学、审问、慎思、明辨、笃行五者，废其一，非学也。"

2.16

子曰："攻乎异端，斯害也已。"

The Master said, "To become accomplished in some heterodox doctrine will bring nothing but harm."[34]

注释 34. 本处译者随定州汉墓竹简取"功（攻读、专攻）"义，而非普遍认可的"攻（攻击）"义。由于"攻"字在《论语》中除此处外还出现了三次，每次都表示"攻击"的意思，杨伯峻忽略了此处"攻"字后面紧随的介词"乎"，否定了将"攻"字理解为"攻读"的意见。他将本段理解为："攻击那些异端邪说，那么危害就会被消除了。"定州汉墓竹简似能解决此处的争议。

2.17

子曰："由！诲女知之乎！知之为知之，不知为不知，是知也。"

The Master said, "Zilu, [35] shall I teach you what wisdom (*zhi*知) means?"To know (*zhi*知) what you know and know what you do not know—this then is wisdom."[36]

注释 35. 子路是孔子又一位声名在外的学生，很受孔子喜欢。他有勇气，敢于行动，有时会因为太过莽撞和冲动受到孔子的责怪。他曾问孔子，勇气是否是最高的美德。孔子试图控制住他的这种想法，因此告诉他，君子有勇气而无分寸，则会惹祸；小人有勇气而无分寸，则会成为小偷。

孔子对子路的感情是复杂的。一方面，他常批评子路鲁莽行事，缺乏谦逊，并且对他表现出的对书本知识的冷漠感到不耐烦。另一方面，孔子又很赞赏子路的忠贞和坦率——子路总是能及时履行承诺。

子路和孔子年龄相仿，再加上他脾气刚烈，意味着他不是只会埋头接受批评而不回应的人。尤其是在一些真实性存疑的记载中，子路曾多次质疑孔子和一些品性可疑、名声不佳的政治人物产生联系的决定——比如卫灵公的夫人，孔子只得为自己作辩护。但话又说回来，字里行间还是体现出了孔子对无法完全抑制住的子路的喜爱。

36. 此处译者参照定州汉墓竹简。根据普遍认可的记载，此处还可解读为：

The Master said, "Zilu, shall I instruct you in what it means to know something? To know what you know and know what you do not know—this then is what it means to know."

2.18

子张学干禄。子曰："多闻阙疑，慎言其余，则寡尤；多见阙殆，慎行其余，则寡悔。言寡尤，行寡悔，禄在其中矣。"

Zizhang[37] was studying in order to take office. The Master said, "If you listen broadly, set aside what you are unsure of and speak cautiously on the rest, you will make few errors; if you look broadly, set aside what is perilous, and act cautiously on the rest, you will have few regrets. To speak with few errors and to act with few regrets is the substance of taking office."

注释 37. 子张看起来是轻率的人，比起内在更关注外表。他曾受到孔子其他学生的批评。

2.19

哀公问曰："何为则民服？"孔子对曰："举直错诸枉，则民服；举枉错诸直，则民不服。"

Duke Ai of Lu inquired of Confucius, asking: "What does one do to gain the allegiance of the people?"Confucius replied, "Raise up the true and place them over the crooked, and the allegiance of the people will be yours: raise up the crooked and place them over the true, and the people will not be yours."

2.20

季康子问："使民敬、忠以勤，如之何？"子曰："临之以庄，则敬；孝慈，则忠；举善而教不能，则勤。"

Ji Kangzi[38] asked, "How do you get the people to be respectful, to do their utmost for you (*zhong*忠), and to be eager?"The Master replied, "Oversee them with dignity and the people will be respectful; be filial to your elders (*xiao*孝) and kind to your juniors, and the people will do their utmost for you; raise up those who are adept (*shan*善) and instruct those who are not and the people will be eager?"[39]

注释 38. 季康子是三桓之首，三桓是鲁国实际上的统治者。季康子逝于公元前 469 年。

39. "善"字直译成英文是"good"，但需注意，"善"首先是一个关系词，随后才衍生为一种能力。"善"可以理解为"good at（擅长……），good to（对……好），good with（擅长和……打交道），good for（对……好），good in（好在……）"，诸如此类，因此衍生出"adeptness（熟悉），efficaciousness（高效），competency（胜任）"的意思。本段中，"those who are adept（善）"和"those who are not（不能）"相对。

2.21

或谓孔子曰："子奚不为政？"子曰："《书》云：'孝乎惟孝，友于兄弟，施于有政。'是亦为政，奚其为为政？"

Someone asked Confucius, "Why are you not employed in governing?"The Master replied, "The Book of Documents says:

It is all in filial conduct (*xiao*孝)! Just being filial to your parents and befriending your brothers is carrying out the work of government.

In doing this I am employed in governing. Why must I be 'employed in governing'?"

2.22

子曰："人而无信，不知其可也。大车无輗，小车无軏，其何以行之哉？"

The Master said, "I am not sure that anyone who does not make good on their word (*xin*信) is viable as a person. If a large carriage does not have the pin for its yoke, or a small carriage does not have the pin for its crossbar, how can you drive them anywhere?"[40]

注释 40. 像车上的销子一样，信连接了语言和行动。

2.23

子张问："十世可知也？"子曰："殷因于夏礼，所损益，可知也；周因于殷礼，所损益，可知也。其或继周者，虽百世可知也。"

Zizhang asked, "Can we know what ten generations hence will be like?"

The Master replied, "The Yin dynasty adapted the

observances of ritual propriety (*li* 礼) of the Xia dynasty, and how they altered them can be known. The Zhou adapted the observances of ritual propriety of the Yin, and how they altered them can be known. If there is a dynasty that succeeds the Zhou, even if it happens a hundred generations from now, the continuities and changes can be known."[41]

注释 41. 本段显示出孔子既强调变化，又看重延续。新的未来从过去延续而来。"殷"是商朝的另一个名字。

2.24

子曰："非其鬼而祭之，谄也。见义不为，无勇也。"

The Master said, "Sacrificing to ancestral spirits other than one's own is being unctuous. Failing to act on what is seen as appropriate (*yi* 义) is a want of courage?"

八佾篇第三

BOOK 3

3.1

孔子谓季氏，“八佾舞于庭，是可忍也，孰不可忍也？”

Confucius remarked on the Ji clan, “If the Ji clan's use of the imperial eight rows of eight dancers in the courtyard of their estate can be condoned, what cannot be?”[42]

注释 42. 季氏的行为僭越了王室特权。

3.2

三家者以《雍》彻。子曰：“‘相维辟公，天子穆穆’，奚取于三家之堂？”

The Three Families of Lu—Meng-sun, Shu-sun, and Ji-sun— had the yong ode[43] performed at the conclusion of their sacrifices as the implements were being gathered. The Master said, “Assisting were the various nobles, And the Emperor stood regal and majestic. What relevance does this ode have to the ancestral halls of the Three Families?"

注释 43.《诗经》第 282 篇。参看理雅各（Legge）*Chinese Classic*（《中国经典》）第四卷第 589 页。

3.3

子曰："人而不仁，如礼何？人而不仁，如乐何？"

The Master said, "What has a person who is not authoritative (*ren*仁) got to do with observing ritual propriety (*li*礼)? What has a person who is not authoritative got to do with the playing of music (*yue*乐)?"[44]

注释 44. 注意本段和上一段的关联，孔子在上一段中批评了蔑视礼制的统治者误用礼乐的行为。在编辑本书时，像这样相邻的两段间互相关联的情况很普遍。

3.4

林放问礼之本。子曰："大哉问！礼，与其奢也，宁俭；丧，与其易也，宁戚。"

Lin Fang[45] asked about the roots of observing ritual propriety (*li*礼). The Master replied, "What an important question! In observing ritual propriety, it is better to be modest than extravagant; in mourning, it is better to express real grief than to worry over formal details."

注释 45. 林放在 3.6 中再次出现，孔子严厉批评了他不反对季氏祭祀泰山的行为。背后的含义是：他们真的以为自己能骗过泰山吗！

3.5

子曰："夷狄之有君，不如诸夏之亡也。"

The Master said, "The Yi and Di barbarian tribes[46] with rulers are not as viable as the various Chinese states without them."

注释 46. 夷狄是位于古中原各国东部和北部边境的部落。中文或许在一定程度上反映了对这些边境部落的轻蔑："狄"字的部首表"犬"义，"蛮"（南部边境的部落）字的部首表"畜生 / 虫"义，"貊"（北部边境的部落）字的部首表"爬虫 / 畜生"义。另外一种解释是，这些部落和古中原人一样，把动物作为自己的象征。龙，一般翻译为"dragon"，正是这种部落象征主义下图腾融合的产物。见杜维明（Tu Wei-ming，1997：14）。

3.6

季氏旅于泰山。子谓冉有曰："女弗能救与？"对曰："不能。"子曰："呜呼！曾谓泰山不如林放乎？"

The Ji clan was going to perform the lü sacrifice on Mount Tai. Confucius spoke to Ranyou, [47] "Are you not able to save them from this impropriety?"He replied, "I cannot."The Master said, "Oh, my! Can it really be that Lin Fang knows more about observing ritual propriety than Mount Tai!"

注释 47. 冉有是孔子的学生，此时在季氏家做家臣。孔子将冉有视为一名较平庸的学生，认为他缺乏主动性（11.22）。

3.7

子曰："君子无所争。必也射乎！揖让而升，下而饮。其争也君子。"

The Master said, "Exemplary persons (*junzi*君子) are not competitive, except where they have to be in the archery ceremony. Greeting and making way for each other, the archers ascend the hall, and returning they drink a salute. Even in contesting, they are exemplary persons."

3.8

子夏问曰："'巧笑倩兮，美目盼兮，素以为绚兮。'何谓也？"子曰："绘事后素。"

曰："礼后乎？"子曰："起予者商也！始可与言《诗》已矣。"

Zixia[48] inquired, "What does the song[49] mean when its says: Her smiling cheeks—so radiant, Her dazzling eyes—so sharp and clear, It is the unadorned that enhances color?"The Master replied, "The application of color is to the unadorned."

"Does this mean that observing ritual propriety (*li* 礼) itself comes after?"asked Zixia. The Master replied, "Zixia, you have stimulated my thoughts. It is only with the likes of you that one can discuss the Songs."

注释 48. 见注释 8。

49. 前两句诗出自《诗经》第五十七篇。参看理雅各（Legge）*Chinese Classic*（《中国经典》）第四卷第 94 页。

3.9

子曰："夏礼，吾能言之，杞不足征也；殷礼，吾能言之，宋不足征也。文献不足故也。足，则吾能征之矣。"

The Master said, "I am able to speak on ritual propriety (*li*礼) during the Xia dynasty, but its descendent state, Qi, does not provide adequate evidence. I am able to speak on ritual propriety during the Yin dynasty, but its descendent state, Song, does not provide adequate evidence. It is because these states have inadequate documentation and few men of letters. If they were adequate in these respects, I would be able to give evidence for what I say."

3.10

子曰：“禘自既灌而往者，吾不欲观之矣。”

The Master said, “As for what follows in the di imperial ancestral sacrifice once the libation has been made, I do not desire to watch it.”[50]

注释 50. 此处暗含的意思是，那时的祭祀并没有按正确的方式进行。禘祭在鲁国每五年举行一次，本应与王室血脉有关。

3.11

或问禘之说。子曰：“不知也；知其说者之于天下也，其如示诸斯乎！”指其掌。

Someone asked the Master for an explanation of the di imperial ancestral sacrifice, and he replied, “I don’t have one. Anyone who did know how to explain it could rule the empire as easily as having it here.”And he pointed to the palm of his hand.

3.12

祭如在，祭神如神在。子曰：“吾不与祭，如不祭。”

The expression “sacrifice as though present”is taken to mean “sacrifice to the spirits as though the spirits are present.”But the Master said, “If I myself do not participate in the sacrifice, it is as though I have not sacrificed at all."

3.13

王孙贾问曰："'与其媚于奥，宁媚于灶'何谓也？"子曰："不然；获罪于天，无所祷也。"

Wang-sun Jia inquired of Confucius, quoting the saying: "It is better to pay homage to the spirit of the stove Than to the spirits of the household shrine. What does this mean?" The Master replied, "It is not so. A person who offends against (*tian*天) has nowhere else to pray."

3.14

子曰："周监于二代，郁郁乎文哉！吾从周。"

The Master said, "The Zhou dynasty looked back to the Xia and Shang dynasties. Such a wealth of culture! I follow the Zhou."

3.15

子入太庙，每事问。或曰："孰谓鄹人之子知礼乎？入太庙，每事问。"子闻之，曰："是礼也。"

The Master on entering the Grand Ancestral Hall asked questions about everything. Someone remarked, "Who said this son of a man from the Zou village[51] knows about observing ritual propriety (*li*礼)? On entering the Grand Ancestral Hall he asks questions about everything." When Confucius heard of this, he said, "To do so is itself observing ritual propriety?"

注释 51. 此处指孔子的父亲，他曾做过鄹地的大夫。

3.16

子曰："射不主皮，为力不同科，古之道也。"

The Master said, "Marksmanship does not lie in piercing the leather target, because the strength of the archers varies. This is the way of the ancients."

3.17

子贡欲去告朔之饩羊。子曰："赐也！尔爱其羊，我爱其礼。"

Zigong wanted to dispense[52] with the sacrifice of a live sheep at the Declaration of the New Moon ceremony. The Master said, "Zigong! You grudge thg sheep —I, ritual propriety (*li*礼)."[53]

注释 52. 定州汉墓竹简作："子贡去……"

53. 朱熹评注，国君会送给诸侯用于在祖庙中祭祀的羊。尽管到鲁文公时，鲁国不再举行祭祀典礼，但仍有政府官员把作为祭品的羊送去鲁国。

3.18

子曰："事君尽礼，人以为谄也。"

The Master said, "If in serving your lord you are scrupulous about what is ritual (*li*礼), other people will think you unctuous."

3.19

定公问："君使臣，臣事君，如之何？"孔子对曰："君使臣以礼，臣事君以忠。"

Duke Ding of Lu inquired, "How should rulers employ their ministers, and how should ministers serve their lord?"

Confucius replied, "Rulers should employ their ministers by observing ritual propriety (*li*礼), and ministers should serve their lord by doing their utmost (*zhong*忠)."

3.20

子曰："《关雎》，乐而不淫，哀而不伤。"

The Master said, "'The Cry of the Osprey'[54] is pleasing without being excessive, is mournful without being injurious."

注释 54.《诗经》第一篇。参看理雅各（Legge）*Chinese Classic*

(《中国经典》)第四卷第 1 页。

3.21

哀公问社于宰我。宰我对曰:“夏后氏以松,殷人以柏,周人以栗,曰,使民战栗。”子闻之,曰:“成事不说,遂事不谏,既往不咎。”

Duke Ai asked Zaiwo[55] about the altar pole to the god of the soil.[56] Zaiwo replied, “The Xia dans used wood of the pine, the Yin peoples used the cypress, and the Zhou peoples used the chestnut (*li*栗). It is said that they wanted to make the people fearful (*zhanli*战栗).”[57]

When the Master heard of this, he said, “You don’t discuss what is finished and done with: you don’t remonstrate over what happens as a matter of course: you don’t level blame against what is long gone.”

注释 55. 宰我忠于孔子,但孔子曾多次批评他缺乏个性。孔子曾试图以暗喻的方式教育宰我,他说:“朽木不可雕也,粪土之墙不可杇也。”(5.10)

56. 神位是一个社会群体的核心。从里社到国社,神位在人们政治生活的所有层面都起作用。现代汉语中的“社会”一词,其字面意思正是“聚集在神位前”。

定州汉墓竹简取“社”的同源变体“主”,两个字都代表权威。

57. 此处的三种木头或许是双关:“松”即“悚”,表恐吓。“柏”即“迫”,表压迫;又或是更有可能的“怕”,原义是“安静,被动”,后来发展出“害怕”的意思。

“栗”即“慄”，表害怕。

3.22

子曰：“管仲之器小哉。”

或曰：“管仲俭乎？”曰：“管氏有三归，官事不摄，焉得俭？”

“然则管仲知礼乎？”曰：“邦君树塞门，管氏亦树塞门。邦君为两君之好，有反坫，管氏亦有反坫。管氏而知礼，孰不知礼？”

The Master said, “Guanzhong was lacking in capacity?”Someone asked, “Do you mean that guanzhong was frugal?”The Master replied, “Guanzhong had three residences and each member of his staff had only one responsibility. Where’s the frugality?”

“This being so, did Guanzhong understand the observance of ritual propriety (*li*礼)?”he was asked.

The Master replied, “The ruler of the state set up ornamental stone blinds before his gates, and Guanzhong did the same; for entertaining other rulers the ruler of the state[58] had a stand for inverting drinking vessels, and Guanzhong had the same. If we say that Guanzhong understood the observance of ritual propriety, then who doesn’t?”

注释 58. 定州汉墓竹简此处用“国”代替“邦”，避汉高祖刘邦的名讳。管仲是齐国著名的宰相，为政期间提升了齐国的经济水平和军事实力。同时见 14.9，14.16，14.17。

3.23

子语鲁大师乐，曰："乐其可知也：始作，翕如也：从之，纯如也，皦如也，绎如也，以成。"

The Master talked to the Grand Music Master of Lu about music, and said, "Much can be realized with music if one begins by playing in unison, and then goes on to improvise with purity of tone and distinctness and flow,[59] thereby bringing all to completion."

注释 59. 定州汉墓竹简中"绎"作"允"。

3.24

仪封人请见，曰："君子之至于斯也，吾未尝不得见也。"从者见之。出曰："二三子何患于丧乎？天下之无道也久矣，天将以夫子为木铎。"

A border official at Yi asked for an interview with the Master, saying: "I have always been accorded an interview with those distinguished persons who have made their way here."Confucius' followers presented him. On taking his leave, he said,[60] "Why worry over the loss of office, my friends? All under tian天 have long since lost their way (*dao*道), and tian is going to use your Master as a wooden bell-clapper."

注释 60. 定州汉墓竹简中无"出曰"二字。尽管封人的话是对孔子的弟子们说的，但这些话仍处于与孔子谈话的语境中。

3.25

子谓《韶》，"尽美矣，又尽善也。"谓《武》，"尽美矣，未尽善也。"

The Master said of the shao music that it is both superbly beautiful (*mei*美) and superbly felicitous (*shan*善).[61] Of the wu music he said that it is superbly beautiful but not superbly felicitous.

注释 61. 见注释 39。此处的"善"意为"能催生好的关系"。

3.26

子曰："居上不宽，为礼不敬，临丧不哀，吾何以观之哉？"

The Master said, "What could I see in a person who in holding a position of influence is not tolerant, who in observing ritual propriety (*li*礼) is not respectful, and who in overseeing the mourning rites does not grieve?"

里仁篇第四

BOOK 4

4.1

子曰："里仁为美。择不处仁，焉得知？"

The Master said, "In taking up one's residence, it is the presence of authoritative persons (*ren*仁) that is the greatest attraction. How can anyone be called wise who, in having the choice, does not seek to dwell among authoritative people?"[62]

注释 62.《孟子·公孙丑上·第七章》中引用了孔子的这段话，并加以充分论述。

孟子曰："矢人岂不仁于函人哉！矢人惟恐不伤人，函人惟恐伤人。巫、匠亦然。故术不可不慎也。孔子曰：'里仁为美。择不处仁，焉得智？'夫仁，天之尊爵也，人之安宅也。莫之御而不仁，是不智也。不仁不智，无礼无义，人役也。人役而耻为役，由弓人而耻为弓。矢人而耻为矢也。如耻之，莫如为仁。仁者如射：射者正己而后发，发而不中，不怨胜己者，反求诸己而已矣。"

从"役"到"仁"意味着从当别人的仆役，到为自己劳心劳力——端正自己，并向内探求自身错误的根源。

4.2

子曰："不仁者不可以久处约，不可以长处乐。仁者安仁，知者利仁。"

The Master said, "Those persons who are not authoritative (*ren*仁) are neither able to endure hardship for long, nor to enjoy happy circumstances for any period of time. Authoritative persons are content in being authoritative; wise persons (*zhi*知) flourish in it."

4.3

子曰："唯仁者能好人，能恶人。"

The Master said, "The authoritative person (*ren*仁) alone has the wherewithal to properly discriminate the good person from the bad."[63]

注释 63. 见《大学·第十章》。被正确的人以正确的方式所厌恶，是有益的。

4.4

子曰："苟志于仁矣，无恶也。"

The Master said, "If indeed one's purposes are set on authoritative conduct (*ren*仁), one could do no wrong?"

4.5

子曰：“富与贵，是人之所欲也；不以其道得之，不处也。贫与贱，是人之所恶也；不以其道得之，不去也。君子去仁，恶乎成名？君子无终食之间违仁，造次必于是，颠沛必于是。”

The Master said, “Wealth and honor are what people want, but if they are the consequence of deviating from the way (*dao*道), I would have no part in them. Poverty and disgrace are what people deplore, but if they are the consequence of staying on the way, I would not avoid them. Wherein do the exemplary persons (*junzi*君子) who would abandon their authoritative conduct (*ren*仁) warrant that name? Exemplary persons do not take leave of their authoritative conduct even for the space of a meal. When they are troubled, they certainly turn to it, as they do in facing difficulties.”

4.6

子曰：“我未见好仁者、恶不仁者。好仁者，无以尚之；恶不仁者，其为仁矣，不使不仁者加乎其身。有能一日用其力于仁矣乎？我未见力不足者。盖有之矣，我未之见也。”

The Master said, “I have yet to meet people who are truly fond of authoritative conduct (*ren*仁) and who truly abhor behavior contrary to it. There are none superior to those who are fond of authoritative conduct. And those who abhor behavior contrary to it, in becoming authoritative themselves, will not allow such conduct to attach itself to them. Are there people who, for the space of a single day, have given their full strength to authoritative conduct? I have yet to meet them. As for lacking the strength to do so, I doubt there are such people—at least I have yet to meet them."[64]

注释 64. 同时见 7.30。

4.7

子曰："人之过也，各于其党。观过，斯知人（仁）矣。"

The Master said, "In going astray, people fall into groups. In observing these divergencies, the degree to which they are authoritative (*ren* 仁) can be known."[65]

注释 65. 此处译者取"人"的变体"仁"。

4.8

子曰："朝闻道，夕死可矣。"

The Master said, "If at dawn you learn of and tread the way (*dao* 道), you can face death at dusk."[66]

注释 66. 本段中的“朝”或是暗喻人生的早年。

4.9

子曰：“士志于道，而耻恶衣恶食者，未足与议也。”

The Master said, “Those scholar-apprentices (*shi*士) who, having set their purposes on walking the way (*dao* 道), are ashamed of rude clothing and coarse food, are not worth engaging in discussion.”

4.10

子曰：“君子之于天下也，无适也，无莫也，义之与比。”

The Master said, “Exemplary persons (*junzi*君子) in making their way in the world are neither bent on nor against anything; rather, they go with what is appropriate (*yi*义).”

4.11

子曰：“君子怀德，小人怀土；君子怀刑，小人怀惠。”

The Master said, “Exemplary persons (*junzi*君子) cherish their excellence; petty persons cherish their land. Exemplary persons cherish fairness; petty persons cherish the thought of gain.”[67]

注释 67. 此处对立的二者大概是正确的行为和满足个人利益的行为。本段似乎是对前一段和后一段的深化。

4.12

子曰："放于利而行，多怨。"

The Master said, "To act with an eye to personal profit will incur a lot of resentment."

4.13

子曰："能以礼让为国乎，何有？不能以礼让为国，如礼何？"

The Master said, "If rulers are able to effect order in the state through the combination of observing ritual propriety (*li*礼) and deferring to others (*rang* 让), what more is needed? But if they are unable to accomplish this, what have they to do with observing ritual propriety?"

4.14

子曰："不患无位，患所以立。不患莫己知，求为可知也。"

The Master said, "Do not worry over not having an official position; worry about what it takes to have one. Do not worry that no one acknowledges you; seek to do what will earn you acknowledgment."

4.15

子曰："参乎！吾道一以贯之。"曾子曰："唯。"子出，门人问曰："何谓也？"曾子曰："夫子之道，忠恕而已矣。"

The Master said, "Zeng, my friend! My way (*dao*道) is bound together with one continuous strand?"

Master Zeng replied, "Indeed."

When the Master had left, the disciples asked, "What was he referring to?"

Master Zeng said, "The way of the Master is doing one's utmost (*zhong*忠) and putting oneself in the other's place (*shu*恕), nothing more."

4.16

子曰："君子喻于义，小人喻于利。"

The Master said, "Exemplary persons (*junzi*君子) understand what is appropriate (*yi*义); petty persons understand what is of personal advantage (*li*利)."

4.17

子曰："见贤思齐焉，见不贤而内自省也。"

The Master said, "When you meet persons of exceptional character think to stand shoulder to shoulder with them; meeting persons of little character, look inward and examine yourself?"

4.18

子曰："事父母几谏，见志不从，又敬不违，劳而不怨。"

The Master said, "In serving your father and mother, remonstrate with them gently. On seeing that they do not heed your suggestions, remain respectful and do not act contrary. Although concerned, voice no resentment."

4.19

子曰："父母在，不远游，游必有方。"

The Master said, "When your father and mother are alive, do not journey far, and when you do travel, be sure to have a specific destination."

4.20

子曰："三年无改于父之道，可谓孝矣。"

The Master said, "A person who for three years refrains from reforming the ways (*dao*道) of his late father can be called a filial son (*xiao*孝)."[68]

注释 68. 本段在 1.11 中重复出现。

4.21

子曰："父母之年，不可不知也。一则以喜，一则以惧。"

The Master said, "Children must know the age of their father and mother. On one hand, it is a source of joy; on the other, of trepidation."

4.22

子曰："古者言之不出，耻躬之不逮也。"

The Master said, "The ancients were loath to speak because they would be ashamed if they personally did not live up to what they said."

4.23

子曰："以约失之者鲜矣。"

The Master said, "It is rare indeed for someone to go wrong due to personal restraint."

4.24

子曰："君子欲讷于言而敏于行。"

The Master said, "The exemplary person (*junzi*君子)

wants to be slow to speak yet quick to act."

4.25

子曰："德不孤，必有邻。"

The Master said, "Excellent persons (*de*德) do not dwell alone: they are sure to have neighbors."

4.26

子游曰："事君数，斯辱矣；朋友数，斯疏矣。"

Ziyou[69] said, "If in serving your lord you are unrelenting, you will bring on disgrace; if in your friendships you are unrelenting, you will find yourself ostracized."[70]

注释 69. 见注释 29。

70. 参看 12.23。

公冶长篇第五

BOOK 5

5.1

子谓公冶长："可妻也。虽在缧绁之中，非其罪也。"以其子妻之。

The Master remarked, "Gongye Chang will be a good husband. Even though he has spent time in prison, it was through no fault of his own."He then gave him his daughter in marriage.

5.2

子谓南容："邦有道，不废；邦无道，免于刑戮。"以其兄之子妻之。

The Master remarked, "As for Nanrong, when the way (*dao*道) prevails in the land, he does not go unemployed, but when it does not prevail, he avoids punishment and execution?"He then gave him his niece in marriage.

5.3

子谓子贱:“君子哉若人！鲁无君子者,斯焉取斯？”

The Master remarked about Zijian, “He is truly an exemplary person (*junzi*君子). If Lu had no other exemplary persons, where could he have gotten his character from?”

5.4

子贡问曰：“赐也何如？”子曰：“女，器也。”

曰：“何器也？”曰：“瑚琏也。”

Zigong[71] inquired, “And what do you think of me?”The Master replied, “You are a vessel.”[72] Zigong asked, “What kind of a vessel?”The Master replied, “You are a most precious and sacred kind of vessel.”[73]

注释 71. 见注释 12。此处孔子评价子贡是“最好的公职人员”。

72. 参看 2.12，子贡很可能以为这是对他的严厉批评，因此追问了下一个问题。

73. “瑚”和“琏”分别是夏朝和商朝的祖庙祭祀时用的礼器。

5.5

或曰：“雍也仁而不佞。”子曰：“焉用佞？御人以口给，屡憎于人。不知其仁，焉用佞？”

Someone said, “As for Yong, he is an authoritative

person (*ren*仁) but is not eloquent?"The Master said, "What is the use of eloquence? A person who disputes with a ready wit often earns the enmity of others. I cannot say whether or not he is an authoritative person, but what need is there for eloquence?"

5.6

子使漆彫开仕。对曰："吾斯之未能信。"子说。

The Master recommended that Qidiao Kai seek office. He replied, "I am not sure that I am adequate to it."The Master was pleased.

5.7

子曰："道不行，乘桴浮于海。从我者，其由与？"子路闻之喜。子曰："由也好勇过我，无所取材。"

The Master said, "If the way (*dao*道) did not prevail in the land, and I had to take to the high seas on a raft, the person who would follow me I expect would be Zilu."[74] Zilu on hearing of this was delighted. The Master said, "With Zilu, his boldness certainly exceeds mine, but he brings nothing with him from which to build the raft."

注释 74. 见注释 35。

5.8

孟武伯问："子路仁乎？"子曰："不知也。"又问。子曰："由也，千乘之国，可使治其赋也，不知其仁也。"

"求也何如？"子曰："求也，千室之邑，百乘之家，可使为之宰也，不知其仁也。"

"赤也何如？"子曰："赤也，束带立于朝？可使与宾客言也，不知其仁也。"

Meng Wubo[75] asked Confucius, "Is Zilu an authoritative person (*ren*仁)?"The Master said, I am not sure that he is."

He asked again. The Master replied, "With Zilu, you could put him in charge of the military taxes in a large state of a thousand chariots, but I am not sure that he is an authoritative person."

"What about Ranyou?"[76] he asked. "With Ranyou, you could make him chief of staff in a city of a thousand households or on the estate of a family with a hundred chariots, but I am not sure that he is an authoritative person?"

"What about Zihua?"[77] he asked. The Master replied,"With Zihua, wearing his sash and taking his place in the court, he can be sent to converse with the guests and visitors, but I am not sure that he is an authoritative person?"

注释 75. 见 2.6。

76. 见 11.24。

77. 子华的形象是一名外交官，发言谨慎简洁，举止礼貌得体。

5.9

子谓子贡曰："女与回也孰愈？" 对曰："赐也何敢望回？回也闻一以知十，赐也闻一以知二。" 子曰："弗如也；吾与女弗如也。"

The Master remarked to Zigong, [78] "Comparing yourself with Yan Hui, who is the better person?"He replied, "How dare I have such expectations. With Yan Hui, learning one thing he will know ten: with me, learning one thing I will know two."The Master said, "You are not his match: neither you nor I are a match for him."

注释 78. 见注释 12。

5.10

宰予昼寝。子曰："朽木不可雕也，粪土之墙不可杇也；于予与何诛？" 子曰："始吾于人也，听其言而信其行；今吾于人也，听其言而观其行。于予与改是。"

Zaiwo[79] was still sleeping during the daytime. The Master said, "You cannot carve rotten wood, and cannot trowel over a wall of manure. As for Zaiwo, what is the point in upbraiding him?"[80]

The Master said further, "There was a time when, in my dealings with others, on hearing what they had to say, I believed they would live up to it. Nowadays in my dealings with others, on hearing what they have to say, I then watch what they do. It is Zaiwo that has taught me as much."

注释 79. 见注释 55。

80. 定州汉墓竹简中在此处分段。

5.11

子曰："吾未见刚者。"或对曰："申枨。"子曰："枨也欲，焉得刚？"

The Master said, "I have yet to meet the person who is truly steadfast.""What about Shen Cheng?"someone replied. "Shen Cheng is too acquisitive. How can he be steadfast?"

5.12

子贡曰："我不欲人之加诸我也，吾亦欲无加诸人。"子曰："赐也，非尔所及也。"

Zigong said, "I do not want others to impose on me, nor do I want to impose on others."Confucius replied, "Zigong, this is quite beyond your reach."

5.13

子贡曰："夫子之文章，可得而闻也；夫子之言性与天道，不可得而闻也。"

Zigong said, "We can learn from the Master's cultural refinements, but do not hear him discourse on subjects such as our 'natural disposition(*xing*性)' and 'the way of tian (*tiandao*天道)'."[81]

注释 81. 参看 9.1 和 9.4。葛瑞汉（Graham，1990）在"孟子天性理论的背景"（The Background of the Mencian Theory of Human Nature）一文中称，"性"在孔子死后才成为哲学讨论的主题。

5.14

子路有闻，未之能行，唯恐有闻。

When Zilu had learned something but had not yet been able to act upon it, his only fear was that he would learn something more.[82]

注释 82. 此处的"有"或通"又"，表"（在还没有做之前）再一次听到（这件事）"的意思。

5.15

子贡问曰："孔文子何以谓之'文'也？"子曰：

"敏而好学，不耻下问，是以谓之'文'也。"

Zigong inquired, "Why has Kong Wenzi been given the posthumous title of'refined (*wen*文)'?"The Master replied, "He was diligent and fond of learning, and was not ashamed to ask those of a lower status—this is why he has been called 'refined'."[83]

注释 83. 刘殿爵（D. C. Lau，1992）指出，《逸周书·谥法解第五十四》中有一段提到："学勤好问曰'文'"。韦利则指出了孔文子的基本情况：他是卫国大夫，死于前484年至前480年间。他为臣不忠，自私自利，因此子贡才会感到惊讶。

5.16

子谓子产："有君子之道四焉：其行己也恭，其事上也敬，其养民也惠，其使民也义。"

The Master remarked that Zichan accorded with the way (*dao*道) of the exemplary person (*junzi* 君子) in four respects: he was gracious in deporting himself, he was deferential in serving his superiors, he was generous in attending to needs of the common people, and he was appropriate (*yi*义) in employing their services.

5.17

子曰："晏平仲善与人交，久而敬之。"

The Master said, "Yen Pingzhong is very good (*shan* 善) in his relations with others: even with old friends he treats them with respect."

5.18

子曰："臧文仲居蔡，山节藻棁，何如其知也？"

The Master said, "Zang Wenzhong, in preparing a chamber in which to keep his giant ceremonial tortoise, had mountains carved on the column dividers and aquatic grasses painted on the rafters. What was he thinking?"[84]

注释 84. 孔子在批评一名大夫篡夺王室专属装饰的行为。

5.19

子张问曰："令尹子文三仕为令尹，无喜色；三已之，无愠色。旧令尹之政，必以告新令尹。何如？"子曰："忠矣。"曰："仁矣乎？"曰："未知；焉得仁？"

"崔子弑齐君，陈文子有马十乘，弃而违之。至于他邦，则曰，'犹吾大夫崔子也。'违之。之一邦，则又曰：'犹吾大夫崔子也。'违之。何如？"子曰："清矣。"曰："仁矣乎？"曰："未知；焉得仁？"

Zizhang inquired, "On the three occasions the Prime Minister Ziwen was made prime minister, there was no happiness in his face: on the three occasions when he was dismissed from office, there was no sense of loss in his face. As the outgoing prime minister, he made every effort to bring the incoming prime minister up to date on the affairs of state. What do you think of him?

The Master replied, "He certainly did his utmost (*zhong*忠)."

"But did he exemplify authoritative conduct (*ren* 仁)?"asked Zizhang.

"I am not sure,"said the Master. "What did he do that he should be regarded as authoritative?"

Zizhang asked, "When Cuizi assassinated the Lord of Qi, Chen Wenzi, who had an estate of ten chariots, abandoned it all and took his leave. On arriving in another state[85] Chen Wenzi said, 'They are all just like our minister Cuizi,' and took his leave. Reaching another state, he again said, 'They are all just like our minister Cuizi' and took his leave. What do you think of him?"

The Master replied, "He certainly was incorruptible."

"But did he exemplify authoritative conduct?"asked Zizhang.

注释 85. 定州汉墓竹简中以"国"代"邦"，避汉高祖刘邦的名讳。

5.20

季文子三思而后行。子闻之，曰："再，斯可矣。"

Ji Wenzi only took action after thinking about it three times. On hearing of this, the Master said, "Twice would suffice."

5.21

子曰："宁武子，邦有道，则知；邦无道，则愚。其知可及也，其愚不可及也。"

The Master said, "As for Ning Wuzi, when the way (*dao*道)prevailed in the land, he was wise: when it was without the way, he was stupid. Others might attain his level of wisdom, but none could match his stupidity."

5.22

子在陈，曰："归与！归与！吾党之小子狂简，斐然成章，不知所以裁之。"

The Master was in the state of Chen, and said, "Homeward! Homeward! My young friends at home are rash and ambitious, while perhaps careless in the details. With the lofty elegance of the literatus, they put on a full display of culture, but they don't know how to cut and tailor it."[86]

注释 86. 见《孟子·尽心章句下·第三十七节》：

万章问曰："孔子在陈曰：'盍归乎来！吾党之士狂简，进取，不忘其初。'孔子在陈，何思鲁之狂士？"

孟子曰："孔子'不得中道而与之，必也狂獧乎！狂者进取，獧者有所不为也'。(13.21)孔子岂不欲中道哉？不可必得，故思其次也。"

"敢问何如斯可谓狂矣？"

曰："如琴张、曾皙、牧皮者，孔子之所谓狂矣。"

"何以谓之狂也？"

曰："其志嘐嘐然，曰'古之人，古之人'。夷考其行而不掩焉者也。狂者又不可得，欲得不屑不洁之士而与之，是獧也，是又其次也。孔子曰：'过我门而不入我室，我不憾焉者，其惟乡原乎！乡原，德之贼也。'(17.13)"

曰："何如斯可谓之乡原矣？"

曰："何以是嘐嘐也？言不顾行，行不顾言，则曰：'古之人，古之人。行何为踽踽凉凉？生斯世也，为斯世也，善斯可矣。'阉然媚于世也者，是乡原也。"

万章曰："一乡皆称原人焉，无所往而不为原人，孔子以为德之贼，何哉？"

曰："非之无举也，刺之无刺也；同乎流俗，合乎污世；居之似忠信，行之似廉洁；众皆悦之，自以为是，而不可与入尧舜之道，故曰德之贼也。孔子曰：'恶似而非者：恶莠，恐其乱苗也；恶佞，恐其乱义也；恶利口，恐其乱信也；恶郑声，恐其乱乐也；恶紫，恐其乱朱也；恶乡原，恐其乱德也。'君子反经而已矣。经正，则庶民兴；庶民兴，斯无邪慝矣。"

5.23

子曰："伯夷、叔齐不念旧恶，怨是用希。"

The Master said, "Bo Yi and Shu Qi did not nurse old grudges, so others bore them little ill will?"[87]

注释 87. 有关伯夷和叔齐，同时见 7.15，16.12，18.8。

5.24

子曰："孰谓微生高直？或乞醯焉，乞诸其邻而与之。"

The Master said, "Who said that Weisheng Gao is true? When someone begged vinegar from him, he in turn begged it from his neighbors and then presented it to the person who had asked him for it."

5.25

子曰："巧言、令色、足恭，左丘明耻之，丘亦耻之。匿怨而友其人，左丘明耻之，丘亦耻之。"

The Master said, "Glib speech, an obsequious countenance, and excessive solicitude—Zuoqiu Ming thought this kind of conduct shameless, and so do I. To seek out someone's friendship while harboring ill will towards them—Zuoqiu Ming thought this kind of conduct shameless, and so do I."

5.26

颜渊季路侍。子曰："盍各言尔志？"子路曰："愿车马衣裘与朋友共，蔽之而无憾。”颜渊曰：“愿无伐善，无施劳。”子路曰：“愿闻子之志。”子曰：“老者安之，朋友信之，少者怀之。”

Yan Hui and Zilu were in attendance on Confucius when the Master said to them, “Why don’t each of you tell me what it is you would most like to do.”

Zilu said, “I would like to share my horses and carriages, my clothing and furs, with my friends, and if they damage them, to bear them no ill will.”

Yan Hui said, I would like to refrain from bragging about my own abilities, and to not exaggerate my own accomplishments.”

Zilu said, “We would like to hear what it is that you, Master, would most like to do.”

The Master said, “I would like to bring peace and contentment to the aged, to share relationships of trust and confidence with my friends, and to love and protect the young.”

5.27

子曰：“已矣乎！吾未见能见其过而内自讼者也。”

The Master said, “My, my! I have yet to meet anyone who, on seeing their own excesses, is ready to accuse themselves.”

5.28

子曰："十室之邑，必有忠信如丘者焉，不如丘之好学也。"

The Master said, "There are, in a town of ten households, bound to be people who are better than I am in doing their utmost (*zhong*忠) and in making good on their word (*xin*信), but there will be no one who can compare with me in the love of learning (*haoxue*好学)."

雍也篇第六

BOOK 6

6.1

子曰：“雍也可使南面。”

The Master said, “This Zhonggong[88]—he could as ruler take his place facing south.”

注释 88. 仲弓和颜回一样，比孔子小三十岁。仲弓生性谦恭，孔子却对他和他的教养有着非常高的评价，甚至认为他能够称王——这是多么高的褒奖！见 6.2 和 6.6。

6.2

仲弓问子桑伯子。子曰：“可也简。”

仲弓曰：“居敬而行简，以临其民，不亦可乎？居简而行简，无乃大简乎？”子曰：“雍之言然。”

Zhonggong asked about Zisang Bozi. The Master said, “It is his candor that recommends him.”

Zhonggong responded, “In overseeing the people, wouldn’t acting with candor while maintaining an attitude of respect for them recommend him more? In fact, wouldn't acting with candor while being candid in his attitude amount to an excess of candor?"

The Master replied, "It is as you say."

6.3

哀公问："弟子孰为好学？"孔子对曰："有颜回者好学，不迁怒，不二过。不幸短命死矣，今也则亡，未闻好学者也。"

Duke Ai inquired, "Which of your disciples truly loves learning (*haoxue*好学)?"

Confucius replied, "There was one Yan Hui who truly loved learning. He did not take his anger out on others; he did not make the same mistake twice. Unfortunately, he was to die young. Nowadays, there is no one—at least, I haven't come across anyone—who truly loves learning."

6.4

子华使于齐，冉子为其母请粟。子曰："与之釜。"请益。曰："与之庾。"冉子与之粟五秉。

子曰："赤之适齐也，乘肥马，衣轻裘。吾闻之也：君子周急不继富。"

When Zihua[89] was recommended by Confucius to serve in the state of Qi, Master Ranyou asked to supply Zihua's mother with some grain. The Master said, "Give her a full measure of grain."Master Ranyou asked to give her more. The Master said, "Then give her a double measure.n Master Ranyou gave her ten measures of grain.

The Master said, "In traveling to Qi, Zihua was driving choice horses and was wearing fine furs. I have heard it said, 'Exemplary persons help out the needy: they do not make the rich richer.'"

注释 89. 见注释 77。

6.5

原思为之宰，与之粟九百，辞。子曰："毋！以与尔邻里乡党乎。"

When Yuansi served as the Master's household steward, he was given nine hundred measures of grain. Yuansi would not accept so much. "You must not refuse it, "the Master said. "It is to give to your family, friends, and neighbors."

6.6

子谓仲弓曰："犁牛之子骍且角，虽欲勿用，山川其舍诸？”

The Master, remarking on the humble origins of Zhonggong, said, “If the calf of a plow ox has the red coat and the nicely shaped horns of a sacrificial ox, even though some might not want to use it in the sacrifice, do you think the spirits of the mountains and rivers would turn it down?”

6.7

子曰：“回也，其心三月不违仁，其余则日月至焉而已矣。”

The Master said, “With my disciple, Yan Hui, he could go for several months without departing from authoritative (*ren*仁) thoughts and feelings (*xin*心); [90] as for the others, only every once in a long while, might authoritative thoughts and feelings make an appearance.”

注释 90. 此处译者取“功能”意义而非“解剖”意义上的“心”，因此译为“thoughts and feelings”（思想和感情）而不仅仅是“heart-and-mind”（心和脑）。

6.8

季康子问：“仲由可使从政也与？”子曰：“由也果，于从政乎何有？”

曰："赐也可使从政也与？"曰："赐也达，于从政乎何有？"

曰："求也可使从政也与？"曰："求也艺，于从政乎何有？"

Ji Kangzi[91] inquired, "Do you think Zilu could serve in political office?"

The Master replied, "Zilu is decisive. What problem would he have serving in office?"

Ji Kangzi asked, "What about Zigong?"

The Master replied, "Zigong knows what is going on. What problem would he have serving in office?"

He asked, "What about Ranyou?"

The Master replied, "Ranyou is cultivated and refined.What problem would he have serving in office?"

注释 91. 季康子是三桓之首，鲁国实际上的统治者。

6.9

季氏使闵子骞为费宰。闵子骞曰："善为我辞焉！如有复我者，则吾必在汶上矣。"

The Ji house wanted to make Min Ziqian the steward on their Bi estate. Min Ziqian replied, "Please do your best (*shan*善) to decline their offer for me. If they come to ask for me again, I will already be on the other side of the Wen River in the state of Qi."

6.10

伯牛有疾，子问之，自牖执其手，曰：“亡之，命矣夫！斯人也而有斯疾也！斯人也而有斯疾也！”

Boniu was very ill, and the Master went to visit him. Grasping his hand through the portal, he said, “We are losing him, [92] and there is nothing we can do. But that this man should have this illness, and there is nothing we can do![93] That this man should have this illness!”

注释 92. 定州汉墓竹简此处的“亡”作“末”，明确了今本中的意思。

93. 此处随定州汉墓竹简加上“命也夫”一句。这一解读同样出现在司马迁（1959：2189）为孔子弟子们撰写的传记中。

6.11

子曰：“贤哉回也！一箪食，一瓢饮，在陋巷，人不堪其忧，回也不改其乐。贤哉回也！”

The Master said, “A person of character (*xian* 贤) is this Yan Hui! He has a bamboo bowl of rice to eat, a gourd of water to drink, and a dirty little hovel in which to live. Other people would not be able to endure his hardships, yet for Hui it has no effect on his enjoyment. A person of character is this Yan Hui!”

6.12

冉求曰："非不说子之道，力不足也。"子曰："力不足者，中道而废。今女画。"

Ranyou said, "It is not that I do not rejoice in the way (*dao*道) of the Master, but that I do not have the strength to walk it."The Master said, "Those who do not have the strength for it collapse somewhere along the way. But with you, you have drawn your own line before you start."

6.13

子谓子夏曰："女为君子儒！无为小人儒！"

The Master remarked to Zixia, "You want to become the kind of counselor (*ru*儒) who is an exemplary person (*junzi*君子) , not the kind that is a petty person."

6.14

子游为武城宰。子曰："女得人焉耳乎？"曰："有澹台灭明者，行不由径，非公事，未尝至于偃之室也。"

Ziyou served in the walled town of Wu as prefect. The Master asked him, "Have you been able to find any good people there?"

Ziyou replied, "There is one person named Tantai Mieming who is not given to byways, and who has never come to my quarters except on public matters?"

6.15

子曰："孟之反不伐，奔而殿，将入门，策其马，曰：'非敢后也，马不进也。'"

The Master said, "Meng Zhifan was not given to bragging of his accomplishments. Once on being routed he stayed with the rear guard, and it was only as he was about to enter the gates that he took the whip to his horse. In explanation, he said, 'It was not that I dared to take up the rear; only that my horse could not be roused.'"

6.16

子曰："不有祝鮀之佞，而有宋朝之美，难乎免于今之世矣。"

The Master said, "If you have only the pleasing countenance (*mei*美) of Song Chao without the authoritative conduct (*ren*仁) [94] of Priest Tuo, it is difficult to go unscathed in the world of today."

注释 94. 定州汉墓竹简此处作"不有祝鮀之仁"而非今本中的"不有祝鮀之佞"。《左传·定公·定公四年》中，祝鮀在贵族会见的现场背诵了颂文，这表明他口才很好，人人皆知。此处译者仍随定州汉墓竹简。"口才好"本是中性的评价，孔子在《论语》中却多次表达了对这一品质的怀疑，通常将其视作“花言巧语”。孔子对口才的看法，见5.5。同时见11.25，14.32，15.11，16.4，这些篇目里的“佞”必须译为“glibness”（花言巧语）而不是“eloquence（口才）”。

6.17

子曰：“谁能出不由户？何莫由斯道也？”

The Master said, “Since none can go out except through a gateway, how is it that none go out from this way (*dao*道)?”[95]

注释 95. 本段的关键是“由”字，意为“从……出去”。“道”所类比的意思不是出门后行走的道路，而是走出大门的方法。

6.18

子曰：“质胜文则野，文胜质则史。文质彬彬，然后君子。”

The Master said, “When one’s basic disposition (*zhi*质) overwhelms refinement (*wen*文), the person is boorish; when refinement overwhelms one’s basic disposition, the person is an officious scribe. It is only when one’s basic disposition and refinement are in appropriate balance that you have the exemplary person (*junzi*君子).”

6.19

子曰："人之生也直，罔之生也幸而免。"

The Master said, "The life of a person lies in being true; as for the life of someone who is crooked, they will need good fortune to avoid losing it."

6.20

子曰："知之者不如好之者，好之者不如乐之者。"

The Master said, "To truly love it is better than just to understand it, and to enjoy it is better than simply to love it."[96]

注释 96. 此处的"好"字引出了《论语》中非常常见的"好学"二字。正因为知识有效用，所以知识有价值：那么知识又在多大程度上有助于人的幸福和享受呢？

6.21

子曰："中人以上，可以语上也；中人以下，不可以语上也。"

The Master said, "You can acquaint those above the common lot with higher things, but you cannot acquaint those below the common lot with them."

6.22

樊迟问知。子曰："务民之义，敬鬼神而远之，可谓知矣。”

问仁。曰：“仁者先难而后获，可谓仁矣。”

Fan Chi[97] inquired about wisdom (*zhi*知) .The Master replied, “To devote yourself to what is appropriate (*yi*义) for the people, and to show respect for the ghosts and spirits while keeping them at a distance can be called wisdom.”He then inquired about authoritative conduct (*ren*仁) . The Master responded, “As for authoritative conduct—to reap one's successes only after having dealt with difficulties can be called being authoritative.”

注释 97. 见注释 26。

6.23

子曰：“知者乐水，仁者乐山。知者动，仁者静。知者乐，仁者寿。”

The Master said, “The wise (*zhi*知) enjoy water; those authoritative in their conduct (*ren*仁) enjoy mountains. The wise are active; the authoritative are still. The wise find enjoyment; the authoritative are long-enduring.”

6.24

子曰：“齐一变，至于鲁；鲁一变，至于道。”

The Master said, "With one turn the state of Qi could become a Lu; with one turn the state of Lu could attain the way (*dao*道)."

6.25

子曰："觚不觚，觚哉！觚哉！"

The Master said, "A gu ritual drinking vessel that is not a gu ritual drinking vessel—a gu indeed! A gu indeed!"

6.26

宰我问曰："仁者，虽告之曰，'井有仁焉。'其从之也？"子曰："何为其然也。君子可逝也，不可陷也；可欺也，不可罔也。"

Zaiwo[98] inquired, "If an authoritative person (*ren*仁) were informed that there is another authoritative person down in the well, would he go in after him?"

The Master replied, "How could this be? The exemplary person (*junzi*君子) can be sent to savehim, but not to jump in after him; he can be deceived, but not duped."[99]

注释 98. 见注释 55。

99. 本段中的"仁者"和"君子"可以互换。如果君子也跳到井里，便救不了落井者了。

被欺骗指相信他人说的话，不多加质疑；被欺罔则是指做有损人格的事情。二者间有重要的不同，《孟子·万章章句上·第二节》中对此有所叙述：

曰："昔者有馈生鱼于郑子产，子产使校人畜之池。校人烹之，反命曰：'始舍之圉圉焉，少则洋洋焉，攸然而逝。'子产曰'得其所哉！得其所哉！'校人出，曰：'孰谓子产智？予既烹而食之，曰：得其所哉？得其所哉。'故君子可欺以其方，难罔以非其道……"

6.27

子曰："君子博学于文，约之以礼，亦可以弗畔矣夫！"

The Master said, "Exemplary persons (*junzi*君子) learn broadly of culture (*wen*文), discipline this learning through observing ritual propriety (*li*礼), and moreover, in so doing, can remain on course without straying from it."[100]

注释 100. 本段在 12.15 中重复出现。

6.28

子见南子，子路不说。夫子矢之曰："予所否者，天厌之！天厌之！"

The Master went to see Nanzi,[101] and Zilu was not at all happy about it. The Master swore an oath to him, "For whatever I have done to offend, may tian (天)

abandon me! May tian abandon me!"

注释 101. 南子是卫灵公的夫人，据传生性淫荡，名声不佳。

6.29

子曰："中庸之为德也，其至矣乎！民鲜久矣。"

The Master said, "The excellence (*de*德) required to hit the mark in the everyday is of the highest order. That it is rare among the people is an old story."

6.30

子贡曰："如有博施于民而能济众，何如？可谓仁乎？"子曰："何事于仁！必也圣乎！尧、舜其犹病诸！夫仁者，己欲立而立人，己欲达而达人。能近取譬，可谓仁之方也已。"

Zigong said, "What about the person who is broadly generous with the people and is able to help the multitude—is this what we could call authoritative conduct (*ren*仁)?"

The Master replied, "Why stop at authoritative conduct? This is certainly a sage (*sheng*圣). Even a Yao or a Shun would find such a task daunting. Authoritative persons establish others in seeking to establish themselves and promote others in seeking to get there themselves. Correlating one's conduct with those near at hand can be said to be the method of becoming an authoritative person."[102]

注释 102. 同样的成为仁人的方法出现在 12.1 中："克己复礼为仁。"成仁的方法就是全心全意地投入最近的人际关系。

述而篇第七

BOOK 7

7.1

子曰："述而不作，信而好古，窃比于我老彭。"

The Master said, "Following the proper way, [103] I do not forge new paths; [104] with confidence I cherish the ancients—in these respects I am comparable to our venerable Old Peng."[105]

注释 103. 此处译者为了保留"道"的暗喻，将"述"译为"follow the proper way"（走正道）。

104. 在早期文献中，"作"经常和"圣"联系起来。因此，孔子此处对自己的评价其实是一种谦虚的表达。

105. 见《墨子·三十九章·非儒下》和《墨子·四十六章·耕柱》，两处都以戏仿的方式批评了本段。

7.2

子曰："默而识之，学而不厌，诲人不倦，何有于我哉？"

The Master said, "To quietly persevere in storing

up what is learned, to continue studying without respite, to instruct others without growing weary—is this not me?"

7.3

子曰："德之不修，学之不讲，闻义不能徙，不善不能改，是吾忧也。"

The Master said, "To fail to cultivate excellence (*de* 德), to fail to practice what I learn, on coming to understand what is appropriate (*yi* 义) in the circumstances to fail to attend to it, and to be unable to reform conduct that is not productive—these things I worry over."

7.4

子之燕居，申申如也，夭夭如也。

When relaxing at home, the Master remained dignified, and was good-natured and agreeable.

7.5

子曰："甚矣吾衰也！久矣吾不复梦见周公！"

The Master said, "My how I have regressed! It has been a long time now since I dreamed again of meeting with the Duke of Zhou."

7.6

子曰："志于道，据于德，依于仁，游于艺。"

The Master said, "Set your sights on the way (*dao* 道), sustain yourself with excellence (*de*德), lean upon authoritative conduct (*ren*仁), and sojourn in the arts."

7.7

子曰："自行束脩以上，吾未尝无诲焉。"

The Master said, "I have never failed to instruct students who, using their own resources, could only afford a gift of dried meat."

7.8

子曰："不愤不启，不悱不发。举一隅不以三隅反，则不复也。"

The Master said, "I do not open the way for students who are not driven with eagerness: I do not supply a vocabulary for students who are not trying desperately to find the language for their ideas. If on showing students one corner they do not come back to me with the other three, I will not repeat myself."

7.9

子食于有丧者之侧，未尝饱也。

When dining in the presence of someone in mourning, the Master would not eat his usual portions.

7.10

子于是日哭，则不歌。

On a day when the Master had wailed in grief, he would not sing.

7.11

子谓颜渊曰："用之则行，舍之则藏，唯我与尔有是夫！"

子路曰："子行三军，则谁与？"

子曰："暴虎冯河，死而无悔者，吾不与也。必也临事而惧，好谋而成者也。"

The Master remarked to Yan Hui, "Advance when given office: Hold yourself in reserve when removed from office.'Is it only you and I who can do this?"

Zilu said, "If you, Master, were given command of the combined armies, who would you want to go along?"

The Master replied, "The person who would wrestle a tiger bare-handed or march across the Yellow River, [106] and who would go to his death without regret—this person I would not take along. It would have to be someone who would approach any situation with trepidation, and who would be fond of planning with an eye to success."

注释 106. 这一表述最早出自《诗经》第195篇。参看理雅各（Legge）*Chinese Classics*（《中国经典》）第四卷第330页。

7.12

子曰："富而可求也，虽执鞭之士，吾亦为之。如不可求，从吾所好。"

The Master said, "If wealth were an acceptable goal, even though I would have to serve as a groom holding a whip in the marketplace, I would gladly do it. But if it is not an acceptable goal, I will follow my own devices."

7.13

子之所慎：斋、战、疾。

There were three matters the Master approached with special care: fasting, warfare, and illness.

7.14

子在齐闻《韶》，三月不知肉味，曰："不图为乐之至于斯也。"

When the Master was in the state of Qi he heard the shao music, and for several months he did not know the taste of meat. He said, "I had no idea that music could achieve such heights!"

7.15

冉有曰："夫子为卫君乎？"子贡曰："诺；吾将问之。"

入，曰："伯夷、叔齐何人也？"曰："古之人也。"曰："怨乎？"曰："求仁而得仁，又何怨？"

出，曰："夫子不为也。"

Ranyou said, "Does the Master take the part of the Lord of Wey?"Zigong said, "Indeed, I shall have to ask him about that."

He went in to see the Master, and asked him, "What kind of persons were Bo Yi and Shu Qi?"[107]

The Master replied, "They were persons of character(*xian*贤) from bygone days."

"Did they harbor any ill will?"

"Seeking to be authoritative in their conduct (*ren* 仁) they achieved their ends—why should they harbor ill will?"

Zigong came out from the interview, and said, "The Master does not take the part of the Lord of Wey."

注释 107. 同时见 5.23，16.12，18.8。孔子此时正住在卫国，直接向他提问的话不够谨慎。

7.16

子曰："饭疏食饮水，曲肱而枕之，乐亦在其中矣。不义而富且贵，于我如浮云。"

The Master said, "To eat coarse food, drink plain water, and pillow oneself on a bent arm—there is pleasure to be found in these things. But wealth and position gained through inappropriate (*buyi* 不义) means—these are to me like floating clouds."

7.17

子曰："加我数年，五十以学，亦可以无大过矣。"

The Master said, "Let me live a few more years so that I will have had fifty years of study in which after all[108] I will have remained free of any serious oversight."

注释 108. 今本《论语》取"亦"而非"易"。"易"一般解读为《易经》。这种解读有两大根据：一是司马迁（1959：1937）在孔子的传记中叙述了孔子晚年对《易经》的浓厚兴趣；二是马王堆汉墓出土的《易经》上新发现的评注。见夏含夷（Shaughnessy，1996）。定州汉墓竹简与《鲁论》相同作"亦"，译者随之。

7.18

子所雅言，诗、书、执礼，皆雅言也。

Instances on which the Master would insist upon proper pronunciation were in reciting the Songs and the Documents, and in observing ritual propriety (*li* 礼). On all such occasions, the Master would use proper pronunciation.

7.19

叶公问孔子于子路，子路不对。子曰："女奚不曰，其为人也，发愤忘食，乐以忘忧，不知老之将至云尔。"

The Duke of She[109] asked Zilu about Confucius, but Zilu did not reply. The Master said, "Why didn't you just say to him: As a person, Confucius is driven by such eagerness to teach and learn that he forgets to eat, he enjoys himself so much that he forgets to worry, and does not even realize that old age is on its way."[110]

注释 109. 叶是楚国的一个地区。

110. 定州汉墓竹简作"不知老之至云尔"。

7.20

子曰："我非生而知之者，好古，敏以求之者也。"

The Master said, "I am not the kind of person who has gained knowledge (*zhi*知) through some natural propensity for it.[111] Rather, loving antiquity, I am earnest in seeking it out."

注释 111. 译者在此处将“生”译为“through a natural propensity for it”（靠着天生知古的习性）。“生”有多重意思，可以指“出生 / 生活 / 成长”。因此，本段并不强调先天的知识，而是认可人出生时所处环境的影响，如家庭条件、所居住的社区和天生的能力。这些因素对一个人的教育有着直接影响，却常常难以感知。同时见16.9。

7.21

子不语怪、力、乱、神。

The Master had nothing to say about strange happenings, the use of force, disorder, or the spirits.

7.22

子曰：“三人行，必有我师焉，择其善者而从之，其不善者而改之。”

The Master said, "In strolling in the company of just two other persons, I am bound to find a teacher. Identifying their strengths, I follow them, and identifying their weaknesses, I reform myself accordingly."

7.23

子曰："天生德于予，桓魋其如予何？"

The Master said, "Tian (天) has given life to and nourished excellence (*de*德) in me—what can Huan Tui do to me!"

7.24

子曰："二三子以我为隐乎？吾无隐乎尔。吾无行而不与二三子者，是丘也。"

The Master said, "My young friends, you think that I have something hidden away, but I do not. There is nothing I do that I do not share with you—this is the person I am."

7.25

子以四教：文、行、忠、信。

The Master taught under four categories: culture (*wen*文) , proper conduct (*xing*行), doing one's utmost (*zhong*忠), and making good on one's word (*xin*信).

7.26

子曰："圣人，吾不得而见之矣；得见君子者，斯可矣。"

子曰："善人，吾不得而见之矣；得见有恒者，斯可矣。亡而为有，虚而为盈，约而为泰，难乎有恒矣。”

The Master said, “I will never get to meet a sage (*shengren*圣人) —I would be content to meet an exemplary person (*junzi*君子) .”

The Master said, “I will never get to meet a truly efficacious person (*shanren*善人)[112]—I would be content to meet someone who is constant. It is difficult indeed for persons to be constant in a world where nothing is taken to be something, emptiness is taken to be fullness, and poverty is taken to be comfort.”

注释 112. 孔子多次谈到了“善人”：同时见 11.20，13.11，13.29。

7.27

子钓而不纲，弋不射宿。

The Master fished with a line, but did not use a net; he used an arrow and line, but did not shoot at roosting birds.[113]

注释 113. 在任何问题上都要遵礼，即使是娱乐。

7.28

子曰：“盖有不知而作之者，我无是也。多闻，择其善者而从之；多见而识之；知之次也。”

The Master said, “There are probably those who

can initiate new paths while still not understanding them, but I am not one of them.[114] I learn much, select out of it what works well, and then follow it. I observe much, and remember it. This is a lower level of wisdom."

注释 114. 见 7.1。

7.29

互乡难与言，童子见，门人惑。子曰："与其进也，不与其退也，唯何甚？人洁己以进，与其洁也，不保其往也。"

The people of Huxiang are difficult to talk with, so when a youth from there had an audience with Confucius, his disciples were of two minds. The Master responded, "To approve of his interview is not to approve of what he does once he retires. Why be so judgmental? A person purifies himself to gain entry, so we approve of his purity. We are not endorsing where he comes from or where he is going."

7.30

子曰："仁远乎哉？我欲仁，斯仁至矣。"

The Master said, "How could authoritative conduct (*ren*仁) be at all remote? No sooner do I seek it than it has arrived."

7.31

陈司败问昭公知礼乎？孔子曰："知礼。"

孔子退，揖巫马期而进之，曰："吾闻君子不党，君子亦党乎？君取于吴，为同姓，谓之吴孟子。君而知礼，孰不知礼？"

巫马期以告。子曰："丘也幸，苟有过，人必知之。"

The Minister of Justice of the state of Chen inquired, "Did your late Duke Zhao of Lu know how to observe ritual propriety (*li*礼)?"and Confucius replied, "He knew how to observe ritual propriety."Confucius then withdrew.

The Minister then bowed to Wuma Qi, and summoned him to come closer. "I have heard your Master say that the exemplary person (*junzi*君子) is not partisan, [115] and yet isn't Confucius himself acting partisan in this?"he said. "The Lord of Lu took a wife from the state of Wu who had his same surname, 'Ji,' and then called her 'Wu' Mengzi. If he knew how to observe ritual propriety, who doesn't!"

Wuma Qi told the Master of this exchange, and the Master said, I am so fortunate. If I go astray, others are certain to notice it."[116]

注释 115. 见 2.14 和 15.22。

116.《荀子 · 子道篇》中记录了一段类似的故事，提问者实际上已经违反了礼，因为在一些情况下是不能够批评位尊者的。此处则是由于鲁昭公是已逝的君王，因此不能批评他。见杨伯峻（1980：75）。

7.32

子与人歌而善，必使反之，而后和之。

When the Master was with others who were singing and they sang well (*shan*善), he would invariably ask them to sing the piece again before joining in the harmony (*he*和).

7.33

子曰："文莫吾犹人也。躬行君子，则吾未之有得。"

The Master said, "In the niceties of culture (*wen* 文), I am perhaps like other people. But as far as personally succeeding in living the life of the exemplary person (*junzi*君子), I have accomplished little?"

7.34

子曰："若圣与仁，则吾岂敢？抑为之不厌，诲人不倦，则可谓云尔已矣。"公西华曰："正唯弟子不能学也。"

The Master said, "How would I dare to consider myself a sage (*sheng*圣) or an authoritative person (*ren*仁)? What can be said about me is simply that I continue my studies without respite and instruct others without growing weary."[117]

Gongxi Hua remarked, "It is precisely[118] this commitment that we students are unable to learn."[119]

注释 117. 见7.2中类似的表述。

118. 定州汉墓竹简作"诚"而非"正"。郑玄注,《鲁论》中作"诚",而《古论》中作"正"。

119. 参看《孟子·公孙丑章句上·第二节》:

曰:……"宰我、子贡善为说辞,冉牛、闵子、颜渊善言德行。孔子兼之,曰:'我于辞命则不能也。'然则夫子既圣矣乎?"

曰:"恶!是何言也?昔者子贡,问于孔子曰:'夫子圣矣乎?'孔子曰:'圣则吾不能,我学不厌而教不倦也。'子贡曰:'学不厌,智也;教不倦,仁也。仁且智,夫子既圣矣!'夫圣,孔子不居,是何言也?"

7.35

子疾病,子路请祷。子曰:"有诸?"子路对曰:"有之。诔曰:'祷尔于上下神祇。'"子曰:"丘之祷久矣。"

The Master was gravely ill, and Zilu asked to pray on his behalf. The Master said, "Is this done? "

Zilu replied, "Yes, indeed. There is a eulogy which states: 'We pray for you to the gods of the heavens above and the earth below.'"

The Master said, "Then I have already been praying for myself for a long time now."

7.36

子曰："奢则不孙，俭则固。与其不孙也，宁固。"

The Master said, "Extravagance leads to immodesty; frugality leads to miserliness. But it is better to be miserly than immodest?"

7.37

子曰："君子坦荡荡，小人长戚戚。"

The Master said, "The exemplary person (*junzi*君子) is calm and unperturbed; the petty person is always agitated and anxious."

7.38

子温而厉，威而不猛，恭而安。

The Master was always gracious yet serious, commanding yet not severe, deferential yet at ease.

泰伯篇第八

BOOK 8

8.1

子曰：“泰伯，其可谓至德也已矣。三以天下让，民无得而称焉。”

The Master said, “As for Taibo,[120] he can certainly be said to be a person of unsurpassed excellence (*de* 德). He repeatedly renounced his claim to the empire, and the people could not find words adequate to praise him.”

注释 120. 据杨伯峻注，泰伯是周朝先祖古公亶父的长子。古公亶父有三子，分别是泰伯、仲雍和季历。季历的儿子是周文王姬昌。据传，古公亶父更喜欢姬昌的睿智聪敏，想打破嫡长子继承的传统，将君位传给第三子季历，再让其把君位传给姬昌。为实现父亲的愿望，泰伯和仲雍迁至南方，建立勾吴国（即吴国的最前身）。最终，古公亶父将君位传给了季历和姬昌。姬昌壮大了周的国力，占据了商朝三分之二的土地。其子周武王姬发推翻了商朝的统治并统一全国。

8.2

子曰："恭而无礼则劳，慎而无礼则葸，勇而无礼则乱，直而无礼则绞。君子笃于亲，则民兴于仁；故旧不遗，则民不偷。"

The Master said, "Deference unmediated by observing ritual propriety (*li*礼) is lethargy; caution unmediated by observing ritual propriety is timidity: boldness unmediated by observing ritual propriety is rowdiness; candor unmediated by observing ritual propriety is rudeness. Where exemplary persons (*junzi*君子) are earnestly committed to their parents, the people will aspire to authoritative conduct (*ren*仁) ; where they do not neglect their old friends, the people will not be indifferent to each other."

8.3

曾子有疾，召门弟子曰："啓予足！啓予手！诗云：'战战兢兢，如临深渊，如履薄冰。'而今而后，吾知免夫！小子！"

Master Zeng[121] was ill, and summoned his students to him, saying, "Look at my feet! Look at my hands! The Book of Songs says: Fearful! Trembling! As if peering over a deep abyss, As if walking across thin ice.[122] It is only from this moment hence that I can be sure I have avoided desecration of my body, my young friends."

注释 121. 曾子以提倡孝道闻名。孝，即关爱、服侍父母。从对家庭的热爱，又自然地延伸到对朋友的关照，曾子被描绘为能够辨别颜回的真诚与子张的轻率。

122.《诗经》第一百九十五篇。参看理雅各（Legge）*Chinese Classics*（《中国经典》）第四卷第564页。

8.4

曾子有疾，孟敬子问之。曾子言曰："鸟之将死，其鸣也哀；人之将死，其言也善。君子所贵乎道者三：动容貌，斯远暴慢矣；正颜色，斯近信矣；出辞气，斯远鄙倍矣。笾豆之事，则有司存。"

Master Zeng was ill, and when Meng Jingzi questioned him. Master Zeng said to him, "Baleful is the cry of a dying bird; felicitous (*shan*善) are the words of a dying person. There are three things that exemplary persons (*junzi*君子) consider of utmost importance in making their way (*dao*道); by maintaining a dignified demeanor, they keep violent and rancorous conduct at a distance: by maintaining a proper countenance, they keep trust and confidence near at hand; by taking care in choice of language and mode of expression, they keep vulgarity and impropriety at a distance. As for the details in the arrangement of ritual vessels, there are minor officers to take care of such things."

8.5

曾子曰:“以能问于不能，以多问于寡；有若无，实若虚，犯而不校。昔者吾友尝从事于斯矣。”

Master Zeng said, "Able himself yet asking those who are not so, informed himself yet asking those who are less so, having much to offer himself yet seeming to have nothing, substantial himself yet seeming to be empty, transgressed against himself yet paying it no notice—in the old days I had a friend[123] who proceeded in just such a way."

注释 123. 此处历来认为指颜回。

8.6

曾子曰：“可以托六尺之孤，可以寄百里之命，临大节而不可夺也。君子人与？君子人也。”

Master Zeng said, "A person to whom you can entrust an orphaned youth or commission the command of a sovereign state, who in approaching great matters of life and death remains unperturbed—is this an exemplary person (*junzi*君子)? Such is an exemplary person indeed!"

8.7

曾子曰："士不可以不弘毅，任重而道远。仁以为己任，不亦重乎？死而后已，不亦远乎？"

Master Zeng said, "Scholar-apprentices (*shi*士) cannot but be strong and resolved, for they bear a heavy charge and their way (*dao*道) is long. Where they take authoritative conduct (*ren*仁) as their charge, is it not a heavy one? And where their way ends only in death, is it not indeed long?"

8.8

子曰："兴于诗，立于礼，成于乐。"

The Master said, "I find inspiration by intoning the songs, I learn where to stand from observing ritual propriety (*li*礼), and I find fulfillment in playing music."[124]

注释 124. 对于诗、礼、乐，既可理解成名为《诗》《礼》《乐》的三种经典文本，又可理解为实际从事诗、礼和乐等活动。

8.9

子曰："民可使由之，不可使知之。"

The Master said, "The common people can be induced to travel along the way, but they cannot be induced to realize (*zhi*知) it."[125]

注释 125. 郭店楚简《尊德义》中用"道"字代替"由"字："民可使道之……"。见荆门市博物馆（1998：174）。对照 15.29，道由每一代人中的文化领袖构建和拓展。道由人建构，又被人追随。此处意为，即使不参与道的建构，每个人也都能在道上找到自己的位置。
同时参看《孟子·滕文公章句上·第四节》："劳心者治人，劳力者治于人。"

8.10

子曰："好勇疾贫，乱也。人而不仁，疾之已甚，乱也。"

The Master said, "A person fond of boldness who despises poverty will be a source of trouble; a person lacking in character who is overly despised by others will be a source of trouble."

8.11

子曰："如有周公之才之美，使骄且吝，其余不足观也已。"

The Master said, "If a person with talents more admirable than those of the Duke of Zhou is arrogant and niggardly, the rest is not worthy of notice."[126]

注释 126. 定州汉墓竹简："其余无可观。"

8.12

子曰："三年学，不至于谷，不易得也。"

The Master said, "It is not easy to find students who will study for three years without their thoughts turning to an official salary."

8.13

子曰："笃信好学，守死善道。危邦不入，乱邦不居，天下有道则见，无道则隐。邦有道，贫且贱焉，耻也；邦无道，富且贵焉，耻也。"

The Master said, "Make an earnest commitment to the love of learning (*haoxue*好学) and be steadfast to the death in service to the efficacious way (*shandao*善道). Do not enter a state in crisis, and do not tarry in one that is in revolt. Be known when the way prevails in the world, but remain hidden away when it does not. It is a disgrace to remain poor and without rank when the way prevails in the state: it is a disgrace to be wealthy and of noble rank when it does not."

8.14

子曰："不在其位，不谋其政。"

The Master said, "Do not plan the policies of an office you do not hold."[127]

注释 127. 见 14.26。也可译为："Unless you hold office, you don't get to plan policy."

8.15

子曰："师挚之始，《关雎》之乱，洋洋乎盈耳哉！"

The Master said, "In the Grand Musician Zhi's overture and in his crescendo to 'The Cry of the Osprey'[128], what a flood of music fills the ear!"

注释 128.《诗经》第一篇。参看理雅各（Legge）*Chinese Classics*（《中国经典》）第四卷第 1 页。

8.16

子曰："狂而不直，侗而不愿，悾悾而不信，吾不知之矣。"

The Master said, "I cannot understand people who are impetuous yet lacking in discipline, who are slow yet lacking in caution, and who are simple yet lacking in honesty."[129]

注释 129. 见 17.16。韦利（1937：135）评论道："古时候无论如何，人身上的毛病都有优点。"

8.17

子曰："学如不及，犹恐失之。"

The Master said, "Study as though you cannot

catch up to it, and as though you fear you are going to lose it."[130]

注释 130. 本处有对"道"的强烈暗喻。

8.18

子曰："巍巍乎，舜禹之有天下也而不与焉！"

The Master said, "How majestic they were—Yao and Shun reigned over the world but did not rule it."

8.19

子曰："大哉！尧之为君也！巍巍乎！唯天为大，唯尧则之。荡荡乎！民无能名焉。巍巍乎！其有成功也，焕乎！其有文章也！

The Master said, "How great indeed was Yao as ruler! How majestic! Only tian (天) is truly great, and only Yao took it as his model. How expansive was he—the people could not find the words adequate to praise him. How majestic was he in his accomplishments, and how brilliant was he in his cultural achievements."

8.20

舜有臣五人而天下治。武王曰："予有乱臣十人。"孔子曰："才难，不其然乎？唐虞之际，于斯为盛。有妇人焉，九人而已。三分天下有其二，以服事殷。周之德，其可谓至德也已矣。”

Shun had only five ministers and the world was properly governed. King Wu also said, “I have ten ministers who bring proper order to the world.”[131] Confucius said, “As the saying has it: ‘Human talent is hard to come by.’ Isn’t it indeed the case. And it was at the transition from Yao’s Tang dynasty to Shun’s Yu dynasty that talented ministers were in greatest abundance. In King Wu’s case with a woman, perhaps his wife, among them, there were really only nine ministers. The Zhou, with two thirds of the world in its possession, continued to submit to and serve the House of Yin. The excellence (*de*德) of Zhou can be said to be the highest excellence of all.”

注释 131.《左传·昭公·昭公二十四年》中，引用了《尚书·太誓》的一句：“余有乱臣十人，同心同德。”

8.21

子曰：“禹，吾无间然矣。菲饮食而致孝乎鬼神，恶衣服而致美乎黻冕，卑宫室而尽力乎沟洫。禹，吾无间然矣。”

The Master said, “As for the sage-king Yu, I can find no fault with him at all. He was simple in his food and drink yet was generous in his devotion to the gods and the spirits of his ancestors; he wore coarse clothing yet was lavish in his ceremonial robes and cap; he lived in the humblest circumstances yet gave all of his strength to the construction of drain canals and irrigation ditches. As for Yu, I can find no fault with him at all."

子罕篇第九

BOOK 9

9.1

子罕言利与命与仁。

The Master only rarely spoke about personal advantage (*li*利), the propensity of circumstances (*ming* 命) , or authoritative conduct (*ren*仁).[132]

注释 132. 见 5.13。或许可以说孔子很少谈论“利”和“命”，但“仁”在《论语》中出现了 108 次，很难说这是“罕言”。历史上许多注疏家都试图为这一段中的矛盾做出解释，但未能形成共识。

9.2

达巷党人曰：“大哉孔子！博学而无所成名。”子闻之，谓门弟子曰：“吾何执？执御乎？执射乎？吾执御矣。”

A villager[133] from Daxiang said, “How grand is Confucius! He is broad in his learning, and yet he is not renowned in any particular area."The Master on hearing of this, said to his disciples, "What should I specialize in? Perhaps charioteering? Or maybe archery? No, I think I'll take charioteering."

注释 133. 有五百户人家的村落为"党"。

9.3

子曰："麻冕，礼也；今也纯，俭，吾从众。拜下，礼也；今拜乎上，泰也。虽违众，吾从下。"

The Master said, "The use of a hemp cap is prescribed in the observance of ritual propriety (*li*礼). Nowadays, that a silk cap is used instead is a matter of frugality. I would follow accepted practice on this. A subject kowtowing on entering the hall is prescribed in the observance of ritual propriety (*li*礼). Nowadays that one kowtows only after ascending the hall is a matter of hubris. Although it goes contrary to accepted practice, I still kowtow on entering the hall."

9.4

子绝四：毋意，毋必，毋固，毋我。

There were four things the Master abstained from entirely: he did not speculate, he did not claim or demand certainty, he was not inflexible, and he was not self-absorbed.[134]

注释 134. 郭店楚简《语丛三》中有本段，但行文顺序不同，“毋必”二字放在最后。见荆门市博物馆（1998：212）。

9.5

子畏于匡，曰：“文王既没，文不在兹乎？天之将丧斯文也，后死者不得与于斯文也；天之未丧斯文也，匡人其如予何？”

When the Master was surrounded in Kuang, he said, “With King Wen (文) long dead, does not our cultural heritage (*wen*文) reside here in us?[135] If tian (天) were going to destroy this legacy, we latecomers would not have had access to it. If tian is not going to destroy this culture, what can the people of Kuang do to me!”[136]

注释 135. 见 19.22。

136. 根据《史记》(1959：1919) 中孔子的传记，孔子离开卫国要到陈国去，途经匡城，匡城人刚刚被阳虎侵害。孔子和阳虎一样是鲁国人，匡城人误认孔子为阳虎。同时见 11.23。

9.6

太宰问于子贡曰：“夫子圣者与？何其多能也？”子贡曰：“固天纵之将圣，又多能也。”

子闻之，曰：“太宰知我乎！吾少也贱，故多能鄙事。君子多乎哉？不多也。”

The Grand Minister asked Zigong, “Your Master is a sage, is he not? Then how is it he is skilled in so many things?”

Zigong replied, “Tian (天) definitely set him on course to become a sage (*sheng*圣), but he also has many skills.”

On hearing of this, the Master said, “The Grand Minister certainly knows me! We were poor when I was young, so I learned many a menial skill. Does an exemplary person (*junzi*君子) have these skills? I think not.”

9.7

牢曰：“子云：‘吾不试，故艺。’”

Lao said, “The Master says of himself, ‘It is because I have never been appointed to office that I have learned these many arts.’”

9.8

子曰：“吾有知乎哉？无知也。有鄙夫问于我，空空如也。我叩其两端而竭焉。”

The Master said, “Do I possess wisdom (*zhi*知)? No, I do not. But if a simple peasant puts a question to me, and I come up empty, I attack the question from both ends until I have gotten to the bottom of it."

9.9

子曰："凤鸟不至，河不出图，吾已矣乎！"

The Master said, "The auspicious phoenix does not appear; the Yellow River does not yield up its magical chart. All is lost with me!"

9.10

子见齐衰者、冕衣裳者与瞽者，见之，虽少，必作；过之，必趋。

On encountering those attired in mourning dress, in ceremonial cap and robes, or those who are blind, even where such people might be his juniors, the Master would, on first catching sight of them, invariably rise to his feet, and on passing them, would invariably hasten his step.

9.11

颜渊喟然叹曰："仰之弥高，钻之弥坚。瞻之在前，忽焉在后。夫子循循然善诱人，博我以文，约我以礼，欲罢不能。既竭吾才，如有所立卓尔。虽欲从之，末由也已。"

Yan Hui, with a deep sigh, said, "The more I look up at it, the higher it soars; the more I penetrate into it, the harder it becomes. I am looking at it in front of me, and suddenly it is behind me. The Master is good at drawing me forward a step at a time; he broadens me with culture (*wen*文) and disciplines my behavior through the observance of ritual propriety (*li*礼). Even if I wanted to quit, I could not. And when I have exhausted my abilities, it is as though something rises up right in front of me, and even though I want to follow it, there is no road to take."

9.12

子疾病，子路使门人为臣。病间，曰："久矣哉，由之行诈也！无臣而为有臣。吾谁欺？欺天乎！且予与其死于臣之手也，无宁死于二三子之手乎！且予纵不得大葬，予死于道路乎！"

The Master was gravely ill, and so Zilu sent some of his disciples to serve as retainers. On improving slightly, Confucius said, "It has been a long time indeed that Zilu has been up to such pretenses. If I have no retainers and yet pretend to have them, who am I going to fool? Am I going to fool tian (天)? Further, wouldn't I rather die in the arms of my disciples than in the arms of some retainers? Even though I do not get a grand state funeral, I am hardly dying by the roadside."

9.13

子贡曰："有美玉于斯，韫匵而藏诸？求善贾而沽诸？"子曰："沽之哉！沽之哉！我待贾者也。"

Zigong said, "We have an exquisite piece of jade here— should we box it up and put it away for safekeeping, or should we try to get a good price and sell it off?"

The Master replied, "Sell it! By all means, sell it! I am just waiting for the right price!"

9.14

子欲居九夷。或曰："陋。如之何？"子曰："君子居之，何陋之有？"

The Master wanted to go and live amongst the nine clans of the Eastern Yi Barbarians. Someone said to him, "What would you do about their crudeness?"

The Master replied, "Were an exemplary person (*junzi*君子) to live among them, what crudeness could there be?"

9.15

子曰："吾自卫反鲁，然后乐正，雅、颂各得其所。"

The Master said, "It was only after my return to Lu from Wey that I revised the Book of Music, and put the

'Songs of the Kingdom' and the 'Ceremonial Hymns' in proper order."

9.16

子曰："出则事公卿，入则事父兄，丧事不敢不勉，不为酒困，何有于我哉？"

The Master said, "To serve the Duke and his ministers at court, and to serve my elders at home, in funerary matters not to presume to give less than my best efforts, and not to be overcome by drink—how could such things give me any trouble at all?"[137]

注释 137. 杨伯峻（1998：92）认为最后一句应是相反的意思，是自谦之词——"how could I live up to these things！"（这些事我做到了哪些呢！）

9.17

子在川上，曰："逝者如斯夫！不舍昼夜。"

The Master was standing on the riverbank, and observed, "Isn't life's passing just like this, never ceasing day or night!"

9.18

子曰："吾未见好德如好色者也。"

The Master said, "I have yet to meet the person

who is fonder of excellence (*de*德) than of physical beauty."[138]

注释 138. 本段在 15.13 中重复出现。

9.19

子曰："譬如为山，未成一篑，止，吾止也。譬如平地，虽覆一篑，进，吾往也。"

The Master said, "As in piling up earth to erect a mountain, if, only one basketful short of completion, I stop, I have stopped. As in filling a ditch to level the ground, if, having dumped in only one basketful, I continue, I am progressing."[139]

注释 139. 本段说明了 12.1 中的道理："为仁由己，而由人乎哉？"

9.20

子曰："语之而不惰者，其回也与！"

The Master said, "If there was anyone who listened with full attention to what I had to say, it was surely Yan Hui."

9.21

子谓颜渊，曰："惜乎！吾见其进也，未见其止也。"

The Master said about Yan Hui, "Such a pity! I only saw his progress; I never saw where he got to."

9.22

子曰："苗而不秀者有矣夫！秀而不实者有矣夫！"

The Master said, "There are indeed seedlings that do not flower, and there are flowers that do not fruit."

9.23

子曰："后生可畏，焉知来者之不如今也？四十、五十而无闻焉，斯亦不足畏也已。"

The Master said, "The young should be held in high esteem. After all, how do we know that those yet to come will not surpass our contemporaries? It is only when one reaches forty or fifty years of age and yet has done nothing of note that we should withhold our esteem."

9.24

子曰："法语之言，能无从乎？改之为贵。巽与之言，能无说乎？绎之为贵。说而不绎，从而不改，吾末如之何也已矣。"

The Master said, "How could one but comply with what model sayings have to say? But the real value lies in reforming one's ways. How could one but find pleasure in polite language? But the real value lies in drawing out its meaning. What can possibly be done with people who find pleasure in polite language but do not draw out its meaning, or who comply with model sayings but do not reform their ways."

9.25

子曰："主忠信，毋友不如己者，过则勿惮改。"

The Master said, "Take doing your utmost (*zhong* 忠) and making good on your word (*xin* 信) as your mainstay. Do not befriend anyone who is not as good as you are. And where you have gone astray, do not hesitate to mend your ways."

9.26

子曰："三军可夺帅也，匹夫不可夺志也。"

The Master said, "The Combined Annies can be deprived of their commander, but common peasants cannot be deprived of their purposes."

9.27

子曰："衣敝缊袍，与衣狐貉者立，而不耻者，其由也与？'不忮不求，何用不臧？'"子路终身诵之。

子曰："是道也，何足以臧？"

The Master said, "If there is anyone who would feel no shame in wearing a shabby old gown while standing next to someone wearing fox and badger, it would have to be Zilu! "Not jealous, not greedy, how could he but be good?"[140] Zilu on hearing this praise of himself, kept repeating these lines over and over again. The Master said to him, "How can this remark deserve to be treasured so?"

注释 140.《诗经》第三十三篇。参看理雅各（Legge）*Chinese Classics*（《中国经典》）第四卷第 52 页。

9.28

子曰："岁寒，然后知松柏之后彫也。"

The Master said, "It is only when the cold sets in that we realize the pine and the cypress are the last to fade."

9.29

子曰："知者不惑，仁者不忧，勇者不惧。"

The Master said, "The wise (*zhi*知) are not in a quandary: the authoritative (*ren*仁) are not anxious; the courageous are not timid."[141]

注释 141. 本段是 14.28 中的一部分。

9.30

子曰："可与共学，未可与适道；可与适道，未可与立；可与立，未可与权。"

The Master said, "You can study with some, and yet not necessarily walk the same path (*dao*道); you can walk the same path as some, and yet not necessarily take your stand with them; you can take your stand with them, and yet not necessarily weigh things up in the same way."

9.31

"唐棣之华，偏其反而。岂不尔思？室是远而。"子曰："未之思也，夫何远之有？"

"The flowers of the wild cherry tree Flutter and wave. How could I not be thinking of you? It is just that your home is so very far away." The Master said, "He wasn't really thinking of her, or how could she be far away?"[142]

注释 142. 见 7.30 和 9.11。杨伯峻（1982：95-96）提出，此处暗喻"仁"和"道"。

乡党篇第十

BOOK 10

10.1

孔子于乡党，恂恂如也，似不能言者。其在宗庙朝廷，便便言，唯谨尔。

In Confucius' home village, he was most deferential, as though at a loss for words, and yet in the ancestral temple and at court, he spoke articulately, though with deliberation.

10.2

朝，与下大夫言，侃侃如也；与上大夫言，訚訚如也。君在，踧踖如也，与与如也。

At court, when speaking with lower officials, he was congenial, and when speaking with higher officials, straightforward yet respectful. In the presence of his lord, he was reverent though composed.

10.3

君召使摈，色勃如也，足躩如也。揖所与立，左右手，衣前后，襜如也。趋进，翼如也。宾退，必复命曰："宾不顾矣。"

When summoned by his lord to receive a guest to the court, his countenance would change visibly and his legs would bend. He would salute the others standing in attendance, gesturing his clasped hands to the right and to the left, and with his flowing robes swaying front and back with his movements, he would glide forward briskly. When the guest retired, he would be certain to report to his lord, "Our guest no longer looks back."

10.4

入公门，鞠躬如也，如不容。

立不中门，行不履阈。

过位，色勃如也，足躩如也，其言似不足者。

摄齐升堂，鞠躬如也，屏气似不息者。

出，降一等，逞颜色，怡怡如也。

没阶，趋进，翼如也。

复其位，踧踖如也。

On passing through the entrance way to the duke's court, he would bow forward from the waist, as though the gateway were not high enough. While in attendance, he would not stand in the middle of the entranceway; on passing through, he would not step on the raised threshold. On passing by the empty throne, his countenance would change visibly, his legs would bend, and in his speech he would seem to be breathless. He would lift the hem of his skirts in ascending the hall, bow forward from the waist, and hold in his breath as though ceasing to breathe. On leaving and descending the first steps, he would relax his expression and regain his composure. He would glide briskly from the bottom of the steps, and returning to his place, would resume a reverent posture.

10.5

执圭，鞠躬如也，如不胜。上如揖，下如授。勃如战色，足蹜蹜如有循。

享礼，有容色。

私觌，愉愉如也。

On grasping the jade tablet as the lord's envoy, he would bow forward from the waist as though it were too heavy to lift. He would hold the top of it as though saluting and the bottom of it as though offering it to someone. His countenance would change visibly as though going off to battle, and his steps were short and measured as though following a line. On the occasion of presenting his credentials, his demeanor was dignified, and in private audience, he was affable.

10.6

君子不以绀緅饰，红紫不以为亵服。

当暑，袗絺绤，必表而出之。

缁衣，羔裘；素衣，麑裘；黄衣，狐裘。

亵裘长，短右袂。

必有寝衣，长一身有半。

狐貉之厚以居。

去丧，无所不佩。

非帷裳，必杀之。羔裘玄冠，不以吊。

吉月，必朝服而朝。

Persons of nobility[143] do not use reddish black or dark brown for the embroidered borders of their robes,[144] nor do they use red or purple in casual clothing. In the heat of summer, they wear an unlined garment made of fine or coarse hemp, but would invariably wear it over an undergarment to set it off. With black upper garments[145] they wear lambskin;[146] with undyed silk upper garments, fawn fur; with yellow-brown upper garments, fox fur. Casual fur robes were long overall, but the right sleeve was somewhat short. They are certain to have a nightcoat half the body in length.[147] They use the thick fur of the fox and badger for sitting rugs. Outside of the mourning period, they wear whatever girdle ornaments they please. Apart from pleated ceremonial skirts, they would invariably have their skirts tailored. A lambskin coat and a black cap could not be worn on funeral occasions. On New Year's Day, they would invariably go to court in full court attire.

注释 143. 此处的“君子”是孔子所处的时代之前的“君子”，特指在朝廷担当官职的贵族。

144. 黑色是正式礼服的颜色，这些颜色和黑色太相近了。

145. 古人穿羔裘时毛在外，皮在内。“衣”指单独的上衣，和下身穿的裙相对。

146. 定州汉墓竹简的“羔”作“美”。这两个字字形相像，有可能是抄写错误导致的不同。

147. 上半身穿的是“衣”。

10.7

斋，必有明衣，布。

齐必变食，居必迁坐。

In periods of purification, Confucius would invariably wear a spirit coat made of plain cloth. In such periods, he would invariably simplify his diet, and at home would change his resting-place.[148]

注释 148. 指孔子不和妻子睡同一间房。

10.8

食不厌精，脍不厌细。食饐而餲，鱼馁而肉败，不食。色恶，不食。臭恶，不食。失饪，不食。不时，不食。割不正，不食。不得其酱，不食。

肉虽多，不使胜食气。

唯酒无量，不及乱。

沽酒市脯不食。不撤姜食，不多食。

In his staple cereals, he did not object to them being polished, and in his dishes, he did not object to the food being cut up fine. When the cereal was damp and mildewed, and tasted unusual, and when the fish and meat had spoiled and gone bad, he would not eat them. If the food was off in color or smelled strange, he would not eat it. When the food was not properly cooked or the dining hour had not arrived, he would not eat. He would not eat food that was improperly prepared, or that was lacking the appropriate condiments and sauces. Even when meat was abundant, he would not eat it in disproportionate amount to the staple foods. Only in his wine[149] did he not limit himself although he never got drunk. He would not eat store-bought wine or dried meats from the marketplace. When he had eaten his fill, he would not eat more, even if the ginger had not yet been cleared.

注释 149. 这里的“酒”多是由谷物酿制而成，其中黍米酒最为常见。

10.9

祭于公，不宿肉。祭肉不出三日。出三日，不食之矣。

After participating in public sacrifices, he would not keep the sacrificial meat for a second day. With other sacrificial meats, he would not keep it for more than three days, and if the three days had lapsed, he would not eat it.

10.10

食不语，寝不言。

While eating he would not converse, and having retired for the night he would not talk.

10.11

虽疏食菜羹，必祭，必齐如也。

Even with a simple meal of course grains and vegetable gruel, he invariably made an offering, and did so with solemnity.

10.12

席不正，不坐。

He would not sit unless the mats were properly placed in accord with custom.[150]

注释 150. 坐席的放置由房间中其他人的地位和意图决定，参照的是主人的级别和职责。见 10.18。

10.13

乡人饮酒，杖者出，斯出矣。

When drinking wine at a village function, he would wait for those with canes to depart before taking his leave.[151]

注释 151. 今本中此篇的第十一章、第十二章、第十三章，在定州汉墓竹简中合为一段。

10.14

乡人傩，朝服而立于阼阶。

When his fellow villagers were performing the nuo ritual to exorcise hungry ghosts, dressing in his court robes he would stand in attendance as host at the eastern stair.

10.15

问人于他邦，再拜而送之。

In asking after the well-being of a friend in another state, [152] he would bow twice before sending the messenger on his way.

注释 152. 定州汉墓竹简中以“国”代“邦”，避汉高祖刘邦的名讳。

10.16

康子馈药，拜而受之。曰：“丘未达，不敢尝。”

Ji Kangzi[153] sent a present of medicine, and Confucius, bowing to him, accepted it. He said, however, “Not knowing its effects, I dare not take it.”

注释 153. 季康子是三桓之首，三桓是鲁国实际上的统治者。

10.17

厩焚。子退朝，曰：“伤人乎？”不问马。

When his stables caught fire, the Master hurried back from court and asked, “Was anyone hurt?”He did not inquire after the horses.

10.18

君赐食，必正席，先尝之。君赐腥，必熟而荐之。君赐生，必畜之。侍食于君，君祭，先饭。

When his lord made a gift of prepared food, he

would invariably place the mats properly according to custom and be the first to taste it. When his lord made a gift of raw meat, he would invariably cook it and make a display of it to his ancestors. When his lord made a gift of livestock, he would rear it. When waiting to dine with his lord and the lord was conducting the sacrifice, he would begin from the rice.

10.19

疾，君视之，东首，加朝服，拖绅。

When ill, and his lord came to see him, he would recline with his head facing east, and would have his court dress draped over him with his sash drawn.[154]

注释 154. 古时候主人的床一般放在南窗的西面，国君来探望时，从东边的台阶走上来。东边的台阶是主人专用，但由于国君是国家的主人，他也从东边的台阶上下。定州汉墓竹简中，此篇第十八章和第十九章合为一段。

10.20

君命召，不俟驾行矣。

When his lord issued him a summons, he would set off on foot without waiting for the horses to be yoked to his carriage.[155]

注释 155. 想必马车会从后面赶来接他。《孟子·万章章句下·第七节》中，讨论了孔子行为的合理性：

曰："……欲见贤人而不以其道，犹欲其入而闭之门也。夫义，路也；礼，门也。惟君子能由是路，出入是门也。诗云：

'周道如底，其直如矢；

君子所履，小人所视。'"

万章曰："孔子，君命召，不俟驾而行。然则孔子非与？"

曰："孔子当仕有官职，而以其官召之也。"

10.21

入太庙，每事问。

The Master on entering the Grand Ancestral Hall asked questions about everything.[156]

注释 156. 本段是 3.15 中的一部分。

10.22

朋友死，无所归，曰："于我殡。"

On the death of a friend, when there were no relatives to make the arrangements, the Master would say, "Let me take responsibility for laying him out."

10.23

朋友之馈，虽车马，非祭肉，不拜。

The Master would not kowtow on receiving gifts from friends, even those as lavish as a horse and carriage, with the sole exception of sacrificial meat.

10.24

寝不尸，居不客。

In sleeping, he did not assume the posture of a corpse, and when at home alone, he did not kneel in a formal posture as though entertaining guests.[157]

注释 157. 据杨伯峻（1982：107），古人的坐姿有三种，不同姿势代表不同的正式程度。第一种也是最正式的一种，在作客和招待客人时使用，屈着两膝，膝盖着地，足跟承着臀部。第二种是蹲坐，脚板着地，两膝耸起，臀部向下而不贴地。第三种也是最不正式的一种，臀部贴地，双腿平放，像箕一样张开，叫做“箕踞”。

10.25

见齐衰者，虽狎，必变。见冕者与瞽者，虽亵，必以貌。

凶服者式之。式负版者。有盛馔，必变色而作。迅雷风烈必变。

On meeting someone in mourning dress, even those on intimate terms, he would invariably take on a solemn appearance. On meeting someone wearing a ceremonial cap or someone who is blind, even though they were frequent acquaintances, he would invariably pay his respects.

On encountering a person in mourner's attire, [158] he would lean forward on the stanchion of his carriage. He would do the same on encountering an official with state census records on his back.

On being presented with a sumptuous feast, he would invariably take on a solemn appearance and rise to his feet.

On experiencing a sudden clap of thunder or fierce winds, he would invariably take on a solemn appearance.

注释 158. 定州汉墓竹简在“凶服者式之”处作“六者式”，注释称“六”疑应读为“戮”。

10.26

升车，必正立，执绥。

车中，不内顾，不疾言，不亲指。

To mount his carriage, he would invariably stand upright and grasp the cord.

While riding in the carriage, he would not turn his head to look back, speak hastily, or point at things.[159]

注释 159. 定州汉墓竹简中，此篇第二十五章和第二十六章合为一段。

10.27

色斯举矣，翔而后集。曰："山梁雌雉，时哉时哉！"子路共之，三嗅而作。

Sensing their approach, a bird took flight, and soared about before alighting. The Master said, "This hen-pheasant on the mountain bridge—how timely! how timely!"Zilu clasped his hands and saluted the bird which, flapping its wings three times, took to the air again.[160]

注释 160. 最后一段联系了全篇，详细地阐述了自然界中仪式化的生活方式。

先进篇第十一

BOOK 11

11.1

子曰：“先进于礼乐，野人也；后进于礼乐，君子也。如用之，则吾从先进。”

The Master said, “The first to come to observing ritual propriety (*li*礼) and to playing music (*yue* 乐)were the simple folk; those who came later were the nobility (*junzi*君子).[161] In putting ritual and music to use, I would follow those who came to them first.”[162]

注释 161. 孔子在此处使用的似乎是政治意义上的“君子”——这时正是“君子”一词由政治领域转向道德领域的时期，因此本段中的“君子”也有可能同时包含两种意义。

162. 参看《孟子·滕文公章句上·第三节》，可为对比。文和质之间相互依存的关系，见6.18，12.8，12.20。

11.2

子曰：“从我于陈、蔡者，皆不及门也。”

The Master said, "None of those who were with me during my difficulties in the states of Chen and Cai are with me now."[163]

注释 163. 见《孟子·尽心章句下·第十八节》中，记载了孔子在陈国和蔡国遭遇的险境：

孟子曰："君子之厄于陈蔡之间，无上下之交也。"

同时见司马迁（1959：1930）为孔子作的传，记录了这一段历险。书中写道，楚国派遣使者来聘孔子。陈国、楚国的大夫害怕孔子会惩罚他们的所作所为，因此在孔子前往楚国的路上设下埋伏，围孔子于野。梅约翰（John Makeham，1998）分析了早期文献中对这一事件的不同记载。

一些注疏家认为本段应理解为："None are in office（不及仕进之门）"。

11.3

德行：颜渊、闵子骞、冉伯牛、仲弓。言语：宰我、子贡。政事：冉有、季路。文学：子游、子夏。

Those who excelled in their conduct: Yan Hui, Min Ziqian, Ran Boniu, and Zhonggong; in eloquence, Zaiwo and Zigong; in statesmanship, Ranyou and Zilu; in the study of culture, Ziyou and Zixia.[164]

注释 164. 杨伯峻（1982：110-11）引用了《后汉书·徐防传》中的记载："经书礼乐，定自孔子；发明章句，始于子夏"。朱熹在对本段的评注中认为，在孔子被困于陈、蔡时，这十名弟子都在他身边。但根据已知的历史记载，这很明显是错误的。例如，孔子被困于陈、蔡时是六十一岁（哀公四年），此时子游只有十六岁，子夏只有十七岁。

11.4

子曰："回也非助我者也，于吾言无所不说。"

The Master said, "Yan Hui is of no help to me. There is nothing that I say that he doesn't like."

11.5

子曰："孝哉闵子骞！人不间于其父母昆弟之言。"

The Master said, "Now Min Ziqian is a model of filial responsibility (*xiao*孝). No one doubts the good things that his parents and his siblings have to say about him."

11.6

南容三复白圭，孔子以其兄之子妻之。

Nanrong frequently recited The Book of Songs verse on the White Jade Tablet.[165] Confucius gave him his elder brother's daughter to wed.[166]

注释 165. 见《诗经》第二百五十六篇。高本汉（Karlgren, 1950）译：

慎尔出话，敬尔威仪，无不柔嘉。

Be cautious about the words you utter，be careful about your demeanor；in all things be mild and good；

白圭之玷，尚可磨也；

a flaw in a white kuei tessera can still be ground away；

斯言之玷，不可为也！

a flaw in those words of yours，for that nothing can be done.

166. 见 5.2。

11.7

季康子问：“弟子孰为好学？”孔子对曰：“有颜回者好学，不幸短命死矣，今也则亡。”

Ji Kangzi inquired, “Which of your disciples truly loves learning (*haoxue*好学)?”

Confucius replied, “There was one Yan Hui who truly loved learning. Unfortunately, he was to die young. Nowadays, there is no one.”[167]

注释 167. 6.3 中哀公问了一样的问题，孔子回答得更为详细。孔子在回答合法统治者哀公时更详尽，回答谋权篡位的季氏族长时更简略，注疏家们认为这种详略对比是有用意的。

11.8

颜渊死，颜路请子之车以为之椁。子曰：“才不才，亦各言其子也。鲤也死，有棺而无椁。吾不徒行以为之椁。以吾从大夫之后，不可徒行也。”

When Yan Hui died, his father Yan Lu[168] asked Confucius for his carriage to provide an outer coffin for his son. Confucius replied, “Talented or not, a son is a son. My son, Boyu, also died, [169] and I provided him with an inner coffin, but no outer coffin. I could not go on foot in order to give him one—in my capacity as a retired official, it is not appropriate for me to travel on foot.”[170]

注释 168. 据司马迁（1959）为孔子弟子们作的传，颜路也是孔子的学生。

169. 孔子的儿子伯鱼五十岁死，当时孔子七十岁。同时见 16.13 和 17.10。

170. 孔子不答应，有两个原因：颜回没有职位，而孔子有。

11.9

颜渊死。子曰：“噫！天丧予！天丧予！”

When Yan Hui died, the Master cried, “Oh my! Tian (天) is the ruin of me! Tian is the ruin of me!”

11.10

颜渊死，子哭之恸。从者曰：“恸矣！”曰：“有恸乎？非夫人之为恸而谁为？”

When Yan Hui died, the Master grieved for him

with sheer abandon. His followers cautioned, "Sir, you grieve with such abandon."The Master replied, "I grieve with abandon? If I don't grieve with abandon for him, then for whom?"[171]

注释 171. 孔子坚持遵守传统，但对超越节制的悲伤仍十分真诚。这里不是口是心非，因为评判的最高标准，是内心是否真诚。

11.11

颜渊死，门人欲厚葬之。子曰："不可。"门人厚葬之。子曰："回也视予犹父也，予不得视犹子也。非我也，夫二三子也。"

When Yan Hui died and his fellow students wanted to have a lavish burial for him, the Master said it would not be proper, and yet thcy did so anyway. The Master responded, "YanHui! You looked on me as a father, and yet I have not been able to treat you as a son. This was none of my doing– it was your fellow students who did it."

11.12

季路问事鬼神。子曰："未能事人，焉能事鬼？"曰："敢问死？"曰："未知生，焉知死？"

Zilu asked how to serve the spirits and the gods.

The Master replied, “Not yet being able to serve other people, how would you be able to serve the spirits?”Zilu said, “May I ask about death?”The Master replied, “Not yet understanding life, how could you understand death?”[172]

注释 172. 吉德炜（David Keightley，1990）在思考死亡在古代中国的宏观意义和价值时认为，死亡在当时被认为是“不成问题”的。当然，这不是说没有人担忧过、思考过生命的终结。他的意思是，死亡不被认为是非自然的，非正常的，可怕的。中国对死亡的“自然”认识，与死亡这一概念在犹太－基督教传统中的可怕形象形成了对比。在犹太－基督教传统中，死亡被认为是上帝对人类的傲慢和不服从的惩罚。尽管汉语中“黄泉”这样的词语会让人引起不安的联想，但其中并没有过度的阴郁和病态联想，这和希腊、罗马、中世纪欧洲的死亡概念是明显不同的。同时见安乐哲（Ames，1998）。

11.13

闵子侍侧，訚訚如也；子路，行行如也；冉有、子贡，侃侃如也。子乐。“若由也，不得其死然。”

Min Ziqian in attendance at the Master’s side was straightforward yet respectful, [173] Zilu[174] was intent, and Ranyou and Zigong were congenial.[175] Although the Master was pleased, he said, “This Zilu—he will not meet a natural death.”

注释 173. 孔子在 10.2 中展现了面对比自己位高的大夫时的态度，和此处一样。

174. 见注释 35。

175. 这也是孔子在面对比自己位低的大夫时的做法——见 10.2。

11.14

鲁人为长府。闵子骞曰："仍旧贯，如之何？何必改作？"子曰："夫人不言，言必有中。"

The leaders[176] of Lu were constructing the Long Treasury. Min Ziqian said, "What about just restoring it to its old likeness? Why rebuild it?"

The Master remarked, "This man either says nothing or is right on the mark in what he says."

注释 176. 杨伯峻（1982：114）认为此处用"人"字，表现出了"人"（译为 leaders）和"民"（common people）之间的阶级区分，因此不能将"人"译为"people"。结合当时的统治结构，这种说法是有道理的。同时见 1.5 和 14.42。

11.15

子曰："由之瑟奚为于丘之门？"门人不敬子路。子曰："由也升堂矣，未入于室也。"

The Master said, "What is Zilu's zither doing inside my gate?" And his other disciples ceased to treat

Zilu with respect. The Master remarked, "As for Zilu, he has ascended the hall, but he has not yet entered the inner chamber!"[177]

注释 177.《说苑·修文篇》曾对这个故事有所发挥，文中提到孔子不是不喜欢瑟这种乐器，而是不喜欢子路演奏的音乐。

11.16

子贡问："师与商也孰贤？"子曰："师也过，商也不及。"

曰："然则师愈与？"子曰："过犹不及。"

Zigong inquired, "Who is of superior character (*xian*贤), Zizhang or Zixia?"[178] The Master replied, "Zizhang oversteps the mark, and Zixia falls short of it." "Does this make Zizhang better?"asked Zigong. "One is as bad as the other,"replied Confucius.

注释 178. 关于子贡、子张、子夏，分别见注释 12、37、8。

11.17

季氏富于周公，而求也为之聚敛而附益之。子曰："非吾徒也。小子鸣鼓而攻之，可也。"

Even though the House of Ji is wealthier than the Duke of Zhou, [179] Ranyou in gathering revenues for them added even more to their coffers.[180] The Master said, "This man is no disciple of mine. You students have my permission to sound the charge and attack him."[181]

注释 179. 杨伯峻（1982 : 115）引用了对“周公”的两种不同解读，但《荀子》中似乎认为只有一种解读。见诺布洛克（Knoblock，1992 : 77）译《荀子》(Xunzi 23/8/70)，其中认为这里指的是更有名的周公旦的财富。

180. 见《左氏春秋 · 哀公十一年》【参看理雅各（Legge）*Chinese Classics* (《中国经典》) 第五卷第 826 页】中对这一事件的讨论：

季孙欲以田赋，使冉有访诸仲尼。仲尼曰：“丘不识也。”三发，卒曰：“子为国老，待子而行，若之何子之不言也？”

仲尼不对。而私于冉有曰：“君子之行也，度于礼，施取其厚，事举其中，敛从其薄，如是则以丘亦足矣。若不度于礼，而贪冒无厌，则虽以田赋，将又不足。且子季孙若欲行而法，则周公之典在。若欲苟而行，又何访焉？”

弗听。

冉有还是继续听从季氏的安排，推行“田赋”制度。

《礼记 · 大学》中明确说：

“百乘之家，不畜聚敛之臣。与其有聚敛之臣，宁有盗臣。”

181.《孟子 · 离娄章句上 · 第十四节》对本段内容做了更详细的陈述。

孟子曰：“求也为季氏宰，无能改于其德，而赋粟倍他日。孔子曰：‘求非我徒也，小子鸣鼓而攻之可也。’由此观之，君不行仁政而富之，皆弃于孔子者也。况于为之强战？争地以战，杀人盈野；争城以战，杀人盈城。

此所谓率土地而食人肉，罪不容于死。故善战者服上刑，连诸侯者次之，辟草莱、任土地者次之。”

最后一类大夫看起来是在建议君王做有益人民的事情，但实际上他还是为了让君王得利，从而让自己受益。人们之所以贫困，主要的原因不是土地不够，而是沉重的赋税和持久的战争。

11.18

柴也愚，参也鲁，师也辟，由也喭。

Zigao is stupid; Zeng is thick; Zhuansun is biased; Zilu is rough and rude.

11.19

子曰："回也其庶乎，屡空。赐不受命，而货殖焉，亿则屡中。"

The Master said, "Yan Hui is just about there, yet he has forever been in dire straits. Zigong is not content with his lot, [182] and has taken to hoarding and speculating. But in his ventures he is regularly on the mark."[183]

注释 182. 有人将"命"译为"not receiving an official commission"（不受命做官），但子贡在历史上确实曾经做过官。

183. 孔子在开玩笑。

11.20

子张问善人之道。子曰："不践迹？亦不入于室。"

Zizhang asked about the way (*dao*道) of the truly efficacious person (*shanren*善人).[184]

The Master said, "Not following in the steps of others, one does not gain entrance to, the inner chamber."

注释 184. 孔子数次讨论了"善人"：同时见7.26，13.11，13.29。

11.21

子曰："论笃是与，君子者乎？色庄者乎？"

The Master said, "Allowing that a person is earnest in his words, the question is: is he an exemplary person (*junzi*君子), or is he just pretending to be serious?"

11.22

子路问："闻斯行诸？"子曰："有父兄在，如之何其闻斯行之？"

冉有问："闻斯行诸？"子曰："闻斯行之。"

公西华曰："由也问'闻斯行诸'，子曰：'有父兄在'；求也问'闻斯行诸？'子曰：'闻斯行之'。赤也惑，敢问。"子曰："求也退，故进之；由也兼人，故退之。"

Zilu inquired, "On learning.something, should one act upon it?"The Master said, "While your father and elder brothers are still alive, how could you, on learning something, actupon it?"Then Ranyou asked the same question. The Master replied, "On learning something, act upon it."

Gongxi Hua said, "When Zilu asked the question, you observed that his father and elder brothers are still alive, but when Ranyou asked the same question, you told him to act on what he learns. I am confused could you explain this to me?"

The Master replied, "Ranyou is diffident, and so I urged him on. But Zilu has the energy of two, and so I sought to rein him in."

11.23

子畏于匡，颜渊后。子曰："吾以女为死矣。"曰："子在，回何敢死？"

When the Master was surrounded in Kuang, [185] Yan Hui had fallen behind. The Master said to him, "I had given you up for dead.""While you are still living, "Yan Hui replied, "how could I dare to die?"

注释 185. 见 9.5。

11.24

季子然问："仲由、冉求可谓大臣与？"子曰："吾以子为异之问，曾由与求之问。所谓大臣者，以道事君，不可则止。今由与求也，可谓具臣矣。"

曰："然则从之者与？"子曰："弑父与君，亦不从也。"

Ji Ziran inquired, "Can Zhongyu and Ranyou be called great ministers?"The Master replied, "I expected you to ask about other people, but then you ask about Zhongyu and Ranyou. What are called great ministers are those who serve their lord with the way (*dao*道), and when they cannot, resign. Now as for Zhongyu and Ranyou, they can be called 'lace-holder' ministers."

"Such being the case, can they be counted on to follow orders?"Ji Ziran asked.

The Master replied, "Even they would stop short of patricide or regicide."[186]

注释 186. 定州汉墓竹简作："杀父与君，弗从也。"

11.25

子路使子羔为费宰。子曰："贼夫人之子。"

子路曰："有民人焉，有社稷焉，何必读书，然后为学？"

子曰："是故恶夫佞者。"

When Zilu sent Zigao to be the prefect of Bi, [187] the Master said, "This is harming another man's son."

Zilu replied, "The prefecture has people in it and has the altars to the soil and grain in it. Why is it that only by reading books one can be considered learned?"

The Master said, "It is for this reason that I hate those with a glib tongue."

注释 187. 费地是季氏的重要采邑。季氏篡夺了鲁国的政治权力。

11.26

子路、曾皙、冉有、公西华侍坐。

子曰："以吾一日长乎尔，毋吾以也。居则曰：'不吾知也！'如或知尔，则何以哉？"

子路率尔而对曰："千乘之国，摄乎大国之间，加之以师旅，因之以饥馑；由也为之，比及三年，可使有勇，且知方也。"

夫子哂之。

"求！尔何如？"

对曰："方六七十，如五六十，求也为之，比及三年，可使足民。如其礼乐，以俟君子。"

"赤！尔何如？"

对曰："非曰能之，愿学焉。宗庙之事，如会同，端章甫，愿为小相焉。"

"点！尔何如？"

鼓瑟希，铿尔，舍瑟而作，对曰："异乎三子者之撰。"

子曰："何伤乎？亦各言其志也。"

曰："莫春者，春服既成，冠者五六人，童子六七人，浴乎沂，风乎舞雩，咏而归。"

夫子喟然叹曰："吾与点也！"三子者出，曾皙后。曾皙曰："夫三子者之言何如？"

子曰："亦各言其志也已矣。"

曰："夫子何哂由也？"

曰："为国以礼，其言不让，是故哂之。"

"唯求则非邦也与？"

"安见方六七十如五六十而非邦也者？"

"唯赤则非邦也与？"

"宗庙会同，非诸侯而何？赤也为之小，孰能为之大？"

Zilu, Zengxi, Ranyou, and Zihua were all sitting in attendance on Confucius. The Master said, "Just because I am a bit older than you do not hesitate on my account. You keep saying, 'No one recognizes my worth!' but if someone did recognize your worth, how would you be of use to them?"

"As for me,"Zilu hastily replied,"give me a state of a thousand chariots to govern, set me in among powerful neighbors, harass me with foreign armies, and add to that widespread famine, and at the end of three years, I will have imbued the people with courage, and moreover, provided them with a sure direction."

The Master smiled at him, and said, "Ranyou, what would you do?"

"Give me a small territory of sixty or seventy—or even fifty or sixty—li square, and at the end of three years, I will have made the people thrive. As for observing ritual propriety (*li*礼) and the playing of music (*yue* 乐), these must wait upon an exemplary person (*junzi*君子)."

"And what would you do, Zihua?"asked the Master.

"Not to say that I have the ability to do so, but I am willing to learn in the events of the Ancestral Temple and in the forging of diplomatic alliances, donning the appropriate ceremonial robes and cap, I would like to serve as a minor protocol officer."

"And what about you, Zengxi?"asked the Master.

Zengxi plucked a final note on his zither to bring the piece to an end, and setting the instrument aside, he rose to his feet. "I would choose to do something somewhat different from the rest."he said.

"No harm in that,"said the Master."Each of you can speak your mind."

"At the end of spring, with the spring clothes having already been finished, I would like, in the company of five or six young men and six or seven children, to cleanse ourselves in the Yi River, to revel in the cool breezes at the Altar for Rain, and then return home singing."

The Master heaved a deep sigh, and said, "I'm with Zengxi!"

Zilu, Ranyou, and Zihua all left, but Zengxi waited behind, and asked the Master, "What do you think of what my three fellow students have said?"

"Each of you has simply spoken his mind, that's all,"replied the Master.

"Why did you, sir, smile at Zilu?"said Zengxi.

"I smiled at him because in governing a state you need to observe ritual propriety, and yct in what he said there was no deference (*rang*让) at all,"said the Master.

"Was it only Ranyou who did not speak of governing a state?"he asked.

"How can one speak of a territory of sixty or seventy—or even fifty or sixty—li square, and not be referring to a state?"replied the Master.

"Was it only Zihua, then, who did not speak of governing astate?"he asked.

"If the events of the Ancestral Temple and diplomatic alliances do not involve the various lords, then what are they? If he is only going to serve as a minor protocol officer, then who is able to take a major role?"

颜渊篇第十二

BOOK 12

12.1

颜渊问仁。子曰："克己复礼为仁。一日克己复礼，天下归仁焉。为仁由己，而由人乎哉？"

颜渊曰："请问其目。"子曰："非礼勿视，非礼勿听，非礼勿言，非礼勿动。"

颜渊曰："回虽不敏，请事斯语矣。"

Yan Hui inquired about authoritative conduct(*ren* 仁). The Master replied, "Through self-discipline and observing ritual propriety (*li*礼)one becomes authoritative in one's conduct.[188] If for the space of a day one were able to accomplish this, the whole empire would defer to this authoritative model. Becoming authoritative in one's conduct is self-originating—how could it originate with others?"

Yan Hui said, "Could I ask what becoming authoritative entails?"The Master replied, "Do not look at anything that violates the observance of ritual propriety; do not listen to anything that violates the observance of ritual propriety; do not speak about anything that violates the observance of ritual propriety; do not do anything that violates the observance of ritual propriety."

"Though I am not clever,"said Yan Hui,"allow me to act on what you have said."

注释 188. 本段出现在《左传·昭公十二年》中【参看理雅各（Legge）*Chinese Classics*（《中国经典》）第五卷第641页】，孔子说：

古也有志："克己复礼，仁也。"信善哉！楚灵王若能如是，岂其辱于乾谿？

这段话的背景是，楚灵王由于不能"自克"，最终没有得到好下场。韦利（Waley，1937：162）提到，"克"也可能作"能够"的意思，但《左传》中的此段较为明确地表明，此处的"克"意为"自律"。重要的是，不要放任"自我意识"的"自然生长"，之后才来克服。相反，我们需要在深刻嵌入意识中的"自我"还未完全发展的早期，就对其加以培养和延伸。

12.2

仲弓问仁。子曰："出门如见大宾，使民如承大祭。己所不欲，勿施于人。在邦无怨，在家无怨。"

仲弓曰："雍虽不敏，请事斯语矣。"

Zhonggong[189] inquired about authoritative

conduct (*ren*仁). The Master replied, "In your public life, behave as though you are receiving important visitors; employ the common people as though you are overseeing a great sacrifice. Do not impose upon others what you yourself do not want, and you will not incur personal or political ill will."

"Though I am not clever,"said Zhonggong,"allow me to act on what you have said."

注释 189. 仲弓和颜回一样，比孔子小三十岁。仲弓出身贫寒，孔子却对他和他的修养有非常高的评价，甚至认为仲弓能够称王——这是多么高的褒奖！见 6.1，6.2，6.6。

12.3

司马牛问仁。子曰："仁者，其言也讱。"

曰："其言也讱，斯谓之仁已乎？"子曰："为之难，言之得无讱乎？"

Sima Niu inquired about authoritative conduct (*ren*仁) The Master replied, "An authoritative person is slow to speak (*ren*讱)."[190]

"Does just being slow to speak make one authoritative?" he asked.

The Master replied, "When something is difficult to accomplish, how can one but be slow to speak?"[191]

注释 190. 孔子以谐音字"讱"定义"仁"。

191. 据司马迁（1959：2214-5），司马牛话多而急躁。孔子正是针对这种情况说了这番话，借此批评那些不认真对待自己说过的话、不认为语言拥有和行动一样的力量的人。

12.4

司马牛问君子。子曰："君子不忧不惧。"

曰："不忧不惧，斯谓之君子已乎？"子曰："内省不疚，夫何忧何惧？"

Sima Niu inquired about the exemplary person (*junzi*君子). The Master replied, "The exemplary person is neither worried nor apprehensive."

"Does just being free from worry and apprehension make one an exemplary person?"he asked.

"If examining oneself there is nothing to be ashamed of, why be worried or apprehensive?"Confucius replied.

12.5

司马牛忧曰："人皆有兄弟，我独亡。"子夏曰："商闻之矣：死生有命，富贵在天。君子敬而无失，与人恭而有礼。四海之内，皆兄弟也。君子何患乎无兄弟也？"

Sima Niu lamented, "Everyone has brothers except for me."

Zixia said to him, "I have heard it said:

Life and death are a matter of one's lot;

Wealth and honor lie with tian (天).

Since exemplary persons (*junzi*君子) are respectful and impeccable in their conduct, are deferential to others and observe ritual propriety (*li*礼), everyone in the world is their brother. Why would exemplary persons worry over having no brothers?"

注释 192. 我们知道，历史上司马牛确实有一个哥哥，名为桓魋，曾想杀掉孔子。见《左传·哀公十四年》和7.23。司马牛在此处否认和桓魋的兄弟关系，拒绝以真实的情况来解读"兄弟"这一概念，希望以此更改不可改变的事实。子夏说的话则要胜过司马牛，他认为相反的情况也能够成立——没有兄弟的人也可以改变让他没有兄弟的"命"，方法是重新定义"有兄弟"的含义——即为这一概念更名。他声称，兄弟的标准可以是道德上的、宗教上的，而不必是生物上的。本段不为宿命论正名，而是表明了不同情况下的灵活变通，以及在描述这些类似情景时，事实和价值二者的不可分割。见霍尔和安乐哲（Hall and Ames，1987：214-15）。

杨伯峻则对司马牛的身份提出异议，认为他和《左传》里出现的司马牛不是同一个人。孔安国是第一个将二者联系在一起的注疏家，但他说司马牛名犁，这又和《史记》中记载的司马牛名耕不同。

12.6

子张问明。子曰："浸润之谮，肤受之愬，不行焉，可谓明也已矣。浸润之谮，肤受之愬，不行焉，可谓远也已矣。”

Zizhang inquired about perspicacity (*ming*明).The Master replied, “A person who stays aloof from slander that pollutes the community and from rumor mongering that spreads like a rash can be said to be perspicacious. Such a person can also be said to be discerning.”

12.7

子贡问政。子曰：“足食，足兵，民信之矣。”

子贡曰：“必不得已而去，于斯三者何先？”曰：“去兵。”

子贡曰：“必不得已而去，于斯二者何先？”曰：“去食。自古皆有死；民无信不立。”

Zigong asked about governing effectively (*zheng*政). The Master said to him, “Make sure there is sufficient food to eat, sufficient arms for defense, and that the common people have confidence in their leaders.”

“If you had to give up one of these three things he said,“which should be given up first?”

“Give up the arms,”he replied.

“If you had to give up one of the remaining two,”he said,“which should be given up first?”

"Give up the food,"he replied. "Death has been with us from ancient times, but if the common people do not have confidence in their leaders, community will not endure."

12.8

棘子成曰："君子质而已矣，何以文为？"子贡曰："惜乎，夫子之说君子也！驷不及舌。文犹质也，质犹文也。虎豹之鞟犹犬羊之鞟。"

Ji Zicheng inquired, "Exemplary persons (*junzi*君子) are determined by nothing other than the quality of their basic disposition (*zhi*质); what need do they have of further refinement (*wen* 文)?"

Zigong replied, "It is a shame that the gentleman has spoken thus about the exemplary person—'A team of horses cannot retrieve his words?' Refinement is no different from one's basic disposition; one's basic disposition is no different from refinement. The skin of the tiger or leopard, shorn of its hair, is no different from the dog or sheep."[193]

注释 193. 关于有文化的中原人和夷人的不同，本段提出了类似的看法。孔子曾被问到，如果他要和夷人一起生活，他将如何面对夷人的粗野。孔子回答："君子居之，何陋之有？"（9.14）文和质，先天和后天，都是不能被分割的概念。

12.9

哀公问于有若曰："年饥，用不足，如之何？"

有若对曰："盍彻乎？"

曰："二，吾犹不足，如之何其彻也？"

对曰："百姓足，君孰不足？百姓不足，君孰与足？"

Duke Ai inquired of Master You, [194] "The harvest has been bad and there is not enough in the government coffers. What should I do?"

Master You replied, "Have you not levied a tithe?"

"Never mind a tithe,"said the duke,"I would not have enough even if I levied twice that amount."

"If the households of your people had sufficient, you could expect to have the same; but since the households do not have sufficient, how can you expect to have enough?"

注释 194. 见注释 3。

12.10

子张问崇德辨惑。子曰："主忠信、徙义，崇德也。爱之欲其生，恶之欲其死。既欲其生，又欲其死，是惑也。'诚不以富，亦祇以异。'"

Zizhang inquired about accumulating excellence (*de*德) and sorting things out when in a quandary. The Master replied, "To take doing one's utmost (*zhong*忠),

making good on one's word (*xin*信), and seeking out what is appropriate (*yi*义) as one's main concerns, is to accumulate excellence. To simultaneously love and hate someone, and thus to simultaneously want this person to live and to die, is to be in a quandary. 'You surely do not gain fortune this way; you only get something different.'"[195]

注释 195. 由于此处的平行结构，"崇"似应译作"accumulating（提高）"而非"celebrating"（庆贺）。

出自《诗经》第188篇。见理雅各（Legge）*Chinese Classics*（《中国经典》）第四卷第302页。注疏家们多认为此处是错简。但此诗说的是一个弃妇的故事，她告诉丈夫，他新找的配偶不会让他增加财富，他所增添的只是"异"而已。这似乎也和本段中提到的对一个人又爱又恨相关联。

12.11

齐景公问政于孔子。孔子对曰："君君，臣臣，父父，子子。"公曰："善哉！信如君不君，臣不臣，父不父，子不子，虽有粟，吾得而食诸？"

Duke Jing of Qi asked Confucius about governing effectively (*zheng*政). Confucius replied, "The ruler must rule, the minister minister, the father father, and the son son."

"Excellent!"exclaimed the Duke. "Indeed, if the

ruler does not rule, the minister not minister, the father not father, and the son not son, even if there were grain, would I get to eat of it?"[196]

注释 196. 参看 1.2 和 2.21，其中的观点是，良好的家庭关系是社会和国家的根基。

12.12

子曰："片言可以折狱者，其由也与"

子路无宿诺。

The Master said, "If there is anyone who can decide a case listening to only one side, it is Zilu!"[197] Zilu also never procrastinates on a promise made.[198]

注释 197. 子路受人民信任，没有人会骗他。因此他能够判决官司而不引起纷争。

198. 子路总能兑现他的诺言，因此他和人民之间有着良好的关系，人民信任他，也对他有信心。

12.13

子曰："听讼，吾犹人也。必也使无讼乎！"

The Master said, "In hearing cases, I am the same as anyone. What we must strive to do is to rid the courts of cases altogether."

12.14

子张问政。子曰：“居之无倦，行之以忠。”

Zizhang asked about governing effectively (*zheng* 政), and the Master replied, “Be unflagging in deliberating upon policy, and do your best in carrying it out?”[199]

注释 199. 此处是“居”和“行”的对比——即先“居”并仔细考虑政策，再来施行政策。

12.15

子曰：“博学于文，约之以礼，亦可以弗畔矣夫！”

The Master said, “Learn broadly of culture (*wen* 文), discipline this learning through observing ritual propriety (*li*礼), and moreover, in so doing, remain on course without straying from it.”[200]

注释 200. 本段在 6.27 中重复出现。

12.16

子曰：“君子成人之美，不成人之恶。小人反是。”

The Master said, “The exemplary person (*junzi*君子) helps to bring out the best in others, but does not help to bring out the worst. The petty person does just the opposite.”

12.17

季康子问政于孔子。孔子对曰："政者正也。子帅以正，孰敢不正？"

Ji Kangzi asked Confucius about governing effectively (*zheng*政), and Confucius replied to him, "Governing effectively is doing what is proper (*zheng* 正). If you, sir, lead by doing what is proper, who would dare do otherwise?"[201]

注释 201. "政" 的含义与其谐音字 "正" 相同。

12.18

季康子患盗，问于孔子。孔子对曰："苟子之不欲，虽赏之不窃。"

Ji Kangzi was troubled by the number of thieves, and asked Confucius for advice. Confucius replied to him, "If you yourself were not so greedy, the people could not be paid to steal."

12.19

季康子问政于孔子曰："如杀无道，以就有道，何如？"孔子对曰："子为政，焉用杀？子欲善而民善矣。君子之德风，小人之德草。草上之风，必偃。"

Ji Kangzi asked Confucius about governing effectively (*zheng*政), saying, "What if I kill those who have abandoned the way (*dao*道) to attract those who are on it?"

"If you govern effectively," Confucius replied, "what need is there for killing? If you want to be truly adept (*shan*善), the people will also be adept. The excellence (*de*德) of the exemplary person (*junzi*君子) is the wind, while that of the petty person is the grass. As the wind blows, the grass is sure to bend."[202]

注释 202. 本段同时出现在《孟子·滕文公章句上·第二节》中。由于其同时也和14.40和17.21相关，此处全文收录。

滕定公薨。世子谓然友曰："昔者孟子尝与我言于宋，于心终不忘。今也不幸至于大故，吾欲使子问于孟子，然后行事。"

然友之邹问于孟子。

孟了曰："不亦善乎！亲丧固所自尽也。(参看19.17)曾子曰：'生，事之以礼；死，葬之以礼，祭之以礼，可谓孝矣。'(2.5)诸侯之礼，吾未之学也；虽然，吾尝闻之矣。三年之丧，齐疏之服，飦粥之食，自天子达于庶人，三代共之。"

然友反命，定为三年之丧。父兄百官皆不欲，曰："吾宗国鲁先君莫之行，吾先君亦莫之行也，至于子之身而反之，不可。且志曰：'丧祭从先祖。'"曰："吾有所受之也。"

谓然友曰："吾他日未尝学问，好驰马试剑。今也父兄百官不我足也，恐其不能尽于大事，子为我问孟子。"

然友复之邹问孟子。

孟子曰："然。不可以他求者也。孔子曰：'君薨，听于冢宰。（参看 14.40）歠粥，面深墨。即位而哭，百官有司，莫敢不哀，先之也。'上有好者，下必有甚焉者矣。'君子之德，风也；小人之德，草也。草上之风必偃。'（12.19）是在世子。"

然友反命。

世子曰："然。是诚在我。"

五月居庐，未有命戒。百官族人可谓曰知。及至葬，四方来观之，颜色之戚，哭泣之哀，吊者大悦。

12.20

子张问："士何如斯可谓之达矣？"子曰："何哉，尔所谓达者？"子张对曰："在邦必闻，在家必闻。"子曰："是闻也，非达也。夫达也者，质直而好义，察言而观色，虑以下人。在邦必达，在家必达。夫闻也者，色取仁而行违，居之不疑。在邦必闻，在家必闻。"

Zizhang inquired, "What does the scholarapprentice (*shi*士) have to do to be described as being 'prominent'?"

"What can you possibly mean by being 'prominent'?"replied the Master.

"One who is sure to be known, whether serving in public office or in the house of a ruling family,"answered Zizhang.

"That is being known,"said the Master,"it is not being 'prominent.' Those who are prominent are true in their basic disposition, and seek after what is most appropriate (*yi*义). They examine what is said, are keen observers of demeanor, and are thoughtful in deferring to others. They are sure to be prominent, whether serving in public office or in the house of a ruling family. As for being merely known, they put on appearances to win a reputation for being authoritative (*ren*仁) while their conduct belies it. They are wholly confident that they are authoritative, and sure to be known, whether serving in public office or in the house of a ruling family."

12.21

樊迟从游于舞雩之下，曰："敢问崇德、修慝、辨惑。"子曰："善哉问！先事后得，非崇德与？攻其恶，无攻人之恶，非修慝与？一朝之忿，忘其身，以及其亲，非惑与？"

Fan Chi accompanied the Master on an excursion to the Altar for Rain, and resting beneath it, inquired, "May I ask about accumulating excellence (*de*德), reforming corruption, and sorting things out when in a quandary?"

"A fine question,"replied the Master. "Get[203] only once you have given—is this not accumulating excellence? Attack depravity itself rather than the depravity of others—is this not reforming corruption? In a moment of rage to forget not only one's own person but even one's parents—is this not being in a quandary?"

注释 203. 此处的"得"和"德"是谐音。

12.22

樊迟问仁。子曰："爱人。"

问知。子曰："知人。"樊迟未达。子曰："举直错诸枉，能使枉者直。"

樊迟退，见子夏曰："乡也吾见于夫子而问知，子曰：'举直错诸枉，能使枉者直。'何谓也？"

子夏曰："富哉言乎！舜有天下，选于众，举皋陶，不仁者远矣。汤有天下，选于众，举伊尹，不仁者远矣。"

Fan Chi inquired about authoritative conduct (*ren* 仁), and the Master said, "Love others."He inquired about realizing (*zhi*知), and the Master said, "Realize others."Fan Chi did not understand and so the Master explained, "If you promote the true into positions above the crooked you can make the crooked true."Fan Chi withdrew, and on being received by Zixia, he asked, "Recently I was received by the Master and asked him about realizing. He replied, 'If you promote the true into positions above the crooked you can make the crooked true.' What does he mean?"

"Rich indeed are the Master's words!"said Zixia. "When Shun ruled the land, he selected Gao Yao from among the multitude and promoted him, and the perverse gave them a wide berth. When Tang ruled the land, he selected Yi Yin from among the multitude and promoted him, and the perverse gave them a wide berth."[204]

注释 204. 参看 2.19。

12.23

子贡问友。子曰："忠告而善道之，不可则止，毋自辱焉。"

Zigong inquired about how to treat friends, and the Master replied, "Do your utmost (*zhong*忠) to exhort them, and lead them adeptly (*shan*善) along the way (*dao*道). But if they are unwilling then desist—don't disgrace yourself in the process."[205]

注释 205. 参看 4.26。如果这个人不听从劝告，却又和你有关系，那么他的行为会让你蒙羞。

12.24

曾子曰："君子以文会友，以友辅仁。"

Master Zeng said, "The exemplary person (*junzi*君子) attracts friends through refinement (*wen*文), and thereby promotes authoritative conduct (*ren*仁)."

子路篇第十三

BOOK 13

13.1

子路问政。子曰："先之劳之。" 请益。曰："无倦。"

Zilu inquired about governing effectively(*zheng*政). The Master replied, "Set an example yourself and then urge the people on." "Please elaborate,"Zilu said. "Be unflagging in your efforts,"replied the Master.

13.2

仲弓为季氏宰，问政。子曰："先有司，赦小过，举贤才。"

曰："焉知贤才而举之？" 曰："举尔所知；尔所不知，人其舍诸？"

Zhonggong was serving as steward in the House of Ji, and asked about governing effectively (*zheng*政). The Master said to him, "Set an example yourself for those in office, pardon minor offenses, and promote those with superior character (*xian*贤)and ability."

"How do you recognize those with superior character and ability in order to promote them?"Zhonggong asked.

The Master replied, "Promote those that you do recognize with the confidence that others will not spurn those that you do not."

13.3

子路曰："卫君待子而为政，子将奚先？"

子曰："必也正名乎！"

子路曰："有是哉？子之迂也！奚其正？"

子曰："野哉，由也！君子于其所不知，盖阙如也。名不正，则言不顺；言不顺，则事不成；事不成，则礼乐不兴；礼乐不兴，则刑罚不中；刑罚不中，则民无所错手足。故君子名之必可言也，言之必可行也。君子于其言，无所苟而已矣。"

"Were the Lord of Wey to turn the administration of his state over to you, what would be your first priority?"asked Zilu.

"Without question it would be to insure that names are used properly (*zhengming*正名),"replied the Master.

"Would you be as impractical as that?"responded

Zilu. "What is it for names to be used properly anyway?"

"How can you be so dense!"replied Confucius. "An exemplary person (*junzi*君子) defers on matters he does not understand. When names are not used properly, language will not be used effectively; when language is not used effectively, matters will not be taken care of; when matters are not taken care of, the observance of ritual propriety (*li*礼) and the playing of music (*yue* 乐) will not flourish; when the observance of ritual propriety and the playing of music do not flourish, the application of laws and punishments will not be on the mark; when the application of laws and punishments is not on the mark, the people will not know what to do with themselves. Thus, when the exemplary person puts a name to something, it can certainly be spoken, and when spoken it can certainly be acted upon. There is nothing careless in the attitude of the exemplary person toward what is said."

注释 206.《左传 · 成公二年》【参看理雅各（Legge）*Chinese Classics*（《中国经典》）第五卷第 344 页】中记载，卫国人为报答来援的一名将领，允许他使用特定的乐器以及佩戴王子的装饰上朝：

新筑人仲叔于奚救孙桓子，桓子是以免。既，卫人赏之以邑，辞。请曲县、繁缨以朝，许之。

仲尼闻之曰："惜也，不如多与之邑。唯器与名，不可以假人，君之所司也。名以出信，信以守器，器以藏礼，礼以行义，义以生利，利以平民，政之大节也。若以假人，与人政也。政亡，则国家从之，弗可止也已。"

《韩诗外传 · 卷五》记载了孔子侍坐于季孙时的一个故事（见 14.36），他对名分上的用词不当表达了担忧。

13.4

樊迟请学稼。子曰："吾不如老农。"请学为圃。曰："吾不如老圃。"

樊迟出。子曰："小人哉，樊须也！上好礼，则民莫敢不敬；上好义，则民莫敢不服；上好信，则民莫敢不用情。夫如是，则四方之民襁负其子而至矣，焉用稼？"

Fan Chi wanted to learn to firm. "A farmer would serve you better, "said the Master. He wanted to learn to grow vegetables. "A vegetable grower would serve you better, "said the Master.

When Fan Chi had left, the Master said, "This Fan Chi is certainly a petty person! If their superiors cherished the observance of ritual propriety (*li*礼), none among the common people would dare be disrespectful; [207] if their superiors cherished appropriate conduct (*yi*义), none among the common people would dare be disobedient; if their superiors cherished making good on their word (*xin*信), none among the common people would dare be duplicitous. This being the case, the common people from all quarters would flock here with babies strapped to their backs. What need is there to talk of farming?"

注释 207. 定州汉墓竹简作："民莫不敬。"参看 14.41。

13.5

子曰："诵诗三百，授之以政，不达；使于四方，不能专对；虽多，亦奚以为？"

The Master said, "If people can recite all of the three hundred Songs and yet when given official responsibility, fail to perform effectively, or when sent to distant quarters, are unable to act on their own initiative, then even though they have mastered so many of them, what good are they to them?"

13.6

子曰："其身正，不令而行；其身不正，虽令不从。"

The Master said, "If people are proper (*zheng*政)in personal conduct, others will follow suit without need of command. But if they are not proper, even when they command, others will not obey."

13.7

子曰："鲁卫之政，兄弟也。"

The Master remarked, "The governments of Lu and Wei are elder and younger brother respectively."[208]

注释 208. 韦利（Waley，1938）指出，周朝建立时，鲁国和卫国分别被封给了周文王的第四子和第七子。

13.8

子谓卫公子荆，"善居室。始有，曰：'苟合矣。'少有，曰：'苟完矣。'富有，曰：'苟美矣。'"

The Master observed about Zijng, Duke of Wey, that he made the most of his living accommodations: "When he was starting out, he said that they were quite adequate, when he was better off, that they were quite all he needed, and when he prospered, that they were quite luxurious."

13.9

子适卫，冉有仆。子曰："庶矣哉！"

冉有曰："既庶矣，又何加焉？"曰："富之。"曰："既富矣，又何加焉？"曰："教之。"

Ranyou drove the Master's carriage on a trip to Wey. The Master remarked,"What a teeming population!"Ranyou asked,"When the people are already so numerous, what more can be done for them?"The Master said,"Make them prosperous,""When the people are already prosperous,"asked Ranyou,"what more can be done for them?""Teach them,"replied the Master.[209]

注释 209. 孔子认为要先让百姓富裕起来，再来教化人民。同样的想法也出现在《孟子》和《荀子》中，并和当代人权话语中经济和福利权利优先于政治权利的说法相一致。

13.10

子曰："苟有用我者，期月而已可也，三年有成。"

The Master said, "If someone were to make use of me in governing, in the course of one year I could make a difference, and in three years I would really have something to show for it."

13.11

子曰："'善人为邦百年，亦可以胜残去杀矣。'诚哉是言也！"

The Master said, "'If truly efficacious people (*shanren*善人)[210] were put in charge of governing for a hundred years, they would be able to overcome violence and dispense with killing altogether?' These words could not be more true!"

注释 210. 除此处外，孔子还有三次谈到了"善人"：同时见

7.26，11.20，13.29。

13.12

子曰："如有王者，必世而后仁。"

The Master said, "Were a Genuine King to arise, it would still take a generation before authoritative conduct (*ren*仁) would prevail."

13.13

子曰："苟正其身矣，于从政乎何有？不能正其身，如正人何？"

The Master said, "If proper (*zheng*正) in their own conduct, what difficulty would they have in governing (*zheng*政)? But if not able to be proper in their own conduct, how can they demand such conduct from others?"

13.14

冉子退朝。子曰："何晏也？"对曰："有政。"子曰："其事也。如有政，虽不吾以，吾其与闻之。"

Ranyou returned from court, and the Master asked him, "Why are you working so late?"Ranyou replied, "There were affairs of state.""Routine business, perhaps, "remarked the Master. "Even though I am not in office, if there were affairs of state, I would know about it."

13.15

定公问："一言而可以兴邦，有诸？"

孔子对曰："言不可以若是其几也。人之言曰：'为君难，为臣不易。'如知为君之难也，不几乎一言而兴邦乎？"

曰："一言而丧邦，有诸？"

孔子对曰："言不可以若是其几也。人之言曰：'予无乐乎为君，唯其言而莫予违也。'如其善而莫之违也，不亦善乎？如不善而莫之违也，不几乎一言而丧邦乎？"

Duke Ding inquired, "Is there any one saying that can make a state prosper?"[211] "A saying itself cannot have such effect, "said the Master, "but there is the saying, 'Ruling is difficult, and ministering is not easy either?' If the ruler really does understand the difficulty of ruling, is this not close to a saying making a state prosper?"

"Is there any one saying that can ruin a state?"Duke Ding asked. "A saying itself cannot have such effect,"replied Confucius,"but there is the saying,"I find little pleasure in ruling, save that no one will take exception to what I say.' If what one has to say is efficacious (*shan* 善) and no one takes exception, fine indeed. But if what one has to say is not efficacious and no one takes exception, is this not close to a saying ruining a state?"

注释 211. 定州汉墓竹简中以"国"代"邦"，避汉高祖刘邦的名讳。

13.16

叶公问政。子曰："近者说，远者来。"

The Governor of She asked about governing effectively (*zheng*政), and the Master replied, "Those near at hand are pleased, and those at a distance are drawn to you."

13.17

子夏为莒父宰，问政。子曰："无欲速，无见小利。欲速，则不达；见小利，则大事不成。"

Zixia was made the prefect of Jufu, and asked about governing effectively (*zheng*政). The Master replied, "Don't try to rush things, and don't get distracted by small opportunities. If you try to rush things, you won't achieve your ends; if you get distracted by small opportunities, you won't succeed in the more important matters of government."

13.18

叶公语孔子曰："吾党有直躬者，其父攘羊，而子证之。"孔子曰："吾党之直者异于是：父为子隐，子为父隐。直在其中矣。"

The Governor of She in conversation with Confucius said, "In our village there is someone called 'True Person' When his father took a sheep on the sly, [212] he reported him to the authorities."

Confucius replied, "Those who are true in my village conduct themselves differently. A father covers for his son, and a son covers for his father. And being true lies in this."[213]

注释 212. 据朱熹评注，"有因而盗曰攘"。

213. 见《韩非子·五蠹篇》《吕氏春秋》（许维遹：449）《淮南子·氾论训》，其中对这个小故事作了有趣的补充。当家庭和法律发生冲突时，孔子认为法律不能胜过家庭。秩序始于家庭。

13.19

樊迟问仁。子曰："居处恭，执事敬，与人忠。虽之夷狄，不可弃也。"

Fan Chi inquired about authoritative conduct (*ren* 仁), and the Master replied, "At home be deferential, in handling public affairs be respectful, and do your utmost (*zhong*忠)in your relationships with others. Even if you were to go and live among the Yi or Di barbarians, you could not do without such an attitude."

13.20

子贡问曰："何如斯可谓之士矣？"子曰："行己有耻，使于四方，不辱君命，可谓士矣。"

曰："敢问其次。"曰："宗族称孝焉，乡党称弟焉。"

曰："敢问其次。"曰："言必信，行必果，硁硁然小人哉！抑亦可以为次矣。"

曰："今之从政者何如？"子曰："噫！斗筲之人，何足算也！"

Zigong inquired, "What must one be like to be called a scholar-apprentice (*shi*士)?"

The Master replied, "Those who conduct themselves with a sense of shame and who, when sent to distant quarters, do not disgrace the commission of their lord, deserve to be called a scholar-apprentice."

"May I ask what kind of person would rank next?"asked Zigong.

"Persons whom family and clan would praise for filial conduct (*xiao*孝) and whom fellow villagers would praise as being deferential to their elders,"he replied.

"And next?"

"Persons who always make good on their word (*xin*

信) and follow through in what they do, in spite of their stubborn pettiness, can still be considered to be next."

"What about those who are presently carrying out the offices of government?"

"Indeed! Those trifling bureaucrats hardly amount to much!"

13.21

子曰："不得中行而与之，必也狂狷乎！狂者进取，狷者有所不为也。"

The Master said, "If one cannot find the company of temperate colleagues, one has no choice but to turn to the more rash and the more timid. The rash will forge ahead in their actions, and the timid will not do what they think is wrong."[214]

注释 214.《孟子·尽心章句下·第三十七节》中，对本段和5.22作了详尽而明确的评论。见注释86。

13.22

子曰："南人有言曰：'人而无恒，不可以作巫医。'善夫！'不恒其德，或承之羞。'"子曰："不占而已矣。"

The Master said, "People from the south have a saying: 'A person who lacks constancy will not even make a shaman medicine man? Apt words indeed! The

Book of Changes hexagram 32 states: 'A person who is not constant in his character will perhaps suffer shame on account of it.'"The Master remarked on it: "This simply means that such persons need not divine to know their future."[215]

注释 215. 见7.26。孔子在直接引用时，通常会指出所引用的书名，如《诗经》。本段没有明确指出引用了《易经》，但此处引用的这句话，确实和我们今天看到的《易经》中第三十二卦的第三爻释爻辞相同。本段中的"占"字，也表明孔子至少对《易经》中的一些章节有所了解。

13.23

子曰："君子和而不同，小人同而不和。"

The Master said, "Exemplary persons seek harmony not sameness; petty persons, then, are the opposite."[216]

注释 216. 同时见2.14和15.22。《左传·昭公二十年》中，对本段做了详细评述【参看理雅各（Legge）*Chinese Classics*（《中国经典》）第五卷第684页】。

齐侯至自田，晏子侍于遄台。子犹驰而造焉。公曰："唯据与我和夫。"

晏子对曰："据亦同也，焉得为和？"

公曰："和与同异乎？"

对曰："异。和如羹焉，水火醯醢盐梅以烹鱼肉，燀之以薪。宰夫和之，齐之以味，济其不及，以泄其过。君子食之，以平其心。

君臣亦然。君所谓可而有否焉，臣献其否以成其可。君所谓否而有可焉，臣献其可以去其否。是以政平而不干，民无争心。故《诗》曰：

‘亦有和羹，既戒既平。

鬷嘏无言，时靡有争。’

先王之济五味，和五声也，以平其心，成其政也。声亦如味，一气，二体，三类，四物，五声，六律，七音，八风，九歌，以相成也。清浊，小大，短长，疾徐，哀乐，刚柔，迟速，高下，出入，周疏，以相济也。君子听之，以平其心。心平德和。故《诗》曰：‘德音不瑕。’

今據不然。君所谓可，據亦曰可。君所谓否，據亦曰否。若以水济水，谁能食之？若琴瑟之专壹，谁能听之？同之不可也如是。”

饮酒乐。公曰：“古而无死，其乐若何？”

晏子对曰：“古而无死，则古之乐也，君何得焉？昔爽鸠氏始居此地，季萴因之，有逢伯陵因之，蒲姑氏因之，而后大公因之。古若无死，爽鸠氏之乐，非君所愿也。”

《左传》在接下来的部分继续论述，进一步说明和谐和平衡的重要性：

郑子产有疾，谓了人叔曰：“我死，子必为政。唯有德者能以宽服民，其次莫如猛。夫火烈，民望而畏之，故鲜死焉。水懦弱，民狎而玩之，则多死焉。故宽难。”

疾数月而卒。大叔为政，不忍猛而宽。郑国多盗，取人于萑苻之泽。大叔悔之曰：“吾早从夫子，不及此。”兴徒兵以攻萑苻之盗，尽杀之。盗少止。

仲尼曰：“善哉，政宽则民慢，慢则纠之以猛。猛则民残，残则施之以宽。宽以济猛，猛以济宽，政是以和。《诗》曰：

'民亦劳止，汔可小康。

惠此中国，以绥四方。'

施之以宽也。

'毋从诡随，以谨无良。

式遏寇虐，惨不畏明。'

纠之以猛也。

'柔远能迩，以定我王。'

平之以和也。

又曰：

'不竞不絿，不刚不柔。

布政优优，百禄是遒。'

和之至也。"

及子产卒，仲尼闻之，出涕曰："古之遗爱也。"

《吕氏春秋》(许维遹，1955：550)中，曾借用烹饪进行情景化描述，具体如下：

调和之事，必以甘酸苦辛咸，先后多少，其齐甚微，皆有自起。鼎中之变，精妙微纤，口弗能言，志弗能喻。

13.24

子贡问曰："乡人皆好之，何如？"子曰："未可也。"

"乡人皆恶之，何如？"子曰："未可也；不如乡人之善者好之，其不善者恶之。"

Zigong inquired, saying, "What do you think about someone who is loved by everyone in his village?"

"It is not enough,"said the Master.

"What if everyone in the village despises a person?"It is not enough. It would be better that the best villagers love, and the worst despise, this person."

13.25

子曰："君子易事而难说也。说之不以道，不说也：及其使人也，器之。小人难事而易说也。说之虽不以道，说也；及其使人也，求备焉。"

The Master said, "Exemplary persons (*junzi*君子) are easy to serve but difficult to please. If one tries to please them with conduct that is not consistent with the way (*dao*道), they will not be pleased. In employing others, they use them according to their abilities. Petty persons are difficult to serve but easy to please.[217] If one tries to please them with conduct that is not consistent with the way, they will be pleased anyway. But in employing others, they expect them to be good at everything."

注释 217. 定州汉墓竹简作："小人难事也。"

13.26

子曰："君子泰而不骄，小人骄而不泰。"

The Master said, "Exemplary persons (*junzi*君子) are distinguished but not arrogant; petty persons are the opposite."

13.27

子曰："刚、毅、木、讷近仁。"

The Master said, "Being firm, resolute, honest, and deliberate in speech is close to authoritative conduct (*ren*仁)."

13.28

子路问曰："何如斯可谓之士矣？"子曰："切切偲偲，怡怡如也，可谓士矣。朋友切切偲偲，兄弟怡怡。"

Zilu inquired, "What must one be like to be called a scholarapprentice (*shi*士)?"

The Master replied, "Persons who are critical and demanding yet amicable can be called scholar-apprentices. They need to be critical and demanding with their friends, and amicable with their brothers."

13.29

子曰："善人教民七年，亦可以即戎矣。"

The Master said, "It is only once a truly efficacious person (*shanren*善人) has instructed the people for seven years that the subject of battle can be broached."[218]

注释 218.《论语》中数次讨论了"善人"：同时见7.26，11.20，13.29。

13.30

子曰：“以不教民战，是谓弃之。”

The Master said, “To go into battle with people who have not been properly trained is to forsake them.”

宪问篇第十四

BOOK 14

14.1

宪问耻。子曰："邦有道，谷；邦无道，谷，耻也。""克、伐、怨、欲不行焉，可以为仁矣？"子曰："可以为难矣，仁则吾不知也。"

Yuansi[219] inquired about shameful conduct, and the Master replied, "To receive a stipend of grain when the way (*dao*道) prevails in the state and to be still receiving this stipend when it does not, is shameful conduct."[220]

He again inquired, "If in one's conduct one refrains from intimidation, from self-importance, from ill will, and from greed, can one be considered authoritative (*ren*仁)?"

"I would say that this is hard to do,"replied the Master,"but I don't know that it makes one's conduct authoritative."

注释 219. 见 6.5。

220. 参看 8.13。

14.2

子曰："士而怀居，不足以为士矣。"

The Master said, "The scholar-apprentice (*shi*士) who cherishes worldly comforts is not worthy of the name."[221]

注释 221. 同时见 4.9。《左传·僖公二十三年》【参看理雅各（Legge）*Chinese Classics*（《中国经典》）第五卷第 187 页】中有一段与此相关，说到晋文公在齐国安顿下来，娶了妻，积累了财富和产业。因为贪图享受好日子，他便不愿意再去其他地方了。

及齐，齐桓公妻之，有马二十乘，公子安之。从者以为不可。将行，谋于桑下。蚕妾在其上，以告姜氏。姜氏杀之，而谓公子曰："子有四方之志，其闻之者，吾杀之矣。"

公子曰："无之。"

姜曰："行也。怀与安，实败名。"

公子不可，姜与子犯谋，醉而遣之。醒，以戈逐子犯。

14.3

子曰："邦有道，危言危行；邦无道，危行言孙。"

The Master said, "When the way prevails be perilously high-minded[222] in your speech and conduct; when it does not prevail, be perilously high-minded in your conduct, but be prudent in what you say."

注释 222. 此处随刘殿爵（D. C. Lau，1992）。

14.4

子曰："有德者必有言，有言者不必有德。仁者必有勇，勇者不必有仁。"

The Master said, "The person of excellence (*de*德) is certain to have something to say, but someone who has something to say is not necessarily an excellent person. The authoritative person (*ren*仁) is certain to be bold, but someone who is bold[223] is not necessarily authoritative."

注释 223. 定州汉墓竹简作："有勇者。"

14.5

南宫适问于孔子曰："羿善射，奡荡舟，俱不得其死然。禹、稷躬稼而有天下。"夫子不答。

南宫适出，子曰："君子哉若人！尚德哉若人！"

Nangong Kuo asked Confucius, "How is it that Yi was a master (*shan*善) at archery and Ao was strong enough to push a boat on dry land, and yet both met an unnatural end, while Yu and Ji personally farmed the land, and yet came to rule the world?"[224]

At the time, the Master did not reply, but after

Nangong Kuo's departure, he remarked, "There is an exemplary person (*junzi*君子)! There is someone who really esteems excellence (*de*德) !"[225]

注释 224. 此处引用禹和稷亲身从事农业的故事，平衡了孔子在其他章节中对务农的贬损。

225. 本段是对前一段的说明。"勇"字常被译为"courage"（勇气），但更贴切的翻译应是"boldness"（鲁莽），因为"勇"自身并不是一种美德。

14.6

子曰："君子而不仁者有矣夫，未有小人而仁者也。"

The Master said, "There have been occasions on which an exemplary person (*junzi*君子) fails to act in an authoritative manner (*ren*仁), but there has never been an instance of a petty person being able to act authoritatively."[226]

14.7

子曰："爱之，能勿劳乎？忠焉，能勿诲乎？"

The Master said, "Can you really love the people without urging them on? Can you do your utmost (*zhong*忠) for your lord without instructing him?"[227]

注释 226. 参看 12.24。

227. "爱"和"忠"分别暗示了"people"（百姓）和

"lord"（君王）。杨伯峻（1982：147）引用了《国语·鲁语下》中的一句为本段的注脚：

夫民劳则思，思则善心生；逸则淫，淫则忘善，忘善则恶心生。

14.8

子曰："为命，裨谌草创之，世叔讨论之，行人子羽修饰之，东里子产润色之。"

The Master said, "In the drawing up of a diplomatic treaty, Pi Chen would make a first draft of it, Shi Shu would comment on it and discuss it, the diplomat Ziyu would revise and polish it, and Zichan of Dongli would then add the final touches."[228]

注释 228.《左传·襄公三十一年》【参看理雅各（Legge）*Chinese Classics*（《中国经典》）第五卷第565页】中有所补充：

十二月，北宫文子相卫襄公以如楚，宋之盟故也。过郑，印段迋劳于棐林，如聘礼而以劳辞。文子入聘。子羽为行人，冯简子与子大叔逆客。事毕而出，言于卫侯曰："郑有礼，其数世之福也。其无大国之讨乎！《诗》云：'谁能执热，逝不以濯。'

礼之于政，如热之有濯也。濯以救热，何患之有？"

子产之从政也，择能而使之。冯简子能断大事。子大叔美秀而文。公孙挥能知四国之为，而辨于其大夫之族姓、班位、贵贱、能否，而又善为辞令。裨谌能谋，谋于野则获，谋于邑则否。

郑国将有诸侯之事，子产乃问四国之为于子羽，且使多为辞令。与裨谌乘以適野，使谋可否。而告冯简子，使断之。事成，乃授子大叔使行之，以应对宾客。是以鲜有败事。北宫文子所谓有礼也。

14.9

或问子产。子曰："惠人也。"

问子西。曰："彼哉！彼哉！"问管仲。曰："人也。夺伯氏骈邑三百，饭疏食，没齿无怨言。"

Someone asked about Zichan. The Master replied, "He was kind and good."

"Zixi?"he asked.

"That man! That man!"[229]

"And Guanzhong?",he asked.

"His conduct was authoritative (*ren*仁).[230] He seized three hundred households from the Bo clan in the town of Pian, and although the Bo clan was left with only coarse rice to eat, they lived out their days without ever speaking ill of Guanzhong."

注释 229. 杨伯峻（1982：148）将此处解读为轻视的表达。

230. 为服务于本段的平行结构，并考虑到管仲在 14.16 和 14.17 中都被描述为"仁"，我们对本段做了改善，将"人"解读为"仁人"。以上几段可与 3.22 对照，其中，孔子表达了对管仲的另一种评价。

14.10

子曰："贫而无怨难，富而无骄易。"

The Master said, "To be poor without feeling ill will is much more difficult than to be wealthy without being arrogant."

14.11

子曰："孟公绰为赵魏老则优，不可以为滕薛大夫。"

The Master said, "Were Meng Gongchuo to serve the Zhao or Wei families as household steward, he would be well within his reach, but he could not serve as a minister even to the likes of Teng or Xue."

14.12

子路问成人。子曰："若臧武仲之知，公绰之不欲，卞庄子之勇，冉求之艺，文之以礼乐，亦可以为成人矣。"曰："今之成人者何必然？见利思义，见危授命，久要不忘平生之言，亦可以为成人矣。"

Zilu inquired about consummate persons (*chengren* 成人). The Master replied, "Persons who are as wise as Zang Wuzhong, as free from desires as Meng Gongchuo, as bold as Bian Zhuangzi, and as cultivated as Ranyou, and who in addition, have become refined through observing ritual propriety (*li*礼) and playing music (*yue*乐)—such persons can be said to be consummate. But, ”he continued, “need cons mate persons of today be all of this? If on seeing a chance to profit they think of appropriate conduct (*yi*义), on seeing danger they are ready to give their lives, and when long in desperate straits, they still do not forget the words they live by—such persons can also be said to be consummate.”

14.13

子问公叔文子于公明贾曰："信乎，夫子不言，不笑，不取乎？"

公明贾对曰："以告者过也。夫子时然后言，人不厌其言；乐然后笑，人不厌其笑；义然后取，人不厌其取。"

子曰："其然？岂其然乎？"

The Master asked Gongming Jia about Gongshu Wenzi, “Are we to believe that your master never spoke, never laughed, and never took anything?”

Gongming Jia replied, “Whoever told you that is exaggerating. Because my master only spoke at the proper time, no one grew tired of what he had to say; because he only laughed when he was happy, no one grew tired of his laughter; because he only took what was appropriate for him to take, no one ever grew tired of his taking."

"Was that so?"asked the Master. "Was that really so?"

14.14

子曰："臧武仲以防求为后于鲁，虽曰不要君，吾不信也。"

The Master said, "Zang Wuzhong appealed to the House of Lu to have his fief at Fang passed on to his descendents. Even though it is said that he did not pressure them, I do not believe it."

14.15

子曰："晋文公谲而不正，齐桓公正而不谲。"

The Master said, "Duke Wen of Jin being devious in his conduct was not proper (*zheng*正), while Duke Huan of Qi being proper in his conduct was not devious."

14.16

子路曰："桓公杀公子纠，召忽死之，管仲不死。"曰："未仁乎？"子曰："桓公九合诸侯，不以兵车，管仲之力也。如其仁，如其仁。"

Zilu said, "When Duke Huan had his elder brother

Prince Qiu killed, the tutor Shao Hu died with him, but Guanzhong did not."[231] "Tn this instance, "he added, "did Guanzhong fall short of authoritative conduct (*ren* 仁)?"

The Master said, "Many times did Duke Huan assemble the various feudal lords, and it was always through Guanzhong's influence rather than a resort to arms. Such was his authoritative conduct, such was his authoritative conduct."[232]

注释 231. 见《左传·庄公八年》和《左传·庄公九年》【参看理雅各（Legge）*Chinese Classics*（《中国经典》）第五卷第 83-84 页】。此处的故事是，鲁国人将公子纠和他的老师杀死，这时管仲却请求成为囚犯。

232. 定州汉墓竹简中没有重复。

14.17

子贡曰："管仲非仁者与？桓公杀公子纠，不能死，又相之。"子曰："管仲相桓公，霸诸侯，一匡天下，民到于今受其赐。微管仲，吾其被发左衽矣。岂若匹夫匹妇之为谅也，自经于沟渎而莫之知也？"

Zigong said, "Was it that Guanzhong really was not authoritative (*ren*仁)? When Duke Huan had his elder brotherPrince Qiu killed, not only did Guanzhong not die with him, he became the prime minister for Duke Huan!"

The Master replied, "When Guanzhong served as prime minister for Duke Huan, he enabled the duke to become leader of the various feudal lords, uniting and bringing order to the empire. Even today the people[233] still benefit from his largesse. If there were no Guanzhong, we would likely be wearing our hair loose and folding our robes to the left.[234] Should we expect that he would have the earnestness of some country yokel, managing to strangle himself in an irrigation ditch with no one the wiser?"

注释 233. 定州汉墓竹简此处无"民"字。

234. 据韦利（Waley，1937：185），桓公遏止了北方狄人的来犯。

14.18

公叔文子之臣大夫馔，与文子同升诸公。子闻之，曰："可以为'文'矣。"

The household steward of Gongshu Wenzi, Zhuan, together with Wenzi, climbed to high public office. On hearing of this, the Master commented, "Gongshu Wenzi certainly deserved the posthumous title 'refined (*wen*文)' conferred upon him."

14.19

子言卫灵公之无道也，康子曰："夫如是，奚而不丧？"孔子曰："仲叔圉治宾客，祝鮀治宗庙，王孙贾治军旅。夫如是，奚其丧？"

The Master said of Duke Ling of Wey that he had lost the way (*wudao*无道). Kangzi asked, "If this was so, why did he not come to min?"

The Master replied, "He had Zhongshu Yu to take care of visiting envoys and court guests, the priest Tuo to conduct the affairs of the ancestral temple, and Wangsun Jia to command the armies. This being so, why would he come to ruin?"

14.20

子曰："其言之不怍，则为之也难。"

The Master said, "If one talks big with no sense of shame, it will be hard indeed to make good on one's words."

14.21

陈成子弑简公。孔子沐浴而朝，告于哀公曰："陈恒弑其君，请讨之。"公曰："告夫三子！"

孔子曰："以吾从大夫之后，不敢不告也。君曰'告夫三子'者！"

之三子，告，不可。孔子曰："以吾从大夫之后，不敢不告也。"

Chen Chengzi assassinated Duke Jian. Confucius having cleansed himself ceremonially went to court and reported to Duke Ai, saying, "Chen Chengzi has assassinated his lord. I implore you to send an army to punish him."

The duke replied, "Report this to the heads of the Three Families."

The Master on withdrawing said, "Ranking below the high ministers, I had no choice but to report this. And the duke said to me, 'Report this to the heads of the Three Families.'"

On going to the heads of the Three Families and reporting this, they refused his petition. Confucius said, "Ranking below the high ministers, I had no choice but to report this to you."[235]

注释 235. 这一事件见《左传 · 哀公十四年》【参看理雅各（Legge）*Chinese Classics*（《中国经典》）第五卷第840页】：

甲午，齐陈恒弑其君壬于舒州。孔丘三日齐，而请伐齐三。公曰："鲁为齐弱久矣，子之伐之，将若之何？"

对曰："陈恒弑其君，民之不与者半。以鲁之众，加齐之半，可克也。"

公曰："子告季孙。"孔子辞。退而告人曰："吾以从大夫之后也，故不敢不言。”

14.22

子路问事君。子曰：“勿欺也而犯之。”

Zilu asked how to serve one's lord properly. The Master replied, “Let there be no duplicity when taking a stand against him.”

14.23

子曰：“君子上达，小人下达。”

The Master said, “The exemplary person (*junzi*君子) takes the high road, while the petty person takes the low.”[236]

注释 236. 参看 14.35。

14.24

子曰：“古之学者为己，今之学者为人。”

The Master said, “Scholars of old would study for their own sake, while those of today do so to impress others.”[237]

注释 237. 参看 12.1 和《荀子 · 劝学篇》。

14.25

蘧伯玉使人于孔子。孔子与之坐而问焉，曰："夫子何为？"对曰："夫子欲寡其过而未能也。"

使者出。子曰："使乎！使乎！"

Qu Boyu, a minister of Wey, sent an envoy to see Confucius. Confucius sitting together with him asked him a question, "How is the Minister doing these days?"The envoy replied, "The Minister has been trying to reduce his faults, but with no success."

When the envoy had departed, the Master said, "That is an envoy! That is an envoy!"[238]

注释 238.《淮南子·原道篇》中的一段，可为此处的评注：

凡人中寿七十岁，然而趋舍指凑，日以月悔也，以至于死。故蘧伯玉年五十，而有四十九所非。

同时见《庄子·则阳篇》和《庄子·寓言篇》。孔子最后的评论语义不明。他或是在批评使者在谈论他的主人时不够谨慎，又或是在表扬这位使者如实描述了真实情况。

14.26

子曰："不在其位，不谋其政。"

曾子曰："君子思不出其位。"

The Master said, "Do not plan the policies of an office you do not hold."[239]

Master Zeng commented, "The thoughts of exemplary persons (*junzi*君子) do not wander beyond their station."[240]

注释 239. 见 8.14。也可译为："Unless you have office, you don't get to plan policy."（不在其位，不谋其政）

240. 话语是不值钱的——担当了职位，就得承担责任。

14.27

子曰："君子耻其言而过其行。"

The Master said, "Exemplary persons would feel shame if their words were better than their deeds."

14.28

子曰："君子道者三，我无能焉：仁者不忧，知者不惑，勇者不惧。"子贡曰："夫子自道也。"

The Master said, "The path (*dao*道) of the cxemplary person (*junzi*君子) has three conditions that I am unable to find in myself: The authoritative (*ren*仁) are not anxious; the wise (*zhi*知) are not in a quandary; the courageous are not timid."

Zigong replied, "This is the path that you yourself walk, sir."[241]

注释 241. 参看 9.29。

14.29

子贡方人。子曰："赐也贤乎哉？夫我则不暇。"

Zigong was given to judging other people. The Master said, "It is because Zigong is of such superior character (*xian*贤) himself that he has time for this. I myself have none."

14.30

子曰："不患人之不己知，患其不能也。"

The Master said, "Don't worry about not being recognized by others; worry about not having any reason for them to recognize you."[242]

注释 242. 1.16 和本段相似。同时见 1.1 和 15.19。

14.31

子曰："不逆诈，不亿不信，抑亦先觉者，是贤乎！"

The Master said, "Without anticipating duplicity or suspecting dishonesty, to still be the first to become aware of such conduct—is this not a mark of superior character (*xian*贤)?"

14.32

微生亩谓孔子曰："丘何为是栖栖者与？无乃为佞乎？"孔子曰："非敢为佞也，疾固也。"

Weisheng Mou said to Confucius, "Why do you flit from perch to perch? Are you aspiring to be an eloquent talker?"Confucius replied, "It is not that I aspire to be an eloquent talker, but rather that I hate inflexibility."

14.33

子曰："骥不称其力，称其德也。"

The Master said, "A fine steed is praised for its excellence (*de*德), not for its strength."

14.34

或曰："'以德报怨'，何如？"子曰："何以报德？'以直报怨，以德报德。'"

Someone asked, "What do you think about the saying: 'Repay ill will with beneficence (*de*德)'?"[243]

The Master replied, "Then how would one repay beneficence? Repay ill will by remaining true. Repay beneficence with gratitude (*de*德)."[244]

注释 243. 参看《道德经 · 第六十三章》。

244. "德"既指"beneficence"（善行），也指"gratitude"（感激）——实际是统一了给予恩惠和接受恩惠两种情况。同时，"德"也是这种情况的结果，即和上一段中说到的"excellence"（美德）一样。

14.35

子曰："莫我知也夫！"子贡曰："何为其莫知子也？"子曰："不怨天，不尤人，下学而上达。知我者其天乎！"

The Master sighed, saying, "No one appreciates me!"[245]

Zigong replied, "Why doesn't anyone appreciate you, sir?"

The Master said, "I don't hold any ill will against tian (天) nor blame other people. I study what is near at hand and aspire to what is lofty. It is only tian who appreciates me!"

注释 245. 参看《道德经 · 第七十章》：

吾言甚易知，甚易行。
天下莫能知，莫能行……
夫唯无知，是以不我知。
知我者希，则我者贵。

14.36

公伯寮愬子路于季孙。子服景伯以告，曰："夫子固有惑志于公伯寮，吾力犹能肆诸市朝。"

子曰："道之将行也与，命也；道之将废也与，命也。公伯寮其如命何！"

Gongbo Liao maligned Zilu to Ji Sun. Zifu Jingbo reported it to the Master, and moreover said, "My master Ji Sun has certainly been led astray by Gongbo Liao, but I still have enough influence to have Gongbo Liao's corpse displayed in the marketplace."

The Master replied, "If the way (*dao*道) is going to prevail in the world, it is because circumstances (*ming* 命) would have it so; if it is not going to prevail, it is because they won't. What effect is the likes of Gongbo Liao going to have on these circumstances?"

14.37

子曰："贤者辟世，其次辟地，其次辟色，其次辟言。"

子曰："作者七人矣。"

The Master said, "Those of the highest character (*xian*贤) avoid office in such an age altogether, the next avoid the specific place, the next avoid people with decadent manners, and the next avoid those with decadent things to say."

The Master said, "There were seven who took such initiatives."[246]

注释 246. 本段似乎是指上一段中提到的正道废止不行。

14.38

子路宿于石门。晨门曰："奚自？"子路曰："自孔氏。"曰："是知其不可而为之者与？"

Zilu spent the night at Stone Gate. The morning gatekeeper asked him, "Where are you from?""From the residence of Confucius, "replied Zilu. "Isn't he the one who keeps trying although he knows that it is in vain?"asked the gatekeeper.

14.39

子击磬于卫，有荷蒉而过孔氏之门者，曰："有心哉，击磬乎！"既而曰："鄙哉，硁硁乎！莫己知也，斯已而已矣。'深则厉，浅则揭。'"

子曰："果哉！末之难矣。"

The Master while in Wey was playing on the stone chimes. A person, toting his baskets and passing by the gate of the Confucius family residence, exclaimed, "How moving!"At the end of the piece, he continued, "How common! And so stubborn! If no one appreciates him, he should simply give it up![247]

If the water is deep, you take the plunge,

If it is shallow, you lift your skirts."[248]

The Master remarked, "That would certainly be decisive! And so easy, too!"

注释 247. 见 14.35。

248.《诗经》第三十四篇。参看理雅各（Legge）*Chinese Classics*（《中国经典》）第四卷第 53 页。

14.40

子张曰："书云：'高宗谅阴，三年不言。'何谓也？"子曰："何必高宗，古之人皆然。君薨，百官总己以听于冢宰三年。"

Zizhang said, "The Book of Documents says: 'When the Shang dynasty king Gaozong dwelt in the mourning shed, for three years he did not speaks'[249] What is the meaning of this passage?"

The Master said, "It was not only Gaozong[250]—all of the ancients did the same. When the ruler died, all of the various ministers would come together and place themselves under the command of the prime minister for a period of three years."[251]

注释 249. 此处指的是在位五十九年的殷高宗武丁。见理雅各（Legge）*Chinese Classics*（《中国经典》）第三卷第 466 页。《论语》中多次提出有关守丧期长短的问题。见 17.21。

250. 定州汉墓竹简作："何必三……，"并在此处断句。

251. 参看注释 202 中收录的《孟子·滕文公章句上·第二节》。

14.41

子曰："上好礼，则民易使也。"

The Master said, "If those in high station cherish the observance of ritual propriety (*li*礼), the common people will be easy to deal with."[252]

注释 252. 参看 13.4。

14.42

子路问君子。子曰："修己以敬。"

曰："如斯而已乎？"曰："修己以安人。"

曰："如斯而已乎？"曰："修己以安百姓。修己以安百姓，尧、舜其犹病诸？"

Zilu asked about exemplary persons (*junzi*君子). The Master replied, "They cultivate themselves by being respectful."

"Is that all?"asked Zilu.

"They cultivate themselves by bringing accord to their peers."[253]

"They cultivate themselves by bringing accord to the people. Even a Yao or a Shun would find such a task daunting."

注释 253. 此处的"人"和"百姓"相对，特指一定阶层的人。见 1.5。

14.43

原壤夷俟。子曰："幼而不孙弟，长而无述焉，老而不死，是为贼。"以杖叩其胫。

Yuanrang[254] was sitting on the floor with his legs stretched out, waiting. The Master scolded him, saying, "In one's youth to be neither modest nor respectful to one's elders, to grow up without having accomplished anything at all to pass on, and on growing old, not to have the courtesy to die—such aperson is a thief."He then rapped Yuanrang on the shin with his cane.

注释 254.《礼记·檀弓》中记载了原壤的一段故事。原壤的母亲过世，孔子前去帮助他治丧，到了却发现原壤正在棺材边上唱歌，孔子只好假装没听见。

14.44

阙党童子将命。或问之曰："益者与？"子曰："吾见其居于位也，见其与先生并行也。非求益者也，欲速成者也。"

A youth from the Que village would carry messages for the Master. Someone asked Confucius, "Is he making any progress?"The Master replied, "I have seen him sitting[255] in places reserved for his seniors, and have seen him walking side by side with his elders. This is someone intent on growing up quickly rather than on making progress?"

注释 255. 定州汉墓竹简作："吾见其君……"。或许"居"和"君"字的相像导致了变体，"居"在此处译为"sitting"（坐）。

卫灵公篇第十五

BOOK 15

15.1

卫灵公问陈于孔子。孔子对曰："俎豆之事，则尝闻之矣；军旅之事，未之学也。"明日遂行。

Duke Ling of Wey asked Confucius about military formations. Confucius replied, "I have heard something about the use of ritual vessels, but I have never studied military matters."On the following day, he left the state.[256]

注释 256. 见 5.15，其中提到了孔文子。《左传·哀公十一年》【参看理雅各（Legge）*Chinese Classics*（《中国经典》）第五卷第 826 页】中有一段与此处相关：

孔文子之将攻大叔也，访于仲尼。仲尼曰："胡簋之事，则尝学之矣。甲兵之事，未之闻也。"退，命驾而行，曰："鸟则择木，木岂能择鸟？"

文子遽止之，曰："圉岂敢度其私，访卫国之难也。"将止。鲁人以币召之，乃归。

15.2

在陈绝粮，从者病，莫能兴。子路愠见曰："君子亦有穷乎？"子曰："君子固穷，小人穷斯滥矣。"

While in the state of Chen, their provisions were exhausted, and Confucius' followers became so feeble they could not stand up. Zilu met with the Master, and indignantly said, "Do even exemplary persons (*junzi* 君子) find themselves in such adversity?"The Master replied, '"Exemplary persons are steadfast in the face of adversity, while petty persons are engulfed by it."

15.3

子曰："赐也，女以予为多学而识之者与？"对曰："然，非与？"曰："非也，予一以贯之。"

The Master said, "Zigong, do you take me to be someone who has learned a great deal and who can remember it all?"Zigong replied, "I do indeed. Is it not so?"

"No, it is not,"said the Master, just pull it together on one continuous strand."[257]

注释 257. 参看 4.15。

15.4

子曰："由！知德者鲜矣。"

The Master said, "Zilu, those who realize (*zhi*知) excellence (*de*德) are rare indeed."[258]

注释 258. "知"字的施为功能表明，对于"德"，不仅要在思维上认识，还要在行动中体现。

15.5

子曰："无为而治者其舜也与？夫何为哉？恭己正南面而已矣。"

The Master said, "If anyone could be said to have effected proper order while remaining nonassertive,[259] surely it was Shun. What did he do? He simply assumed an air of deference and faced due south."

注释 259. 这是"无为"最早的出处。"无为"一般被认为是道家的思想。

15.6

子张问行。子曰："言忠信，行笃敬，虽蛮貊之邦，行矣。言不忠信，行不笃敬，虽州里，行乎哉？立则见其参于前也，在舆则见其倚于衡也，夫然后行。"子张书诸绅。

Zizhang asked about proper conduct. The Master replied, "If you do your utmost (*zhong*忠) to make good on your word (*xin*信), and you are earnest and respectful in your conduct, even though you are living in the barbarian states of Man or Mo, your conduct will be proper. If, on the other hand, you do not do your utmost to make good on your word, and you are not earnest and respectful in your conduct, even if you never leave your own neighborhood, how can your conduct be proper? When standing, see these words—'do your utmost to make good on your word, be earnest and respectful in your conduct'—in front of you, and when riding in your carriage, see them propped against the stanchion. Only then will your conduct be proper?"

Zizhang wrote the words down on his sash.

15.7

子曰："直哉史鱼！邦有道，如矢；邦无道，如矢。君子哉蘧伯玉！邦有道，则仕；邦无道，则可卷而怀之。"

The Master said, "How true was Shiyu! When the way (*dao*道) prevailed in the state, he was as true as an arrow; when it did not, he was still as true as an arrow. And Qu Boyu was indeed an exemplary person (*junzi*君子)! When the way prevailed in the state, he gave of his service, and when it did not, he rolled it up and tucked it away."[260]

注释 260. 关于蘧伯玉，见 14.25。

15.8

子曰：“可与言而不与言，失人；不可与言而与之言，失言。知者不失人，亦不失言。”

The Master said, “To fail to speak with someone who can be engaged is to let that person go to waste: to speak with someone who cannot be engaged is to waste your words. The wise (*zhi*知) do not let people go to waste, but they do not waste their words either.”

15.9

子曰：“志士仁人无求生以害仁，有杀身以成仁。”

The Master said, “For the resolute scholar-apprentice (*shi*士) and the authoritative person (*renren*仁人), while they would not compromise their authoritative conduct to save their lives, they might well give up their lives in order to achieve it.”

15.10

子贡问为仁。子曰：“工欲善其事，必先利其器。居是邦也，事其大夫之贤者，友其士之仁者。”

Zigong inquired about authoritative conduct (*ren* 仁). The Master replied, “Tradesmen wanting to be good at (*shan*善) their trade must first[261] sharpen their tools. While dwelling in this state, then, we should serve those ministers who are of the highest character (*xian* 贤), and befriend those scholar- apprentices (*shi*士) who are most authoritative in their conduct."

注释 261. 定州汉墓竹简中无"先"字。

15.11

颜渊问为邦。子曰："行夏之时，乘殷之辂，服周之冕，乐则韶舞。放郑声，远佞人。郑声淫，佞人殆。"

Yan Hui asked about a viable state. The Master replied, "Introduce the calendar of the Xia dynasty, [262] ride on the large yet plain chariot of the Yin, wear the ceremonial cap of the Zhou, and as for music, play the shao and wu.[263] Abolish the 'music' from the state of Zheng and keep glib talkers at a distance, for the Zheng music is lewd and glib talkers are dangerous."[264]

注释 262. 据杨伯峻（1982：164），夏朝历法中一年从春天的第一天开始，方便农民开展农业生产。周朝历法则从冬天的第一天开始。

263. 见 3.25 和 7.14。

264. 韦利（1937：196）指出，这些歌曲的词都记录在《诗经》中，因此孔子反对的只是其中的音乐。此处举的几个例子说明要善用百姓的资源，但不能够就此抛弃重要的生活方式：礼和乐。因此，本文中提到要戴周朝的礼帽，要关注音乐。

15.12

子曰："人无远虑，必有近忧。"

The Master said, "The person who does not consider what is still far off will not escape being alarmed at what is near at hand."

15.13

子曰："已矣乎！吾未见好德如好色者也。"

The Master said, "I have yet to meet the person who is fonder of excellence (*de*德) than of physical beauty, and I am afraid I never will."[265]

注释 265. 本段在 9.18 中重复出现。

15.14

子曰："臧文仲、其窃位者与！知柳下惠之贤而不与立也。"

The Master said, "Does not Zang Wenzhong hold his own office under false pretenses? While knowing the superior character (*xian*贤) of the man known as Liu Xiahui— 'the kind man under the willow tree'[266]—he failed to give him a place."

注释 266. 同时见 18.2 和 18.8。

15.15

子曰："躬自厚而薄责于人，则远怨矣。"

The Master said, "To demand much from oneself personally, and not overmuch from others, will keep ill will at a distance."

15.16

子曰："不曰'如之何，如之何'者，吾末如之何也已矣。"

The Master said, "There is nothing that I can do for someone who is not constantly asking himself: 'What to do? What to do?'"

15.17

子曰："群居终日，言不及义，好行小慧，难矣哉！"

The Master said, "Those who would get together all day long and, occupying themselves with witty remarks, never once get to the topic of appropriate conduct (*yi* 义)—such persons are hard to deal with."

15.18

子曰："君子义以为质，礼以行之，孙以出之，信以成之。君子哉！"

The Master said, "Having a sense of appropriate

conduct (*yi*义) as one's basic disposition (*zhi*质), developing it in observing ritual propriety (*li*礼), expressing it with modesty, and consummating it in making good on one's word (*xin*信): this then is an exemplary person (*junzi*君子)."[267]

注释 267. 今本中以“君子”开头，并在段末以“君子”结尾。此处随定州汉墓竹简，忽略第一处“君子”。

15.19

子曰：“君子病无能焉，不病人之不己知也。”

The Master said, "Exemplary persons (*junzi*君子) are distressed by their own lack of ability, not by the failure of others to acknowledge them."

15.20

子曰：“君子疾没世而名不称焉。”

The Master said, "Exemplary persons (*junzi*君子) despise the thought of ending their days without having established name."

15.21

子曰：“君子求诸己，小人求诸人。”

The Master said, "Exemplary persons (*junzi*君子) make demands on themselves, while petty persons make demands on others."

15.22

子曰："君子矜而不争，群而不党。"

The Master said, "Exemplary persons (*junzi*君子) are self-possessed but not contentious; they gather together with others, but do not form cliques."

15.23

子曰："君子不以言举人，不以人废言。"

The Master said, "Exemplary persons (*junzi*君子) do not promote others because of what they say, nor do they reject what is said because of who says it."

15.24

子贡问曰："有一言而可以终身行之者乎？"子曰："其恕乎！己所不欲，勿施于人。"

Zigong asked, "Is there one expression that can be acted upon until the end of one's days?"

The Master replied, "There is shu (恕): do not impose on others what you yourself do not want."[268]

注释 268. 参看 5.12 和 12.2。

15.25

子曰："吾之于人也，谁毁谁誉？如有所誉者，其有所试矣。斯民也，三代之所以直道而行也。"

The Master said, "When it comes to other people, I am not usually given to praise or blame.[269] But if I do praise people, you can be sure they have proven themselves to be worthy of it. It is because of such people that the Three Ages—Xia, Shang, and Zhou—steadfastly continued on the true path(*dao*道)."

注释 269. 定州汉墓竹简中没有提到"吾"："人也，谁毁谁誉？"参看 14.29。

15.26

子曰："吾犹及史之阙文也。有马者借人乘之，今亡矣夫！"

The Master said, "I still encounter places where scribes have given us problematic text. Today you never see somcone who has a horse lending it to someone else to ride."[270]

注释 270. 此处可能是说，应当让别人来证明自己的工作。这样理解的话，就可以和下一段联系起来了。

15.27

子曰："巧言乱德。小不忍，则乱大谋。"

The Master said, "Clever words undermine excellence (*de*德). If one is impatient with the details, great plans will come to naught."

15.28

子曰："众恶之，必察焉；众好之，必察焉。"

The Master said, "Where everyone despises a person, you must look into the matter carefully: where everyone celebrates a person, you must also look into it carefully."[271]

注释 271. 定州汉墓竹简中，这两句的先后顺序相反，"众好之……"在前。参看 13.24。

15.29

子曰："人能弘道，非道弘人。"

The Master said, "It is the person who is able to broaden the way (*dao*道), not the way that broadens the person."

15.30

子曰："过而不改，是谓过矣。"

The Master said, "Having gone astray, to fail to get right back on track is to stray indeed."[272]

注释 272. 此处的“过”同样暗喻了“道”。《韩诗外传·卷三》中有相似的一段，记载了孔子的话：“过而改之，是不过也。”同时见《穀梁传·僖公二十二年》，其中的表述和本段非常不同。

15.31

子曰：“吾尝终日不食，终夜不寝，以思，无益，不如学也。”

The Master said, “Once, lost in my thoughts, I went a whole day without eating and a whole night without sleeping. I got nothing out of it, and would have been better off devoting the time to learning.”[273]

注释 273. 参看 3.15。

15.32

子曰：“君子谋道不谋食。耕也，馁在其中矣；学也，禄在其中矣。君子忧道不忧贫。”

The Master said, “Exemplary persons (*junzi*君子) make their plans around the way (*dao*道) and not around their sustenance. Tilling the land often leads to hunger as a matter of course; studying often leads to an official salary as a matter of course.[274] Exemplary persons are anxious about the way, and not about poverty?”

注释 274. 饥饿和俸禄都不能以等式计算。

15.33

子曰："知及之，仁不能守之；虽得之，必失之。知及之，仁能守之。不庄以涖之，则民不敬。知及之，仁能守之，庄以涖之，动之不以礼，未善也。"

The Master said, "When persons come to a realization (*zhi*知) but are not authoritative (*ren*仁) enough to sustain its implementation, even though they had it, they are sure to lose it. When persons come to a realization, are sufficiently authoritative to implement it, but nevertheless fail to guide the common people with proper dignity, the people will not be respectful. When persons come to a realization, are authoritative enough to implement it, guide the common people with proper dignity, but fail to inspire them by observing ritual propriety (*li*礼), they are still not good enough at it."[275]

注释 275. 参看 1.12。

15.34

子曰："君子不可小知而可大受也，小人不可大受而可小知也。"

The Master said, "Exemplary persons (*junzi*君子) cannot be given trivial assignments but can be relied upon for important responsibilities. Petty persons, then, are the opposite."

15.35

子曰："民之于仁也，甚于水火。水火，吾见蹈而死者矣，未见蹈仁而死者也。"

The Master said, "Authoritative conduct (*ren*仁) is more vital to the common people than even fire and water. I have seen persons lose their lives after walking[276] into fire or into water, but I have yet to see a casualty from authoritative conduct."[277]

注释 276. 定州汉墓竹简作"游"。

277.《孟子·尽心章句上·第二十三节》中提到：

孟子曰："易其田畴，薄其税敛，民可使富也。食之以时，用之以礼，则不可胜用也。民非水火不生活，昏暮叩人之门户，求水火，无弗与者，至足矣。圣人治天下，使有菽粟如水火。菽粟如水火，而民焉有不仁者乎？"

水火很重要，但也很危险；仁比水火更重要，却永远不会变得危险。

15.36

子曰："当仁，不让于师。"

The Master said, "In striving to be authoritative in your conduct (*ren*仁), do not yield even to your teacher."[278]

注释 278. 参看《荀子 · 子道》，其中详细说明了“孝”不是简单地服从命令。

15.37

子曰：“君子贞而不谅。”

The Master said, “Exemplary persons (*junzi*君子) are proper, but not fastidious.”

15.38

子曰：“事君，敬其事而后其食。”

The Master said, “In serving your lord, compensation comes second to full attention to one’s duties.”

15.39

子曰：“有教无类。”

The Master said, “In instruction, there is no such thing as social classes.”[279]

注释 279. 参看 7.7。

15.40

子曰：“道不同，不相为谋。”

The Master said, “People who have chosen different ways (*dao*道) cannot make plans together.”

15.41

子曰："辞达而已矣。"

The Master said, "In expressing oneself, it is simply a matter of getting the point across."

15.42

师冕见，及阶，子曰："阶也。"及席，子曰："席也。"皆坐，子告之曰："某在斯，某在斯。"师冕出。子张问曰："与师言之道与？"子曰："然；固相师之道也。"

The blind Master of Music, Mian, had an interview with Confucius, and, on reaching the steps, the Master said, "Here are the steps, "and on reaching the mat, the Master said, "Here is the mat."When they had all sat down together, the Master informed him of who was present: "So-and-so is here, and so-and-so is there."

When Master of Music Mian had departed, Zizhang asked Confucius, "Is this the way (*dao*道) that one should speak with a blind music master?"

Confucius replied, "Indeed, this has been the traditional way of assisting a music master."

季氏篇第十六

BOOK 16

16.1

季氏将伐颛臾。冉有、季路见于孔子曰："季氏将有事于颛臾。"

孔子曰："求！无乃尔是过与？夫颛臾，昔者先王以为东蒙主，且在邦域之中矣，是社稷之臣也。何以伐为？"

冉有曰："夫子欲之，吾二臣者皆不欲也。"

孔子曰："求！周任有言曰：'陈力就列，不能者止。'危而不持，颠而不扶，则将焉用彼相矣？且尔言过矣，虎兕出于柙，龟玉毁于椟中，是谁之过与？"

冉有曰："今夫颛臾，固而近于费。今不取，后世必为子孙忧。"

孔子曰："求！君子疾夫舍曰欲之而必为之辞。丘也闻有国有家者，不患寡而患不均，不患贫而患不安。盖均无贫，和无寡，安无倾。夫如是，故远人不服，则修文德以来之。既来之，则安之。今由与求也，相夫子，远人不服，而不能来也；邦分崩离析而不能守也；而谋动干戈于邦内。吾恐季孙之忧，不在颛臾，而在萧墙之内也。”

The Ji clan was about to attack its vassal state, Zhuanyu. Ranyou and Zilu had an interview with Confucius, and informed him, "The Ji clan is going to make trouble with Zhuanyu."

The Master replied, "Ranyou! Shouldn't you take the blame for this? The people of Zhuanyu in ancient times were put in charge of the sacrifices to Dongmeng mountain, and further, residing within the borders of our state, are subject to our sacrifices to the gods of the soil and grain. Why would we want to attack them?"

Ranyou replied, "Our lord wants to attack Zhuanyu, but Zilu and I are dead set against it."

The Master rejoined, "Ranyou! The ancient historian Zhouren has said:

To show off your strength you deploy your ranks,
If you are lacking, you cease and desist.

If when one's lord encounters danger his ministers do not support him, or when he is about to fall his ministers do not catch him, then what on earth are his ministers for? And besides, what you say is not so. When a tiger or rhinoceros escapes from its cage, or when a precious tortoise shell or piece of jade is destroyed in its case, who is to blame for this?"

Ranyou replied, "Now then, Zhuanyu is heavily fortified, and is near to the Ji clan's fief, Bei. If we do not annex it today, in the course of time 让 is certain to become a source of concern for our descendents."

Confucius said, "Ranyou! What the exemplary person (*junzi*君子) hates most is having to declare in favor of something that he has already rejected, and then to have to come up with some excuse for doing so. As for me, I have heard that the ruler of a state or the head of a household:

Does not worry that his people are poor,

But that wealth is inequitably distributed;

Does not worry that his people are too few in number,

But that they are disharmonious.

Does not worry that his people are unstable,

But that they are insecure.

For if the wealth is equitably distributed, there is no poverty; if the people are harmonious, they are not few in number; if the people are secure, they are not unstable.[230] Under these circumstances, if distant populations are still not won over, they persuade them to join them through the cultivation of their refinement (*wen*文) and excellence (*de*德), and once they have joined them, they make them feel secure.

Now, with you and Zilu as ministers to your lord, you are unable to persuade distant populations who are not won over, you are unable to shore up your own state that is divided and crumbling around you, but instead resort to the use of arms within the state itself. I fear that the real worry for Ji Sun does not lie with Zhuanyu, but within the screen of reverence at the Lu court."[281]

注释 280. 此处随刘殿爵（D. C. Lau），重新组织了段落。

281. “萧墙”是鲁国国君在朝廷中的屏风。臣民走到这面屏风前时，都会向国君表示尊敬，因此这面屏风被称作“萧墙”。“萧墙之内”指的是鲁国国君。当其时，季孙已经把持了鲁国的政治，正和鲁国国君争夺权力。他知道鲁国国君想要把他打败以夺回政权，因此害怕颛臾会利用其战略上的有利地理位置来帮助鲁国朝廷。为保持优势，他便先下手为强，出兵颛臾。本段中，孔子严词批评了季孙的意图。

16.2

孔子曰：“天下有道，则礼乐征伐自天子出；天下无道，则礼乐征伐自诸侯出。自诸侯出，盖十世希不失矣；自大夫出，五世希不失矣；陪臣执国命，三世希不失矣。天下有道，则政不在大夫。天下有道，则庶人不议。”

Confucius said, "When the way (*dao*道) prevails in the world, ritual propriety (*li*礼), music (*yue*乐),

and punitive campaigns are initiated by the emperor. If the way does not prevail in the world, then they are initiated by the various nobles. When they are initiated by the various nobles, it is unlikely that the state will survive beyond ten generations. When they are initiated by the ministers, it is unlikely that the state will survive beyond five generations. When the household stewards of the ministers seize command of the state, it is unlikely that the state will survive beyond three generations. When the way prevails in the world, governing does not lie in the hands of the ministers; when the way prevails in the world, the common people do not debate affairs of state."[282]

注释 282. 此处孔子是在批评当时的情况，国家的政治权力首先被强大的家族所掌控，后来又被这些家族的陪臣所掌控。权力必须通过对上级的礼敬来清晰地体现，并且权力中心只能有一个。

16.3

孔子曰："禄之去公室五世矣，政逮于大夫四世矣，故夫三桓之子孙微矣。"

Confucius said, "It has been five generations since ranks and emoluments have been determined by the ducal house of Lu, and it has been four generations since governance devolved to the ministers. It is thus that the power of the descendents of the Three Families who came to prominence under Duke Xuan is steadily declining."

16.4

孔子曰："益者三友，损者三友。友直，友谅，友多闻，益矣。友便辟，友善柔，友便佞，损矣。"

Confucius said, "Having three kinds of friends will be a source of personal improvement; having three other kinds of friends will be a source of personal injury. One stands to be improved by friends who are true, who make good on their word, and who are broadly informed; one stands to be injured by friends who are ingratiating, who feign compliance, and who are glib talkers."

16.5

孔子曰："益者三乐，损者三乐。乐节礼乐，乐道人之善，乐多贤友，益矣。乐骄乐，乐佚游，乐宴乐，损矣。"

Confucius said, "Finding enjoyment in three kinds of activities will be a source of personal improvement; finding enjoyment in three other kinds of activities will be a source of personal injury. One stands to be improved by the enjoyment found in attuning oneself to the rhythms of ritual propriety (*li*礼) and music (*yue* 乐), [283] by the enjoyment found in talking about what others do well (*shan*善), and by the enjoyment found in having a circle of many friends of superior character (*xian*贤); one stands to be injured by finding enjoyment in being arrogant, by finding enjoyment in dissolute diversions, and by finding enjoyment in the easy life."

注释 283. 定州汉墓竹简此处只有"礼"。

16.6

孔子曰："侍于君子有三愆：言未及之而言谓之躁，言及之而不言谓之隐，未见颜色而言谓之瞽。"

Confucius said, "There are three mistakes that are easily made in attendance on one's lord: to speak first without waiting for the lord to speak is called being rash; to not speak when you should speak up is called holding back; to speak up without taking into account the lord's countenance is called being blind."

16.7

孔子曰："君子有三戒：少之时，血气未定，戒之在色；及其壮也，血气方刚，戒之在斗；及其老也，血气既衰，戒之在得。”

Confucius said, “Exemplary persons (*junzi*君子) have three kinds of conduct that they guard against; when young and vigorous, they guard against licentiousness; in their prime when their vigor is at its height, they guard against conflict; in their old age when their vigor is declining, they guard against acquisitiveness.”

16.8

孔子曰：“君子有三畏：畏天命，畏大人，畏圣人之言。小人不知天命而不畏也，狎大人，侮圣人之言。”

Confucius said, “Exemplary persons (*junzi*君子) hold three things in awe: the propensities of tian (*tianming*天命), persons in high station, and the words of the sages (*shengren*圣人). Petty persons, knowing nothing of the propensities of tian, do not hold it in awe; they are unduly familiar with persons in high station, and ridicule the words of the sages.”

16.9

孔子曰：“生而知之者上也，学而知之者次也；困而学之，又其次也；困而不学，民斯为下矣。”

Confucius said, “Knowledge (*zhi*知) acquired

through a natural propensity for it is its highest level;[284] knowledge acquired through study is the next highest; something learned in response to difficulties encountered is again the next highest. But those among the common people who do not learn even when vexed with difficulties—they are at the bottom of the heap."

注释 284. 此处的"生"既包括天生的能力，也包括出身条件，例如家庭情况和社会环境。毕竟"生"的意思是"birth（出生），growth（成长），life（生活）"。"生"不指先天就有的认识和智慧。在 7.20 中，孔子说他也不是"生而知之"。

16.10

孔子曰："君子有九思：视思明，听思聪，色思温，貌思恭，言思忠，事思敬，疑思问，忿思难，见得思义。"

Confucius said, "Exemplary persons (*junzi*君子) always keep nine things in mind: in looking they think about clarity, in hearing they think about acuity, in countenance they think about cordiality, in bearing and attitude they think about deference, in speaking they think about doing their utmost (*zhong*忠), in conducting affairs they think about due respect, in entertaining doubts they think about the proper questions to ask, in anger they think about regret, in sight of gain they think about appropriate conduct (*yi*义)."

16.11

孔子曰："见善如不及，见不善如探汤。吾见其人矣，吾闻其语矣。隐居以求其志，行义以达其道。吾闻其语矣，未见其人也。"

Confucius said, "'On seeing ability (*shan*善), I go after it as though I cannot catch up to it; on seeing a lack of ability, I recoil from it as though testing boiling water.' I have heard such words, and have even seen such persons. 'I dwell in seclusion to pursue my ends, and act on my sense of what is appropriate (*yi*义) to extend my way (*dao*道).' I have heard such words, but I have yet to see such persons."

16.12

齐景公有马千驷，死之日，民无德而称焉。伯夷、叔齐饿于首阳之下，民到于今称之。其斯之谓与？

Duke Jing of Qi had a thousand teams of horses, and on the day he died, the common people felt no sense of gratitude (*de*德) out of which to praise him. On the other hand, Bo Yi and Shu Qi died of starvation at the foot of Shouyang Mountain, and the common people praise them down to the present day. Is this not what it means?"[285]

注释 285. 伯夷和叔齐只做他们认为合适的事情，最终为他们认为应该做的事而死，16.11 中的两句话对他们是否适用呢？应当把这两段和 5.23，7.15，18.8 放在一起阅读。

16.13

陈亢问于伯鱼曰："子亦有异闻乎？"

对曰："未也。尝独立，鲤趋而过庭。曰：'学诗乎？'对曰：'未也。''不学诗，无以言。'鲤退而学诗。他日，又独立，鲤趋而过庭。曰：'学礼乎？'对曰：'未也''不学礼，无以立。'鲤退而学礼。闻斯二者。"

陈亢退而喜曰："问一得三，闻诗，闻礼，又闻君子之远其子也。"

Chen Gang asked the son of Confucius, Boyu: "Have you been given any kind of special instruction?"

"Not yet,"he replied,"Once when my father was standing alone and I hastened quickly and deferentially across the courtyard, he asked me,'Have you studied the Songs?' I replied,'Not yet,' to which he remarked,'If you do not study the Songs, you will be at a loss as to what to say?' I deferentially took my leave and studied the Songs.

"On another day when he was again standing alone, I hastened quickly and deferentially across the courtyard. He asked me,'Have you studied the Rites?' I replied,'Not yet,' to which he remarked,'If you do not study the Rites. you will be at a loss as to where to stand?' I deferentially took my leave and studied the Rites. What I have learned from him, then, are these two things."

Chen Gang, taking his leave, was delighted, and said, "I asked one question and got three answers. I learned the importance of the Songs and of the Rites, and I also learned that exemplary persons (*junzi*君子) do not treat their own sons as a special case."

16.14

邦君之妻，君称之曰夫人，夫人自称小童；邦人称之曰君夫人，称诸异邦曰寡小君；异邦人称之亦曰君夫人。

The official wife of the ruler of a state is addressed by the ruler as "My Lady". She calls herself, "Little Child". The people of the state refer to her as "Lady of the Lord". In speaking of her with those of other states, the Lord calls her "My Little Lord"and they refer to her as "Lady of the Lord".

阳货篇第十七

BOOK 17

17.1

阳货欲见孔子，孔子不见，归孔子豚。

孔子时其亡也，而往拜之。

遇诸涂。

谓孔子曰："来！予与尔言。"曰："怀其宝而迷其邦，可谓仁乎？"曰："不可。好从事而亟失时，可谓知乎？"曰："不可。日月逝矣，岁不我与。"

孔子曰："诺；吾将仕矣。"

Yang Huo[286] wanted Confucius to come and see him, and when Confucius would not oblige him, he sent Confucius the gift of a suckling pig. Confucius, waiting for a time when Yang Huo would not be home, went to acknowledge the gift. Confucius however happened to meet up with him on the road.

Yang Huo said to Confucius, "Come with me! I have something I would like to speak to you about."

Continuing, he said, "Can you call someone authoritative (*ren*仁) who hoards his treasure of talent while his country loses its way? I should say not. Can you call someone wise (*zhi*知) who has always wanted to serve in office but who repeatedly misses the opportunity to do so? I should say not. The days and months are passing: the years will not wait for us."

Confucius replied, "All right, all right. I will serve in office then."[287]

注释 286. 阳货是季氏的家臣。

287. 阳货采取计策，让孔子不得不登门拜谢。《孟子·滕文公章句下·第七节》中，更详细地讨论了此次事件：

公孙丑问曰："不见诸侯，何义？"

孟子曰："古者不为臣不见。段干木逾垣而辟之，泄柳闭门而不内，是皆已甚。迫，斯可以见矣。阳货欲见孔子而恶无礼，大夫有赐于士，不得受于其家，则往拜其门。阳货瞰孔子之亡也，而馈孔子蒸豚；孔子亦瞰其亡也，而往拜之。当是时，阳货先，岂得不见？曾子曰：'胁肩谄笑，病于夏畦。'子路曰：'未同而言，观其色赧赧然，非由之所知也。'由是观之，则君子之所养可知已矣。"

此处主要有两层含义。第一，有时候出于礼节的需要，人要向自己内心并不尊重的人表示遵从，君子不会让自己处于这种境地。第二，人不应讨论其他人的责任。

同时见《左传·定公八年》和《左传·定公九年》。【参看理雅各（Legge）*Chinese Classics*（《中国经典》）第五卷第765页起】

17.2

子曰："性相近也，习相远也。"

The Master said, "Human beings are similar in their natural tendencies (*xing*性), [288] but vary greatly by virtue of their habits."

注释 288. 定州汉墓竹简中的"性"作"生"，这在古籍中很常见。

17.3

子曰："唯上知与下愚不移。"

The Master said, "Only the most wise (*zhi*知) and the most stupid do not move."

17.4

子之武城，闻弦歌之声。夫子莞尔而笑，曰："割鸡焉用牛刀？"

子游对曰："昔者偃也闻诸夫子曰：'君子学道则爱人，小人学道则易使也。'"

子曰："二三子！偃之言是也。前言戏之耳。"

The Master, on traveling to the walled town of Wu, [289] heard the sounds of stringed instruments and singing. He smiled, saying, "Why would one use an ox cleaver to kill a chicken?"[290] Ziyou responded, "In the past I have heard you, Master, say, 'Exemplary persons (*junzi*君子) who study the way (*dao*道) love others; petty persons who study the way are easier to employ.'"

The Master replied, "My young friends, what Ziyou has said is right. What I was saying was just in fun."

注释 289. 见6.14。子游是当地的县令。

290. 此处是大小的对比，就像在野餐时请弦乐四重奏乐队来演奏。

17.5

公山弗扰以费畔，召，子欲往。

子路不说，曰："末之也已，何必公山氏之之也？"

子曰："未召我者，而岂徒哉？如有用我者，吾其为东周乎？"

Gongshan Furao[291] was plotting rebellion with the Bi stronghold, [292] and summoned Confucius to join him. Confucius wanted to go.

Zilu was upset, and said to Confucius, "So we have nowhere to go—why on earth must we go to this man Gong-shan?"

The Master replied, "How could this person who is summoning me be doing so for no reason? If there were someone who would use me, I would give him a 'Zhou of the east.'"

注释 291.《左传·定公十二年》中的故事是公山弗扰叛鲁，但并没有邀请孔子前往。而且在这个解释中，孔子此时正为司寇，他派人前去打败了公山弗扰。

292. 费是季氏家族的大本营。

17.6

子张问仁于孔子。孔子曰："能行五者于天下为仁矣。"

"请问之。"曰："恭、宽、信、敏、惠。恭则不侮，宽则得众，信则人任焉，敏则有功，惠则足以使人。"

Zizhang asked Confucius about authoritative conduct (*ren*仁). Confucius replied, "A person who is able to carry into practice[293] five attitudes in the world can be considered authoritative."

"What are these five attitudes?"asked Zizhang.

Confucius replied, "Deference, tolerance, making good on one's word (*xin*信), diligence, and generosity. If you are deferential, you will not suffer insult; if tolerant, you will win over the many; if you make good on your word, others will rely upon you; if diligent, you will get results; if generous, you will have the status to employ others effectively."

注释 293. "行"的字面意思是"步行"，这里延伸出"推行"的意思，同样是对"道"的暗喻。

17.7

佛肸召，子欲往。

子路曰："昔者由也闻诸夫子曰：'亲于其身为不善者，君子不入也。'佛肸以中牟畔，子之往也，如之何？"

子曰："然，有是言也。不曰坚乎，磨而不磷；不曰白乎，涅而不缁。吾岂匏瓜也哉？焉能系而不食？"

Bixi summoned Confucius, and Confucius wanted to go. Zilu said, "In the past I have heard you, Master, say, 'Exemplary persons (*junzi*君子) will have nothing to do with someone who personally behaves badly (*bushan* 不善).' Bixi is plotting rebellion with the Zhongmou stronghold. How could you justify going to him?"

"You are right,"said the Master. "It is as you say. But is it not said,'With the hardest, grinding will not wear it thin.' Is it not said,'With the whitest, dying will not turn it black.' Am I just some kind of gourd? How can I allow myself to be strung up on the wall and not be eaten?"[294]

注释 294. 韦利（1937：211）提出，"食"有两个意思，既指"吃/食物"，又指"接受俸禄"，正如15.38中所见。定州汉墓竹简在15.32中以"食"为"禄"的变体，意为"接受俸禄"。今本中作"禄"。

17.8

子曰：“由也！女闻六言六蔽矣乎？”对曰：“未也。”

“居！吾语女。好仁不好学，其蔽也愚；好知不好学，其蔽也荡；好信不好学，其蔽也贼；好直不好学，其蔽也绞；好勇不好学，其蔽也乱；好刚不好学，其蔽也狂。”

The Master said, “Zilu, have you heard of the six flaws that can accompany the six desirable qualities of character?”

“No, I have not,”replied Zilu.

“Sit down,”said the Master,“and I'll tell you about them. The flaw in being fond of acting authoritatively (*ren*仁) without equal regard for learning is that you will be easily duped ■ the flaw in being fond of acting wisely (*zhi*知) without equal regard for learning is that it leads to self-indulgence; the flaw in being fond of making good on one's word (*xin*信) without equal regard for learning is that it leads one into harm's way; the flaw in being fond of candor without equal regard for learning is that it leads to rudeness; the flaw in being fond of boldness without equal regard for learning is that it leads to unruliness; the flaw in being fond of firmness without equal regard for learning is that it leads to rashness.”[295]

注释 295. 参看 8.2。

17.9

子曰："小子！何莫学夫诗？诗，可以兴，可以观，可以群，可以怨。迩之事父，远之事君；多识于鸟兽草木之名。"

The Master said, "My young friends, why don't any of you study the Songs? Reciting the Songs can arouse your sensibilities, strengthen your powers of observation, enhance your ability to get on with others, and sharpen your critical skills. Close at hand it enables you to serve your father, and away at court it enables you to serve your lord. It instills in you a broad vocabulary for making distinctions in the world around you."

17.10

子谓伯鱼曰："女为周南、召南矣乎？人而不为周南、召南，其犹正墙面而立也与？"

The Master said to his son, Boyu, "Have you mastered the 'Zhoiman' and 'Shaonan' sections of The Book of Songs? Striving to become a person without doing so is like trying to take your stand with your face to the wall."[296]

注释 296.《论语》的其中一个版本将第九章和第十章合为一

章，但定州汉墓竹简和其他几个版本都将这两章分开。同时见 16.13。

17.11

子曰："礼云礼云，玉帛云乎哉？乐云乐云，钟鼓云乎哉？"

The Master said, "In referring time and again to observing ritual propriety (*li*礼), how could I just be talking about gifts of jade and silk? And in referring time and again to making music (*yue*乐), how could I just be talking about bells and dmms?"

17.12

子曰："色厉而内荏，譬诸小人，其犹穿窬之盗也与？"

The Master said, "As for the person who would give the outward appearance of being stern while being pulp inside, if we were to look to petty people for an example of this kind of deceit, it is the house burglar who bores holes in walls or scales over them."

17.13

子曰："乡愿，德之贼也。"

The Master said, "The 'village worthy' is excellence

(*de*德) under false pretenses?"[297]

注释 297. 见《孟子·尽心章句下·第三十七节》，其中对这一简短的评论做了解释，已在注释 86 中收录。孟子随后又加入了自己的评论。这种人（乡愿，孟子作"原"）过分关注形式和规则，在那些将他奉为模范的人眼中，他显得很可信。然而，要想实现个性化、复兴典模范式的角色，创造性的元素是必要的，而这也正是他所欠缺的。他身上流淌的不是德的血液。他自己并没有什么有价值的东西可以贡献给社会，因此只是个伪君子。孔子最后说的"贼"，表现出他担心这样的"模范"会损害文化的品质。

17.14

子曰："道听而涂说，德之弃也。"

The Master said, "Those who repeat whatever they hear in the streets and alleyways are at odds with excellence (*de*德)."

17.15

子曰："鄙夫可与事君也与哉？其未得之也，患不得之。既得之，患失之。苟患失之，无所不至矣。"

The Master said, "How can one possibly join with a common fellow in serving one's lord? Before such a person has been appointed to office, he is desperate that he will not be.[298] Once he has been appointed, he is desperate that he will lose his position. And in his desperation that he might lose his position, he will stop at nothing to hang on to it."

注释 298. 已有许多文本证据表明此处应为"患不得之"，但所有今本都没有否定词"不"。刘殿爵和杨伯峻列出许多引用了本段的文本,其中都用了否定词"不"或"弗"。实际上，有没有否定词都能说得通。这里的意思也可能是"他"因为知道自己的短板,"十分担心会被聘为官"。

17.16

子曰："古者民有三疾，今也或是之亡也。古之狂也肆，今之狂也荡；古之矜也廉，今之矜也忿戾；古之愚也直，今之愚也诈而已矣。"

The Master said, "In the old days, the common people had three faults that people of today perhaps have done away with. Of old, rash people were merely reckless, but nowadays they have managed to overcome all restraint. Of old, proud people were merely smug, but nowadays they are quarrelsome and easily provoked. Of old, stupid people were frank and direct, but nowadays they are positively deceitful."

17.17

子曰："巧言令色，鲜矣仁。"

The Master said, "It is a rare thing for glib speech

and an insinuating appearance to accompany authoritative conduct (*ren*仁)."[299]

注释 299. 重复 1.3。

17.18

子曰："恶紫之夺朱也，恶郑声之乱雅乐也，恶利口之覆邦家者。"

The Master said, "I detest the fact that purple has stolen the place of red in noble dress; [300] I detest the fact that the sounds of Zheng are corrupting our classical court music; [301] I detest the fact that glib-tongued talkers bring down states and families."

注释 300. 紫色是红色和蓝色的混合色，红色则是纯色。似乎早在《左传·哀公十七年》时，就有记载紫色正在取代红色成为贵族衣着的颜色。

301. 见 15.11 及注释 86 中收录的《孟子·尽心章句下·第三十七节》。

17.19

子曰："予欲无言。"子贡曰："子如不言，则小子何述焉？"子曰："天何言哉！四时行焉，百物生焉，天何言哉？"

The Master said, "I think I will leave off speaking."

"If you do not speak,"Zigong replied,"how will we

your followers find the proper way?"[302]

The Master responded, "Does tian (天) speak? And yet the four seasons turn and the myriad things are born and grow within it. Does tian speak?"

注释 302. 我们将"述"译为"to follow the proper way"（走正道），以此保留"道"的暗喻。见7.1。

17.20

孺悲欲见孔子，孔子辞以疾。将命者出户，取瑟而歌，使之闻之。

Ru Bei sought a meeting with Confucius, but Confucius declined to entertain him, feigning illness. Just as the envoy carrying the message was about to depart, Confucius got out his lute and sang, making sure that the messenger heard him.[303]

注释 303. 孺悲出现在《礼记·杂记下》中，哀公派他来向孔子学事丧礼。

17.21

宰我问："三年之丧，期已久矣。君子三年不为礼，礼必坏；三年不为乐，乐必崩。旧谷既没，新谷既升，钻燧改火，期可已矣。"

子曰："食夫稻，衣夫锦，于女安乎？"

曰："安。"

"女安，则为之！夫君子之居丧，食旨不甘，闻乐不乐，居处不安，故不为也。今女安，则为之！"宰我出。子曰："予之不仁也！子生三年，然后免于父母之怀。夫三年之丧，天下之通丧也，予也有三年之爱于其父母乎！"

Zaiwo inquired, "The three-year mourning period on the death of one's parents is already too long. If for three years exemplary persons (*junzi*君子) were to give up observing ritual propriety (*li*礼), the rites would certainly go to ruin. And if for three years they were to give up the performance of music (*yue*乐), music would certainly collapse. The old grain has been used up, the new crop is ready for harvest, and the different woods used ceremonially as drills for making fire have gone through their full cycle[304]—surely a year is good enough."

The Master replied, "Would you then be comfortable eating fine rice and wearing colorful brocade?"

"I would indeed,"responded Zaiwo.

"If you are comfortable, then do it,"said the Master.

"When exemplary persons (*junzi*君子) are in the mourning shed,[305] it is because they can find no relish in fine-tasting food, no pleasure in the sound of music, and no comfort in their usual lodgings, that they do not abbreviate the mourning period to one year. Now if you are comfortable with these things, then by all means, enjoy them."

When Zaiwo had left, the Master remarked, "Zaiwo is really perverse (*buren*不仁)! It is only after being tended by his parents for three years that an infant can finally leave their bosom. The ritual of a three-year mourning period for one's parents is practiced throughout the empire. Certainly Zaiwo received this three years of loving care from his parents!"[306]

注释 304. 注疏家马融（79-166）引用《周书·月令篇》："春取榆柳之火，夏取枣杏之火，季夏取桑柘之火，秋取柞楢之火，冬取槐檀之火。"

305. 见14.40。

306.《孟子·滕文公章句上·第二节》中，百官反对孟子建议的三年丧期，认为这不合传统。见注释202。

宰我和孔子都以周期为据争辩，孔子认为的一个周期要更长。

17.22

子曰："饱食终日，无所用心，难矣哉！不有博弈者乎？为之，犹贤乎已。"

The Master said, "There are problems ahead for those who spend their whole day filling their stomachs without ever exercising their heart-and-mind (*xin*心).

Are there not diversions such as the board games of bo and weiqi! Even playing these games would be better than nothing."[307]

注释 307. 博和弈都是棋盘游戏。博用骰子玩，同时是一种占卜的方法。见李学勤（1997）。弈是围棋的前身（后来在日本被称为“go”）。

17.23

子路曰：“君子尚勇乎？”子曰：“君子义以为上，君子有勇而无义为乱，小人有勇而无义为盗。”

Zilu said,[308] "Does the exemplary person (*junzi* 君子) give first priority to boldness?"

"In fact," the Master replied, "the exemplary person gives first priority to appropriate conduct (*yi* 义). An exemplary person who is bold yet is lacking a sense of appropriateness will be unruly, while a petty person of the same cut will be a thief."

注释 308. 定州汉墓竹简作：“子路问曰……”

17.24

子贡曰：“君子亦有恶乎？”子曰：“有恶：恶称人之恶者，恶居下流而讪上者，恶勇而无礼者，恶果敢而窒者。”

曰：“赐也亦有恶乎？”“恶徼以为知者，恶不孙以为勇者，恶讦以为直者。”

Zigong said, “Do exemplary persons (*junzi*君子) have things they detest?”

“They do indeed,”said the Master. “They detest those who announce what is detestable in others; they detest those subordinates who would malign their superiors; they detest those who are bold yet do not observe ritual propriety; they detest those who, being determined to get what they want, are unrelenting. But Zigong, don’t you, too, have things you detest?”

Zigong replied, [309] “I detest those who think that details and distinctions are the substance of wisdom; I detest those who think that immodesty is boldness; I detest those who think that revealing the secrets of others is being true.”[310]

注释 309. 随韦利（Waley）调整“曰”字到此处。

310. 定州汉墓竹简中，第二十三章和第二十四章为一段。

17.25

子曰：“唯女子与小人为难养也，近之则不孙，远之则怨。”

The Master said, “It is only women and petty persons who are difficult to provide for. Drawing them close, they are immodest, and keeping them at a distance, they complain."

17.26

子曰："年四十而见恶焉，其终也已。"

The Master said, "The person who at age forty still evokes the dislike of others is a hopeless case."

微子篇第十八

BOOK 18

18.1

微子去之，箕子为之奴，比干谏而死。孔子曰："殷有三仁焉。"

Viscount Wei abandoned him, Viscount Ji served him as his slave, and Bi Gan lost his life in remonstrating with him.[311] Confucius observed, "There were three authoritative persons (*ren*仁) [312] during the Shang dynasty."

注释 311. 纣是商朝最后一位统治者，臭名昭著。这三人都在纣的生命中有影响。微子是纣的同母兄，他出生时，母亲还只是帝乙的妾。纣出生时，他们的母亲已被立为正妻，因此纣继承了王位。这个故事在《吕氏春秋》中多次出现（许维遹，1955：1083）。

箕子是纣的叔父。他向纣谏言，激怒了纣，随后被降为奴隶。

比干也是纣的叔父。他力谏纣王，纣王说，我听说圣人的心有七个孔，便剖开他的心来查看他是否真的是圣人。

312. 定州汉墓竹简作“人”而非“仁”。

18.2

柳下惠为士师，三黜。人曰：“子未可以去乎？”曰：“直道而事人，焉往而不三黜！枉道而事人，何必去父母之邦？”

The man known as Liu Xiahui—“the kind man under the willow tree”[313]—served as a magistrate, and repeatedly he was dismissed from office. Others said to him, “Can’t you quit the state of Lu?”He replied, “If one follows the straight and narrow in the service of others, where could one go and not be repeatedly dismissed from office? If, on the other hand, one were willing to take a crooked path in the service of others, why leave the state of one’s parents?”

注释 313. 见 15.14 和 18.8。

18.3

齐景公待孔子曰：“若季氏，则吾不能；以季、孟之间待之。”曰：“吾老矣，不能用也。”孔子行。

Duke Jing of Qi in hosting Confucius, observed, “I cannot treat him on a par with the head of the Ji clan—I will treat him as ranking between the heads of the Ji and Meng clans?”

"I am old,"he continued,"and cannot make use of him,"whereupon Confucius took his leave.[314]

注释 314. 孔子一生没有当过大官。因此韦利（Waley，1937：218）认为本章可被称为“传奇”：“孔子的地位比孟氏要高，他已经走在称圣的道路上了。”

18.4

齐人归女乐，季桓子受之，三日不朝，孔子行。

The Qi kinsmen[315] made a gift of young singing and dancing girls to the throne. Ji Huanzi[316] accepted them, and for three days he did not hold court, whereupon Confucius took his leave.

注释 315. 这里的“人”不能理解为“people”（人民）——必须指上层贵族的亲属。见 1.5 和 14.42。

316. 季桓子是季康子的父亲，季氏家族的家长，季氏在《论语》全书中多次出现。季桓子是鲁国上卿，在定公到哀公初年间控制了鲁国的政治权力。他死于哀公三年。

18.5

楚狂接舆歌而过孔子曰：“凤兮凤兮！何德之衰？往者不可谏，来者犹可追。已而，已而！今之从政者殆而！”

孔子下，欲与之言。趋而辟之，不得与之言。

A madman of Chu, Carriage Groom,[317] was

singing as he passed by Confucius:

"Phoenix! Phoenix![318]

Excellence (*de*德) has waned!

No use rebuking what has already past;

But you can still give chase to what is yet to come!

Give it up! Give it up!

Those who seek office these days are in real danger."[319]

Confucius got down from his carriage, wanting to speak with him. But hastening on his way, the madman avoided him, and Confucius did not get the chance.

注释 317. 同一位楚国的狂士也出现在《庄子·内篇·应帝王》中，他说当时的统治者是对良好社会秩序的威胁：

肩吾见狂接舆。狂接舆曰："日中始何以语女？"

肩吾曰："告我：君人者以己出经式义度，人孰敢不听而化诸！"

狂接舆曰："是欺德也。其于治天下也，犹涉海凿河而使蚊负山也。夫圣人之治也，治外夫？正而后行，确乎能其事者而已矣。"

参看葛瑞汉（Graham，1981：95）。杨伯峻（1982：193）指出，《论语》中的隐士都以其职业为名，如14.38中的"晨门"。此处的接舆，即"carriage groom（马车的马夫）"，既是名字也是职业。

318. 凤凰是祥兆，预示贤明的统治。

319. 与本段相似的叙述出现在《庄子·内篇·人间世》中；葛瑞汉（Graham，1981：74-75）。

18.6

长沮、桀溺耦而耕，孔子过之，使子路问津焉。

长沮曰："夫执舆者为谁？"子路曰："为孔丘。"曰："是鲁孔丘与？"曰："是也。"曰："是知津矣。"问于桀溺。

桀溺曰："子为谁？"

曰："为仲由。"

曰："是鲁孔丘之徒与？"

对曰："然。"

曰："滔滔者天下皆是也，而谁以易之？且而与其从辟人之士也，岂若从辟世之士哉？"耰而不辍。

子路行以告。

夫子怃然曰："鸟兽不可与同群，吾非斯人之徒与而谁与？天下有道，丘不与易也。"

Old Marsh and Boldly Sunk were out in harness ploughing the field. Confucius, passing their way, sent Zilu to ask them where to ford.

Old Marsh asked him, "Who is that man holding the reins of your carriage?"

"He is Confucius,"replied Zilu.

"The Confucius of Lu?"

"Indeed."

"Then he already knows where the ford is."

Zilu turned and asked Boldly Sunk where to ford.

"Who are you?"asked Boldly Sunk.

"I am Zilu."

"You are that follower of Confucius of Lu?"

"The very one."

He then said, "We are inundated like floodwaters. And the whole world is the same. Who then is going to change it into a new world? You follow after a teacher who avoids people selectively. Wouldn't you be better off following a teacher who avoids the world altogether?" As he spoke he continued to turn the earth over the seeds.

Zilu left to inform Confucius. Confucius, with some frustration, replied, "We cannot run with the birds and beasts. Am I not one among the people of this world? If not them, with whom should I associate? If the way (*dao*道) prevailed in the world, I wouldn't need to change it."

18.7

子路从而后，遇丈人，以杖荷蓧。

子路问曰："子见夫子乎？"丈人曰："四体不勤，五谷不分。孰为夫子？"植其杖而芸。

子路拱而立。

止子路宿，杀鸡为黍而食之，见其二子焉。明日，子路行以告。

子曰："隐者也。"使子路反见之。至，则行矣。

子路曰："不士无义。长幼之节，不可废也；君臣之义，如之何其废之？欲洁其身，而乱大伦。君子之仕也，行其义也。道之不行，已知之矣。"

Zilu was accompanying the Master when he fell behind. He came across an old man using his staff to tote his baskets on his shoulder.

"Have you seen my Master?"asked Zilu.

The old man replied,

"You— 'a person who does no work

And who can't tell one grain from another—'[320] who would your Master be?"He then stuck his staff in the ground and continued his weeding.

Zilu stood by him with his hands cupped respectfully in a salute. The old man invited Zilu to spend the night. He killed a chicken and prepared some special millet for the occasion, and presented his two sons to his guest. On the following day, Zilu took his leave, and reported the event to Confucius.

"He is a recluse,"said the Master, and sent Zilu back to see him again. On Zilu's arrival, he discovered the old man had already left.[321]

Zilu remarked, "To refuse office is to fail to do what is important and appropriate (*yi* 义). If the differentiation between young and old cannot be abandoned, how could one think of abandoning what is appropriate between ruler and subject? This is to throw the most important relationships into turmoil in one's efforts to remain personally untarnished. The opportunity of the exemplary person (*junzi*君子) to serve in office is the occasion to effect what is judged to be important and appropriate. That the way (*dao*道) does not prevail—this is known already."

注释 320. "勤"和"分"押完全韵。

321. 关于孔子和子路的相似叙述，见《庄子·杂篇·则阳》；参看葛瑞汉（Graham，1981：109）。

18.8

逸民：伯夷、叔齐、虞仲、夷逸、朱张、柳下惠、少连。子曰："不降其志，不辱其身，伯夷、叔齐与！"谓"柳下惠、少连，降志辱身矣，言中伦，行中虑，其斯而已矣。"谓"虞仲、夷逸，隐居放言，身中清，废中权。我则异于是，无可无不可。"

Examples of those whose talents were lost to the people are the following: Bo Yi, Shu Qi, Yu Zhong, Yi Yi, Zhu Zhang, Liu Xiahui, and Shao Lian.

The Master observed, "Bo Yi and Shu Qi were two men who were unwilling to compromise their purposes or bring disgrace on their own persons."[322]

With respect to Liu Xiahui— "the kind man under the willow tree"[323]—and Shao Lian, he observed, "Even though they compromised their purposes and suffered disgrace, they were reasonable in what they had to say and deliberate in what they did. That is all there was to it."

As for Yu Zhong and Yi Yi, he said, "They lived in seclusion and said what came to mind. They were flawless in their own persons and their being set aside was at their own discretion. But I am different from all of these people[324] in that I do not have presuppositions as to what may and may not be done."

注释 322. 同时见 5.23，7.15，16.12。

323. 见 15.14 和 18.2。

324. 定州汉墓竹简作："我则异任民。"

18.9

大师挚适齐，亚饭干适楚，三饭缭适蔡，四饭缺适秦，鼓方叔入于河，播鼗武入于汉，少师阳、击磬襄入于海。

The Grand Musician Zhi fled to the state of Qi; the Music Master Gan who played for the second course, fled to Chu; the Music Master Liao from the third course fled to Cai; the Music Master Que from the fourth course fled to Qin. The drummer Fang Shu went to live on the north bank of the Yellow River; the tambour drummer Wu went to live on the north bank of the Han River; the Music Apprentice Yang and the stonechimes player Xiang went to live at the sea's edge.[325]

注释 325. 尼采说："邪恶的人不唱歌。"很难将好的音乐和坏的统治结合在一起。

18.10

周公谓鲁公曰："君子不弛其亲，不使大臣怨乎不以。故旧无大故，则不弃也。无求备于一人！"

The Duke of Zhou addressed his son, the Duke of Lu, saying: "Exemplary persons (*junzi*君子) are not remiss in family relations, nor do they give the great ministers occasion to harbor ill will because they are ignored. They do not, without some compelling reason, dismiss officials who have given long service, and do not seek all things from any one man."

18.11

周有八士：伯达、伯适、仲突、仲忽、叔夜、叔夏、季随、季騧。

Zhou had eight worthy scholar-apprentices (*shi*士):

the eldest twins Da and Kuo; the middle twins Tu and Hu; the younger twins Ye and Xia, and the youngest twins Sui and Kuo.[326]

注释 326. 参看《左传·文公十八年》，其中记录了类似的双胞胎的降生。"双"在中国文化中表吉祥。值得注意的是，这几对双胞胎的名字在古音中押韵。

子张篇第十九

BOOK 19

19.1

子张曰：“士见危致命，见得思义，祭思敬，丧思哀，其可已矣。”

Zizhang said, “Those scholar-apprentices (*shi*士) are quite acceptable who on seeing danger are ready to put their lives on the line, who on seeing an opportunity for gain concern themselves with what is appropriate (*yi*义), who in performing sacrifice concern themselves with proper respect, and who in participating in a funeral concern themselves with grief.”

19.2

子张曰：“执德不弘，信道不笃，焉能为有？焉能为亡？”

Zizhang said, “Those who lack a firm grip on excellence (*de*德) and who are not earnest in living up to the way (*dao*道)—it makes no difference if they live or die."

19.3

子夏之门人问交于子张。子张曰："子夏云何？"对曰："子夏曰：'可者与之，其不可者拒之。'"

子张曰："异乎吾所闻：君子尊贤而容众，嘉善而矜不能。我之大贤与，于人何所不容？我之不贤与，人将拒我，如之何其拒人也？"

The disciples of Zixia asked Zizhang about making acquaintances. Zizhang queried, "What has Zixia told you?"They replied, "Join together with those who are worthy of association; spurn those who aren't."

Zizhang responded, "This is different from what I have learned. The exemplary person (*junzi*君子) exalts those of superior character (*xian*贤) and is tolerant of everyone, praises those who are truly efficacious (*shan*善) and is sympathetic with those who are less so. If, in comparison with others, I am truly superior in character, who am I unable to tolerate? If I am not superior in the comparison, and people are going to spurn me, on what basis do I spurn others?"

19.4

子夏曰："虽小道，必有可观者焉；致远恐泥，是以君子不为也。"

Zixia said, "Even along byways, there are bound to be worthwhile things to see. The reason that exemplary persons (*junzi*君子) do not pay attention to such things is because they have a long way to go and are afraid of being bogged down."

19.5

子夏曰："日知其所亡，月无忘其所能，可谓好学也已矣。"

Zixia said, "A person can be said to truly love learning (*haoxue*好学) who, on a daily basis, is aware of what is yet to be learned, and who, from month to month, does not forget what has already been mastered."

19.6

子夏曰："博学而笃志，切问而近思，仁在其中矣。"

Zixia said, "Learn broadly yet be focused in your purposes: inquire with urgency yet reflect closely on the question at hand—authoritative conduct (*ren*仁) lies simply in this."

19.7

子夏曰："百工居肆以成其事，君子学以致其道。"

Zixia said, "The various craftsmen stay in their shops so that they may master their trades; exemplary persons (*junzi*君子) study that they might promote their way (*dao*道)."

19.8

子夏曰："小人之过也必文。"

Zixia said, "Petty persons are sure to gloss over where they have gone astray."

19.9

子夏曰："君子有三变：望之俨然，即之也温，听其言也厉。"

Zixia said, "Exemplary persons (*junzi*君子) impress one differently: Seen from far off, they appear stately; on approaching, they appear cordial; on hearing them speak, they appear stem."

19.10

子夏曰："君子信而后劳其民；未信，则以为厉己也。信而后谏；未信，则以为谤己也。"

Zixia said, "Only once exemplary persons (*junzi*

君子) have won the confidence (*xin*信) of the common people do they work them hard; otherwise, the people would think themselves exploited. Only once they have won the confidence of their lord do they remonstrate with him; otherwise, their lord would think himself maligned."

19.11

子夏曰："大德不踰闲；小德出入可也。"

Zixia said, "In matters which demand surpassing excellence (*de*德), one never oversteps the mark: in minor affairs one has some latitude."

19.12

子游曰："子夏之门人小子，当洒扫应对进退，则可矣，抑末也。本之则无，如之何？"

子夏闻之，曰："噫！言游过矣！君子之道，孰先传焉？孰后倦焉？譬诸草木，区以别矣。君子之道，焉可诬也？有始有卒者，其唯圣人乎！"

Ziyou said, "The disciples and young friends of Zixia are quite all right when it comes to housekeeping, taking care of guests, and standing in attendance, but these are just the tips of the branches. What do you do about the fact that they have no roots?"

Zixia heard about this, and responded, "Ah! Ziyou is mistaken! On the path (*dao*道) of the exemplary person (*junzi*君子), what is passed on first and what must wait until maturity, can be compared to plants which must be nurtured differently according to kind. How can he so misrepresent the path of the exemplary person? And it is the sage (*shengren*圣人) alone who walks this path every step from start to finish."

19.13

子夏曰："仕而优则学，学而优则仕。"

Zixia said, "If while serving in public office one has a surplus of energy, it should be directed toward study; if while studying one has a surplus of energy, it should be directed at seeking public office."[327]

注释 327. 定州汉墓竹简中前后两句颠倒。参看 1.6。

19.14

子游曰："丧致乎哀而止。"

Ziyou said, "In mourning one does not go beyond the full expression of one's grief."

19.15

子游曰："吾友张也为难能也，然而未仁。"

Ziyou said, "My good friend Zizhang is laudable in his abilities, but even so, he is not yet authoritative in his conduct (*ren*仁)."

19.16

曾子曰："堂堂乎张也，难与并为仁矣。"

Master Zeng said, "So lofty and distant is Zizhang that it is difficult indeed to work shoulder to shoulder with him in becoming authoritative in one's conduct (*ren*仁)."[328]

注释 328.《荀子 · 非十二子篇》；诺布洛克（Knoblock，1：229）译。其中描写了子张学派：

Their caps bent and twisted，their robes billowing and flowing，they move to and fro as though they were a Yao or Shun—such are the base Ru of Zizhang's school.

（弟佗其冠，神禫其辞，禹行而舜趋，是子张氏之贱儒也。）

19.17

曾子曰："吾闻诸夫子：人未有自致者也，必也亲丧乎！"

Master Zeng said, "I have heard the Master say: 'Even those who have yet to give of themselves utterly[329] are sure to do so in the mourning of their parents.'"

注释 329. 参看注释 202 中收录的《孟子·滕文公章句上·第二节》。

19.18

曾子曰："吾闻诸夫子：孟庄子之孝也，其他可能也；其不改父之臣与父之政，是难能也。"

Master Zeng said, "I have heard the Master say: 'While in most respects others could attain Meng Zhuangzi's degree of filial piety (*xiao*孝), it would be difficult indeed for them to follow the way in which he refrained from reforming his father's ministers and his father's policies.'"[330]

注释 330. 参看 1.11。此处真正的成就在于父亲，他为儿子铺好了路。

19.19

孟氏使阳肤为士师，问于曾子。曾子曰："上失其道，民散久矣。如得其情，则哀矜而勿喜！"

When the head of the Meng clan appointed Yang Fu as a magistrate, he sought advice from Master Zeng. Master Zeng said, "With their superiors having lost the way (*dao*道), the common people have long since scattered. In uncovering what really happened in criminal cases, you should take pity on them and show them sympathy rather than being pleased with yourself."

19.20

子贡曰："纣之不善，不如是之甚也。是以君子恶居下流，天下之恶皆归焉。"

Zigong said, "The perversities (*bushan*不善) of the Shang tyrant Zhou were nowhere near the extreme of what is now reported. That is why the exemplary person (*junzi*君子) hates to dwell in the sewer—all of the world's filth finds its way there."

19.21

子贡曰："君子之过也，如日月之食焉：过也，人皆见之；更也，人皆仰之。"

Zigong said, "When exemplary persons (*junzi*君子) go astray, it is like an eclipse of the sun and moon. When they stray, everyone sees it, and when they correct their course, everyone looks up to them."

19.22

卫公孙朝问于子贡曰："仲尼焉学？"子贡曰："文武之道，未坠于地，在人。贤者识其大者，不贤者识其小者。莫不有文武之道焉。夫子焉不学？而亦何常师之有？"

Gongsun Chao of Wei asked Zigong, "With whom did Confucius study?"

Zigong replied, "The way (*dao*道) of Kings Wen and Wu has not collapsed utterly—it lives in the people. Those of superior character (*xian*贤) have grasped the greater part, while those of lesser quality have grasped a bit of it. Everyone has something of Wen and Wu's way in them. Who then does the Master not learn from? Again, how could there be a single constant teacher for him?"

19.23

叔孙武叔语大夫于朝曰："子贡贤于仲尼。"

子服景伯以告子贡。

子贡曰："譬之宫墙，赐之墙也及肩，窥见室家之好。夫子之墙数仞，不得其门而入，不见宗庙之美，百官之富。得其门者或寡矣。夫子之云，不亦宜乎！"

Shusun Wushu said to the other ministers at court, "Zigong is a better man than Confucius."

Zihi Jingbo reported this to Zigong.

Zigong replied, "Let us take a perimeter wall as an analogy. My wall is shoulder high, so one can catch a glimpse of the charm of the buildings inside. The Master's wall, on the other hand, is massive, rising some twenty or thirty feet in the air. Without gaining entry through the gate, one cannot see the magnificence of the ancestral temple or the lavishness of the estate inside. Since those who gain entry are few, is it surprising that the minister speaks as he does?"

19.24

叔孙武叔毁仲尼。子贡曰："无以为也！仲尼不可毁也。他人之贤者，丘陵也，犹可踰也；仲尼，日月也，无得而踰焉。人虽欲自绝，其何伤于日月乎？多见其不知量也。"

Shusun Wushu spoke disparagingly of Confucius. Zigong responded, "Do not do this! Confucius cannot be disparaged. The superior character (*xian*贤) of other people is like a mound or a hill which can still be scaled, but Confucius is the sun and moon which no one can climb beyond. When people cut themselves off from the sun and moon, what damage does this do to the sun and moon? It would only demonstrate that such people do not know their own limits."

19.25

陈子禽谓子贡曰：" 子为恭也，仲尼岂贤于子乎？ "

子贡曰："君子一言以为知，一言以为不知，言不可不慎也。夫子之不可及也，犹天之不可阶而升也。夫子之得邦家者，所谓立之斯立，道之斯行，绥之斯来，动之斯和。其生也荣，其死也哀，如之何其可及也？"

Chen Ziqin said to Zigong, "You are only being deferential— how could Confucius be superior in character (*xian*贤) to you?"

Zigong replied, "Exemplary persons (*junzi*君子) must be ever so careful about what they say. On the strength of a word others can deem them either wise (*zhi*知) or foolish. The Master cannot be matched just as a ladder cannot be used to climb the sky. Were he to have become a head of state or of a clan, it would have illustrated the saying:

He gave them a place and they took a stand,
He led them forward and they followed,
He brought peace and they flocked to him,
He aroused them and they achieved harmony.
In life he was glorious,
And in death he was mourned.
How could anyone be his match?"

尧曰篇第二十

BOOK 20

20.1

尧曰："咨！尔舜！天之麻数在尔躬，允执其中。四海困穷，天禄永终。"

舜亦以命禹。

曰："予小子履敢用玄牡，敢昭告于皇皇后帝：有罪不敢赦。帝臣不蔽，简在帝心。朕躬有罪，无以万方；万方有罪，罪在朕躬。"

周有大赉，善人是富。"虽有周亲，不如仁人。百姓有过，在予一人。"

谨权量，审法度，修废官，四方之政行焉。兴灭国，继绝世，举逸民，天下之民归心焉。

所重：民、食、丧、祭。

宽则得众，信则民任焉，敏则有功，公则说。

Yao said,

"Oh—you Shun!

The line of succession conferred by tian (天) rests

on your person.

Grasp it sincerely and without deviation.

If all within the four seas sink into dire straits,

Tian's charge will be severed utterly."

In just this manner, Shun in due course also ceded his throne to Yu.

▮ Tang ▮ said ▮ "I, Lu, dare to humbly offer in sacrifice a black bull, and dare to call upon the August High Ancestor. Those who do wrong will not be pardoned. I will not shield your subjects from your sight, but will let all decisions rest with you. If I, your subject, personally do wrong, let not the many states be implicated; if any of the many states do wrong, the guilt lies with me personally."[331]

The House of Zhou made great gifts, and truly efficacious (*shan*善) persons were enriched therefrom.

I certainly have my immediate relatives,

But better to have authoritative persons (*renren*仁人).

Where the people go astray

Let the blame rest with me alone.[332]

Carefully calibrate the scales and measures, review the laws and statutes, and revive those offices that have fallen into disuse, and government policies will be carried out everywhere. Restore those states that have been destroyed, continue those lineages that have been broken, lift up those subjects whose talents have been lost to the people, [333] and you will win over the hearts-and-minds of the common people throughout the land.

Priorities: the common people, sufficient food, mourning practices, and the sacrifices.

Those who are tolerant will win over the many; if they make good on their word (*xin*信), others will rely upon them; if diligent, they will get results; [334] if impartial, the people will be happy."

注释 331.《墨子·兼爱下篇》和《吕氏春秋》(许维遹:363)中称这是汤打败夏朝最后一位统治者桀以后，遭逢大旱，向上天祈祷求雨之词。

332. 这四句韵文被认为出自周朝的开国君主周武王，可能是分封姜太公于齐时所说的。

333. 见 18.8。

334. 这一段的另一个版本出现在 17.6 中。

20.2

子张问于孔子曰："何如斯可以从政矣？"子曰："尊五美，屏四恶，斯可以从政矣。"

子张曰："何谓五美？"

子曰："君子惠而不费，劳而不怨，欲而不贪，泰而不骄，威而不猛。"

子张曰："何谓惠而不费？"

子曰："因民之所利而利之，斯不亦惠而不费乎？择可劳而劳之，又谁怨？欲仁而得仁，又焉贪？君子无众寡，无小大，无敢慢，斯不亦泰而不骄乎？君子正其衣冠，尊其瞻视，俨然人望而畏之，斯不亦威而不猛乎？"

子张曰："何谓四恶？"

子曰："不教而杀谓之虐，不戒视成谓之暴，慢令致期谓之贼，犹之与人也，出纳之吝谓之有司。"

Zizhang inquired of Confucius, saying, "What kind of a person is it that can be given the reins of government?"

The Master replied, "A person who honors the five virtues (*mei*美) and rejects the four vices(*e*恶) can be given the reins of government."

"What are the five virtues?"asked Zizhang.

The Master replied, "Exemplary persons (*junzi*君子) are generous and yet not extravagant, work the people hard and yet do not incur ill will, have desires and yet are not covetous, are proud and yet not arrogant, and are dignified and yet not fierce."

"What does it mean to be generous and yet not extravagant?"asked Zizhang.

The Master replied, "Give the common people those benefits that will really be beneficial to them—

is this not being generous without being extravagant? If you select those projects which the people can handle and make them work at them, who will feel ill will? Desire to be authoritative (*ren*仁) and become authoritative—how is this being covetous? Exemplary persons, regardless of whether dealing with the many or the few, the great or the small, do not dare to neglect anyone. Is this not being proud and yet not arrogant? Exemplary persons wear their caps and robes correctly, and are always polite in their gaze. With such an air of dignity, persons seeing them from far off hold them in awe. Is this not being dignified and yet not fierce?"

"What then are the four vices?"asked Zizhang.

The Master replied, "To execute a person who has not first been educated is cruel; to expect a job to be finished without having first given notice is oppressive; to enforce a timetable when slow in giving direction is injurious; when something is to be given to someone, to be niggardly in carrying it out is officious."

20.3

孔子曰："不知命，无以为君子也；不知礼，无以立也；不知言，无以知人也。"

The Master said, "Someone who does not

understand the propensity of circumstances (*ming*命) has no way of becoming an exemplary person (*junzi*君子); someone who does not understand the observance of ritual propriety (*li*礼) has no way of knowing where to stand; a person who does not understand words has no way ofknowing others."[335]

注释 335. 参看注释 119 中收录的《孟子·公孙丑章句上·第二节》。此处的"言"和"礼"都是话语方式，因此"命"也应当类比理解为一种话语。

附录一：《定州论语》

定县（又名定州）是河北省的一个县，距离北京仅几小时的车程。在汉代，这一地区属于中山王的封地，历史上有很多古代王侯和贵族埋葬在定县城墙外连绵起伏的山丘中。近几十年来，该地区发掘了一些汉墓。最早发掘的是定县40号墓，经鉴定，这座墓是死于汉宣帝三年（公元前55年）的中山怀王刘修之墓。整个挖掘工作于1973年5月启动，同年12月结束。

大约在西汉（前206—公元25）末年，这座墓被盗，墓中的竹简被烧毁并散乱到各处。大部分竹简因遭到严重破坏而断裂，残片也被严重烧焦，使得竹简内容辨认和抄写工作变得异常艰难。墓中还发掘出书刀、长方形研墨石板、滴水小铜壶等残件和绢帛炭灰，说明随葬物品中应该有一些帛书，但是不幸都被毁掉了。

1974年，出土文物被送往文化部保存和整理。但是，因为种种原因，直到1981年8月，期待已久的出土竹简的简介才在考古杂志《文物》第8期上发表。

1976年年中，参加过马王堆帛书整理工作的一个学者团队开始着手辨识部分文字并将各自辨识出的内容拼凑在一起。他们首先将竹简上的字抄写到笔记卡片上，一条竹简对应一张卡片，并利用识别号对这些卡片按顺序编号。项目启动仅一个月，整理工作就因为灾难性的唐山大地震而被迫停止。尽管这些文物得到了精心保护，但是装有竹简的木箱在转运的过程中意外翻了过来，竹简不仅再次散乱，而且损毁更加严重，此时整个工作已经完成了 80%，出土竹简的整理工作从此中断。

1980 年，另一个整理团队在著名学者刘来成和李学勤的指导下投入工作，整理工程得以继续，主要依靠记录次序、位置和竹简顺序的笔记卡片。首先整理的是《论语》，他们一边将已整理的部分与现行文本进行比较，一边全力辨认、抄录原始竹简上的汉字。到 1981 年在《文物》第 8 期发表整理报告时，基本的整理工作已经完成。通过对一堆几乎没有希望的残损炭化的竹简进行整理，团队整理出 8 部古籍的遗存，包括《儒家者言》《哀公问五义》《保傅传》《太公》《文子》《六安王朝五凤二年正月起居记》，还有一些大部分无法理解的占卜材料等，其中最重要的是新的《论语》手稿。

出于某些没有披露的原因，这次整理工作再次中止，直到 1993 年，刘来成才完成了该项目中的《论语》部分，李学勤进行了最后的审定。

部分整理出的文献内容已经在更早的典籍中出现过。例如，《儒家者言》讨论的是忠、孝、礼、信等儒家美德，经常引用孔子及其弟子的言论。大部分内容散见于战国和汉初的《说苑》和《孔子家语》等文献。

《哀公问五义》的内容也见于《荀子》《大戴礼记》和《孔子家语》，不过文字上的差异说明后三者的内容来源可能与整理出的内容来源不同。

尽管《保傅传》的部分内容也见于《新书》(贾谊著)和《大戴礼记》，不过有一些篇章目前在其他典籍中尚未找到。

《汉书·艺文志》中著录了很多名为《太公》的著作，很难确定此次整理出的《太公》抄自哪里。这本《太公》中有很多内容以前未见于世。

《文子》的出土重新挑起了有关《文子》与公元前1世纪中期出现的《淮南子》之间的历史争论，因为《文子》的内容与《淮南子》非常接近。定州出土的《文子》残存的内容几乎都能在现行版本《文子》不同的部分找到对应的内容，虽然定州《文子》残片中参与对话的人不同。与《汉书》相同，定州《文子》中，文子是老师，向他请教问题的是周平王。但是，目前通行的版本中，却是学生文子在向自己的老师老子提问，这当然与通常用老师而不是学生的名字命名文献的做法不符。根据1995年《文物》发表的部分文献整理结果，我们可以明确否定更早的推测，即《文子》至少在公元前55年已经成书。一种可信的推测是，《文子》辑自有影响力的《淮南子》。《淮南子》的编写者刘安因造反被杀，其作品被禁，于是《文子》便流传于世。[1]

《六安王朝五凤二年正月起居记》记载了六安国缪王刘定前往长安途中的旅行见闻和入朝觐见的活动，记录了沿途所到之处的地名、相隔距离，描述了沿途的生活以及在朝中见到的礼物、服装和食物。

认定属于《论语》的共有 620 多枚竹简和竹简残片，共 7576 字，不足今本《论语》的二分之一。完整的竹简长 16.2 厘米，宽 0.7 厘米，每枚竹简上有 19 至 21 字。竹简两端和中间各有编绳相连。编绳因焚烧或腐烂过甚留下的痕迹在文字整理过程中起到了一定的作用。《论语》20 篇中某些篇章得以复原了 60% 到 70%，其他篇章则很不完整。例如，第一篇仅存 1 枚竹简，只有 20 个字得以复原，第 15 篇有 694 字（约占今本本篇的 77%）得以复原。另外还有这种竹简书末常见的残简，用于记录竹简书共有多少篇章字数。不过已无法确定这些竹简属于哪些篇章，原书各篇应有多少字或篇章顺序如何亦无法确定。

《定州论语》成书早于其被随葬的公元前 55 年，也早于张禹（卒于公元前 5 年）编写的《张侯论》，这本书自东汉起成为标准文本。张禹从《鲁论》和《齐论》中选取部分内容编写了《张侯论》，用于教导汉成帝（公元前 33 年—公元前 7 年在位）。正如导言中所述，定州竹简发现之前，已知最早的《论语》版本是现存的熹平石经残片，大约刻于公元 178 年。现在通行的《论语》是《张侯论》的一个版本。东汉末年的学者郑玄将当时尚存的《齐论》和《古论》与《张侯论》对照，撰写了著名的《论语注》。尽管郑玄的重要注释早就散失，但是最近主要在中国西部发现的残卷使学者能够拼凑出原书的半部篇幅。[2]

《定州论语》不仅仅是迄今为止发现的最早的《论语》版本，它所在的时代至少还流传着三个版本的《论语》:《鲁论》《齐论》和《古论》。在传播过程中，不可避免地会出现异体字、简化字、错字和疏漏，还有编纂者善意误导下的篡改。《定州论语》的第一份详细报告出炉时，人们希望校勘复原的早期《论语》能够揭示这部核心典籍的历史，并解决围绕其早期传播而产生的一些问题。

1997 年 5 月,《文物》杂志刊登了大约四分之一的整理后的《定州论语》，这是这些内容首次与学界见面，同时附有文字注释以及有关这一特殊文本相关情况的介绍文章。同年 7 月，有关《定州论语》全部文本及其文字注释的内容以书籍的形式出版。正是 1997 年的出版物促使我们完成了目前的这个译本。

刘殿爵等部分学者认为，在先秦典籍中,《论语》的标准形式形成相对较早，后来没有发生过大的变化。尽管如此，在对比《定州论语》与通行本《论语》时，还是能发现一些显著的差异。例如，在各篇分章时，竹简上所记录的章节数往往与通行本的章节数不符。此外，章节也不是在相同的地方分合。《定州论语》分为两章的地方，通行本有时候合为一章;《定州论语》合为一章的地方，通行本可能分为两章甚至三章。如果我们再考虑异体字和虚词，整理出的《定州论语》每个章节和每个句子几乎都与通行本存在差异。换言之，在整理出的不到通行本一半的文本中,《定州论语》有 700 多处与通行本不同，占全部整理文字的大约百分之十。我们无法通过整理出的文字确定其章节的顺序或章节的标题，尽管发现的有些竹简好像带有标题和数字，这些竹简都附在 1997 年的出版物后面。

我们在本译本的单独注释中列举了一些《定州论语》提供的重要解释和对文本的不同解读。除了这些具体章节，我们还将对该文本的特征进行一些概述。

首先,《定州论语》极可能是《鲁论》的一个版本。在这次考古发现之前，人们认为这一版本已经轶失。我们发现《定州论语》有部分异体字与《鲁论》不同，这点从出土的郑玄《论语注》中得到了证实。另外，刘来成在 1997 年出版的《定州论语》的介绍中指出，萧望之（前 114—前 47）的奏议出现在同一座墓葬中可能并非偶然，尽管这份奏议没有出现在文献目录中。萧望之不仅是政治改革的拥护者，还是倡导一系列典籍的学者，《鲁论》也在这些典籍之列。

《定州论语》带有早期编订之前的文本所具有的几个明显特点。与通行本相比,《定州论语》常常使用没有偏旁的“本”字，如“主”代“社”,“间”代“简”,“状”代“庄”,“卷”代“倦”,“辟”代“譬”等。另一方面，不那么频繁地使用复杂的字，例如“智”代“知”,“舆”代“车”,“壹”代“一”等。还使用了假借字，例如“迷”代“弥”,“说”代“悦”,“房”代“防”,“年”代“佞”,“音”代“阴”等。表面上，

《定州论语》使用的虚词（矣、而、者、乎、也等）更少，而通行本显然多得多。但是情况并非总是如此，《定州论语》偶尔也有更全的描述，有时还使用同义词，例如“奚”代“何”，“何”代“奚”，“通”代“达”。为了避讳，用“国”代“邦”。

《论语》早期版本的诸多特点让我们更深入地理解各版本之间差异的性质，为将来编辑和校勘通行本提供了一个新的视角。

注释 1. 当代学者何志华（1998）在一篇文章中对此提出了推测：公元前122年，淮南王因谋反叛乱被处决，以他名义著作的哲学文本很有可能因此暂停发行，至少在处决他的皇帝——汉武帝（前156—前87）漫长的统治时期中是这样。何志华推断，为了继续发行一些有价值但被禁止的篇目，《淮南子》中的一些内容被删除，并编入另一卷著作中，题为《文子》继续发行。依照当时的文学习惯，一本书随意借用其他著作的内容是很平常的事，因此，即使《文子》和被叫停的《淮南子》一脉相承，有着紧密的亲缘关系，也不会被官方封禁，甚至在汉武帝和他爱好文学的叔叔淮南王之间有冲突的情况下也是如此。

2. 见梅约翰（Makeham，1997），他完整地检查了这些材料。

附录二：有关语言、翻译和阐释的进一步说明

语言及翻译曲解

在21世纪，语言学、跨文化研究、人工智能和认知科学等领域取得了多方面的进步，但是翻译似乎依旧是一门艺术。因此，我们推测，这门学科也许永远都只会是一门艺术。如果是这样，即使受过最严格语言学训练的比较文学研究者，借助最先进的辅助翻译程序，也仍然会担心自己的成果仅仅是一句著名谚语的又一佐证，即"翻译即背叛"。

有种事实加剧了我们对于翻译曲解的担心，即：虽然我们均受过正规的语言学训练和中国哲学训练，但学科基础是哲学，所以在这个译本中特别关注《论语》的哲学意义。因此，我们从哲学角度阐释本文，却严重影响了对《论语》的翻译。我们对《论语》里的早期中国思想和语言的解读是内涵丰富、动态发展、互相关联的，这在我们的译文中也有所体现。《论语》的大部分其他译者都认为孔子是一个更本质主义、更保守的人，更关注恒久，而非变化。通过译文对比，可以清晰地看出这

两种观点。以《论语》1.11（“三年无改于父之道，可谓孝矣”）为例，首先来看理雅各的译文：

If for three years he does not alter from the way of his father, he may be called filial.

阿瑟·韦利的译文为：

If for the whole three years of mourning he manages to carry on the household exactly as in his father’s day, then he is a good son indeed.

雷蒙·道森的译文与之相类似：

If for three years he makes no change from the ways of his father, he may be called filial.

最后是刘殿爵的译文：

If, for three years, he makes no changes to his father’s ways, he can be said to be a good son.

我们的译文：

A person who for three years refrains from reforming the ways of his late father can be called a filial son.

前四种标准译文都认为，如果儿子能够在长达三年的时间里遵循其父之道，以后他就会继续遵循此道，保持现状。理雅各的注释说明了这一点：

> 此处应理解为其父之道不太糟糕。古代的一种解释是，三年应理解为为其父守孝三年，现在这种说法被明确否定。其含义不应局限于三年孝期。[1]

按照我们的理解，这一章强调的是，只有在对父之道充分吸收、领会和思考之后，才能改进父之道。我们的译文包含以下含义：儿子必须首先认真尊崇礼仪传统，但也必须为自己调整这些礼仪传统，在时间的流逝中对这些传统进行协调，使其适合自己特定的环境。

这层含义无法完全靠文字学解决，因为“改”通常被译为“to change”“to alter”“to correct”“to amend”或者“to reform”，而否定词“无”与“改”连用，就可以译为“does not alter”“makes no change”或“refrains from reforming”。我们之所以退一步说文字学“无法完全”解决这个问题，因为在这个例子中将“改”译为“change”符合语义学的规定，尽管可能无法充分明确传达原文想表达的含义。也就是说，在中国古代“内涵丰富”的世界中，“change”是非常真实的，因此可以用多种不同的方式表达，“改”仅仅是其中的一种表达。翻译这段话需要区别以下几种不同的含义：“变”，随着时间的流逝而逐渐变化；“易”，从一个事物变成另一个事物；“化”，将甲彻底改造为乙；“迁”，从一地转移至另一地；“改”，以某个标准或模型为基础，改正、改革或改进另一个事物。[2]

尝试在理解语言的基础上恰当翻译这段文字的同时，我们还从哲学角度思考了这段话。其中重要的哲学关切是，传统儒学认为秩序是过程性的，因此是临时的。正如我们在导言中所述，礼仪社会要求将传统的价值观内化和个性化。继承到的秩序需要“重新形成”，孔子用两句话明确表达了这一必要性：“人能弘道，非道弘人”（15.29）和“当仁，不让于师”（15.36）。这一哲学性的思考不仅否定了保守的解读，即让儿子仅仅重复已故父亲的父之道，而且使得只知道重复其父之道的儿子显得不那么孝顺。

因此，在我们看来，翻译和阐释密不可分。没有单词或字符串能够与另一种语言的词精确对应，不管是词源词典还是别的什么词典都几乎不可能充当最终的裁判。例如，莱布尼茨因为相信中国人曾经从先辈那里听说过“上帝”这个词，所以并没有苛责利玛窦使用“上帝”或“天”来表示基督教中的“God”。可是，利玛窦在中国传教事业的继承人龙华民相信，中国人是彻底的唯物主义者，因此坚持使用新词“天主”来翻译“God”。这些不同的阐释出现于三百多年前，随着后来汉学研究的日益深入，现在的大部分汉学家都认为龙华民的阐释优于利玛窦的。（利玛窦也许会同意这一观点，毕竟，是他首先将天主介绍到中国[3]）不过，汉学研究的深入只是达成这一共识的部分原因。重点在于，现在的汉学家不再是基督教传教士（只有少数例外），因此在翻译时，已经不再考虑中国人的观点与基督教的观点是否一致。

此外，译者翻译时不再局限于只对中文（对象语言）观点作出阐释；他们还对对象语言（和目标语言）中如何表达和能够表达什么予以阐释，正如我们在引言部分有关哲学关切的部分所述。譬如，可以参考本世纪最杰出的汉学家/哲学家葛瑞汉的观点，他在其著作《后期墨家的逻辑、伦理和科学》中告诫：

> 将自己的范畴强加于对其他文化的思考是任何研究者都无法逃避的危险，其中最根本的是隐含在我们用于思考的语言结构中的范畴……。[4]

葛瑞汉觉得这种阐释时的问题影响太大，在接受这一情况以前，我们必须承认“我们这些人中还没人了解文言文”。[5]葛瑞汉自行研究了印欧语系语言和文言文之间不同的“隐性结构”，并将其作为学习文言过程中必不可少的一部分。

但是，阐释毕竟是阐释，容易产生分歧。例如，就在上文引用的那段话之后，葛瑞汉提出了阐释性主张，认为后期墨家“发现了”命题（关于这一点下文将有更多论述），然后就将汉语中通常译为“phrase”的“词”译为“sentence/proposition”。

陈汉生对葛瑞汉的主张提出了异议：后期墨家并没有发现命题，他们也没有把“词”当作意为“sentence/

proposition”的术语来使用；“词”仍应译作“phrase”。[6]现在，鉴于葛瑞汉和陈汉生对后期墨家文献的了解以及对西方语言和逻辑哲学的了解，我们又该如何解释对“词”的不同翻译呢？

答案有两点。一方面，葛瑞汉和陈汉生对中国古代思想家如何思考及如何认识语言存在不同的看法；另一方面，他们自己对汉语的性质持不同的观点。双方观点的差异不大，但并非无关紧要，二人的不同翻译（有时不同）证明了这一点——当然，各人的翻译都是基于自己的阐释的。

这些例子说明（还有上百个类似例子），我们谈论翻译过程中必要的阐释或阐述时，并非简单地谈论所译作品的对象语言明确表达的内容。我们的翻译不是要强迫读者对英语文本进行单一的解读；无论中文《论语》还是英文《论语》，内容都十分丰富。

翻译中不可或缺的根本阐释首先与对象语言使用者的形而上学预设有关，其次与对象语言本身的特点有关，再次与目标语言的特点有关。很多译者遇到这些问题时并没有明确自己的阐释性观点，他们为什么没有这样做是可以理解的。很少有人能明确阐明形而上学的观点和语言的观点。实际上，可以说每一位母语为英语的人都能够区分意识和身体、主观和客观、事实和价值、认知和感情，知晓这些方面的本体论承诺。当然，绝大部分人从来没有收到过有关如何以这些方式刻画经验世界的指导，很多人甚至可能对“本体论承诺”的含义都完全拿不准。与此相类似，尽管我们意识到人类语言在语音、句法和语义特性方面存在巨大差异，但很难想象这些语言的使用方式和目的和我们“使用”自己语言的方式和目的不同。（见导言第33—36页。）

出于这些原因，也许由哲学家尝试翻译具有重要哲学意义的文本并没有什么不妥，因为哲学家不得不澄清并且明确说明其他译者忙于翻译时经常被视为理所当然的基本观点。

我们丝毫没有诋毁前辈们所做努力的意思，没有他们，我们会一事无成。不过，无论在语言学、汉学还是哲学领域，前辈们都没有形成统一的观点。相反，他们在同一领域内或不同学科之间经常彼此争论。为了在必要时站在某些前辈一边，也为了捍卫本译本中反映出的阐释性观点（在前辈不赞成某些所有观点时），我们必须首先回答有关人类语言的本质、口语和书面之间关的若干问题，进一步阐明我们对汉语书面语具体特点的认识。

通过回答这些问题，我们也希望，至少能在某种程度上打破从特定阐释到特定翻译的不断重复争论的怪圈。也就是说，我们相信，我们这个《论语》译本的读者将会信任译文，而且信任我们对语言（口语和书面语，特别是汉语书面语）的观点，信任我们对使用这种书面语的所有人所持宇宙观的描述。

作为书面语的文言

出于一些很有说服力的理由，绝大部分语言学家都将口语作为主要的调查研究对象，书面语显然处于次要地位。有些研究对象不同的语言学家对关注口语的这种现象表示了遗憾：

> ……现代语言学中，口语的首要地位并没有受到严重的挑战，其基本宗旨依然渗透在绝大部分和语言相关的研究中。[7]

但是，对口语的偏爱（如果这算是偏爱的话）的确有充足的科学动因。首先，目前全世界共有 3000 多种方言，其中只有不到五分之一拥有书面形式。其次，与书面语或口语 / 书面语组合相比，口语能提供更丰富的语言归纳数据库。

希望更关注书面语的语言学家之所以这么想，是因为他们坚信，语言首先是一个交流系统，书面语言的交流当然不会少于其口头形式。他们中的大多数还相信，书面语是口语的可见形式。《论语》中很多章节都以程式化的“子曰”开头，但是因为文言中没有标点符号，我们必须弄明白，“子曰”之后的内容是对口语的逐字记录还是对口语的释义，亦或是独立于口语之外、用书面语这种重要方式传播思想的一种方法。

从语言理论转向传播理论时，西方的一种偏见就会显现出来，因为在我们探讨口语和书面语的关系时，已经开展了一些研究，阐发了一些传播理论，但研究和理论的重点。不幸的是，这不是传播学可能产生的唯一一种范式，尽管这可能是第一种范式。例如，琼·奥克·余姆曾中肯地指出：

> 儒家思想也对东亚过程导向、使用差异化语言代码、强调委婉沟通、以接收者为中心的交流模式产生了影响。与此相反，北美人的交流则是一种结果导向、使用差异化较小的语言代码、强调直接沟通、以发送者为中心的交流模式。[8]

余姆还提供了一些论据支撑自己的观点，不过，暂且不谈细节，她的观点中最令人不安的部分是她宣称的科学交流模式（以及由此衍伸出的语言模式），她认为基于接收者的模式和基于发送者的模式之间，区别就像天文学中的日心说和地心说差别那么大，而且两者可能根本不能比较。

在研究《论语》的语言过程中，我们提出了一个与余姆不同的观点，对行动者的角色进行了相关的思考。我们曾指出，一般而言，文言既不以“发送者”为中心，也不以“接收者”为中心，似乎更像是以情境为中心，情境优先于媒介。这一点可以通过多种方式加以说明。在双关语的定义方法中，“事物”让位于“过程”就是其中一个例子。而且，“明”这样的词的基本含义既不是施动者的敏锐，也不是客体的明亮，而是兼具这两种含义。也就是说，“明”首先与情境有关，然后才派生出与主体或客体的联系。我们已经举过一些例子，例如“德”不意味着“仁慈”或“感激”，而是兼而有之。同样，“信”也兼具“相信”和“自信”两种意思。“德”描述高尚的情境，“信”描述的则是守信用的情境。

因此，正如以接收者为中心的传播理论与以发送者为中心的传播理论存在差异一样，语言理论之间也可能因为基于口语还是书面语产生差异。例如，不妨想一想人类口头语言和记录下来的语言之间存在的差异：前者自然，后者当然就没那么自然了。从特定意义上来说，所有书面语言均可称为非自然语言或人造语言。父母和老人很少向孩子传授音韵、句法和语义方面的知识，但是孩子们却能快速而有效地学习自己母语的语法；可以说，母语中的语法不是通过正式传授，而是自然而然习得的，与智力和动力无关。而学习读、写某一语言则需要大量明确的指导，掌握特定的工具，训练眼、手、耳和发声器官，练习仅仅依靠语言而不借助手势、面部表情等超语言辅助手段进行交流。学习读、写还需要拥有很强的动力。

考虑到这些观点，我们可能会问：为什么有些语言学家希望郑重关注语言的书面形式？有一个答案显而易见：书面语是逝者直接和我们“说话”的方式。约翰·多恩说：“没有人是一座孤岛。”这句话提醒我们深入思考了人类所处的状况；同时又不得不注意到梭罗所说的“大多数人过着一种平静而绝望的生活”，这令我们的思考进一步深入。前者尽管是书面语，却是一句讲给人们听的布道词；后者尽管本质上也是一种“布道”，却没有口耳相传的作用。这些例子（还有其他数不尽的例子，如荷马、莎士比亚等）都表明，书面语应该视为对口语的记录，可以想象一下高高在上的法庭速记员的形象（有时候他们自己在“聆听”自己）。不幸的是，这种回应并没有回答语言学的基本问题，即记录下来的文字主要是字母符号（声音）还是语义符号（含义），还是两者在某种程度上的结合。

与其他任何语言文字不同，汉语的书写系统拥有3000多年不曾中断的历史。时至今日，依然至少有一部分汉字的写法几乎与其诞生时一模一样，正如我们在导言中所述，其中包括日、月、人、门等。这种独特的谱系解释了一部分十九世纪来华传教士传播福音时遭遇挫折的原因。不少传教士抱怨，汉字一定是魔鬼发明的。一位早期传教士认为，要想在不严重扭曲原意的情况下翻译《圣经》，似乎是根本不可能的。

时至今日，研究汉学的语言学家依然没有就如何命名组成汉语文献的符号达成一致意见（尽管他们不再相信汉字来自地狱）。著名学者约翰·德范克曾统计过汉学家指代汉语书面语符号所使用的术语，记录相当长：“pictograph（象形文字）”“ideograph（表意文字）”“ideogram（形意文字）”“phonogram（表音文字）”“logograph（书写符号）”“lexigraph（图形文字）”“morphemic（语素文字）”“morphographic（词素字素文字）”“phenosemantic（表语义文字）”“logosyllabic（音形文字）”“word-syllabic（词音节文字）”和“syllabograms（音节字符文字）”。[9]

这些学术观点上的差异（而且往往会引起激烈争论）绝大多数取决于汉字的本质主要是表音还是表意，并由此衍生出这些符号应被作为音节、词素还是单词进行分析。我们不想卷入学术争论，因此将简单地使用这些书面符号的通用名称“Chinese characters”（汉字），我们也遵循英语的通常用法，将这种书写系统描述为“language”（语言）。

我们在导言中概述了自己的观点：文言（《论语》所用的语言）是独一无二的，不仅与汉语以外的所有语言都有明显的区别，与汉语口语（包括古代和现代）也存在显著差异，文言与汉语口语之间的差别所具有的语言学和哲学意义，比通常认为的意义更为重要。

著名语言学家高本汉曾这样论述汉语书面语和口语各自的本质：

> 因此，一方面，中国在数百年间拥有一种可以理解的简短书面语，只有通过表意文字才能使每个字与其他字明显地区分开来，而且总体说来，这种语言至今保持着在我们的时代开始之前就形成的面貌。但是，中国也有口语，更准确地说，有很多基于不同方言的口语，这些口语的特点显然不同于书面语。[10]

早在公元前1200年的商代晚期，口语和书面语就开始分离，这种分离是时间上的，也是语法上的。现存最早的汉字是甲骨文，在此至少应该对这些文字进行简要的介绍，因为甲骨文表明，书面语言拥有自己的生命，和口语不同，即使在中华文明最早的历史时期（也就是在《论语》成书前一千多年）也是如此。

商代占卜使用的甲骨是牛的肩胛骨和龟的腹甲，甲骨加热后会产生裂纹。人们认为，这些裂纹是对特定问卜信息的回应，而问卜信息在某些情况下会记录在牛骨或龟甲上。信息以词汇为单位用刀状工具刻在甲骨坚硬的表面上。这些符号和文字的特点理应引起我们的重视。

首先，有三千多的不同词条已经辨别出来，其中大约一半已经有释义。这些字的分类表明，构成日后来文言大部分的字符在商代都已出现，说明我们面对的是一种成熟的语言。[11] 这与以下事实并不矛盾：迄今已辨认出的一千多个汉字（不包括似乎仅仅被用作专名的字），从结构上来看，大部分都是象形字和会意字。也就是说，这些字或者是直接用图画表示树、马、人、手、肉或山；或者和其他图画组合在一起表达某个概念，例如，手和肉组合在一起并做出“献上”的动作，代表“祭”。因此，这些字基本上分别被解释为物体和概念的表现形式。尽管可能与所代表的物体和概念在发音上存在某种联系，但是这些字不仅仅代表发音。吉德炜在面对商代文字无法克服的发音难题时曾说道：

既然甲骨文中没有关于音律的证据，因此传统乃至现代的研究方法绝对都是字形研究。[12]

因此，我们借助形态和语音来思考这种拥有交流功能但并非口语记录下来的早期书写形式。在那个时期，很多信息都是通过视觉传递的。

高本汉在思考中国书面语的历史和本质时曾说过：

从这个角度看，汉字在其早期阶段不是表音的，不是分析汉字各部分如何发声的，而是表意的象形文字，其中的符号表示整个汉字，不表示其发音而表示其含义。[13]

目前使用的标准化汉字常常隐藏了最早的汉字所具有的表达性特点。实际上，甲骨、青铜器以及可以追溯至战国时期（前 475—前 221）的竹简等早期文物都在强烈提醒我们，早期交流意思的文字拥有视觉感染力。

历史上，中国的文言很早就拥有了独立的生命，另外一个证据在于，出土的汉字都写在本质上属于宗教而非世俗的占卜工具或其他材料上。也就是说，现有的考古材料清晰地表明，无论这些材料的其他用途如何，早期的文字均与宗教仪式密切相关。因此，书面语的发展一定直接受到了非语言因素的重要影响，特别是早期中国人的宗教和其他信仰——这点说到底并不令人感到惊奇。例如，人们可能认为书面文字拥有神奇的魔力，用作宗教之外的用途是一种亵渎甚至是危险的做法，这也是为什么出土的古代物品中普遍缺少与世俗有关的文字（一般认为，与世俗有关的文字可能写在不能长久保存的手工制品上）。以腹甲的中心接缝为轴，用某种形式的字符和它的镜像形式分别在接缝两侧刻出卜辞，这让我们断定，汉字的书写形式显然受到了宗教和非语言因素——重要的艺术主题“饕餮纹”的影响。这一现象似乎没有语言学原因。

此外，除了宗教和仪式特点，在甲骨上刻写符号本身也是一项相当艰苦的工作；这肯定不是一种简单的听写记录。在任何情况下，听写记录都是不必要的，因为口语中往往有很多的冗余，无须在与口语声音同构的书面语言中加以重复，特别是在这种书面语能够借助视觉手段传递很多信息的情况下。对卜辞而言，只有“bare bones”（字面意思是“光秃秃的骨头”，实际意思是“基本要素”）才能刻写被后人辨识的卜辞内容。

此外，不难想象，经过一段时间，这些高度缩略的语言形式成为所有书面作品的典范，因为对该媒介的认识也许会随着其他宗教礼仪，由掌握初步知识的人精心传给初学者。随着书面符号的社会效用在宗教色彩较弱的环境中得以发挥，人们很难设想抄写员会发明全新的模式来发挥新的作用（如果他们这样做了，有关文言的知识对学习如何解读甲骨文就不会有太大帮助）；可以预料，早期仪式中使用的模式对后来的符号模式起着重要的决定性作用。

在漫长的世俗化时期，老师和学生逐渐取代了掌握了初步知识的人和初学者，不过语言课程似乎保持原样，而文言依然掌握在少数人而不是多数人手中。文言不是对日常口语（人人都可以使用）的清晰反映，而是由文人使用的深奥语言。我们还能看到，一代代文人传承了文言的书写标准和典范，尽管现在很少有人关注这一事实，不过商代文物上发现的书写模式还是在日后长达三千五百年的古典文献中继续发挥着示范作用。甲骨上发现的语言模式与早期古典文献之间存在直接联系，这种设想通常是正确的。[14]

这并不是说书面语始终保持不变——事实上，书面语一旦开始变化，就出现了戏剧化的演化。高本汉（Karlgren）认为这一过程可以归纳为四个重要的发展阶段：

> ……首先是简单的象形文字，其次是表意的复合字，再次是同音假借字，最后是经过改良的同音假借字，即：由声旁和形旁组成的形声字。[15]

高本汉讲述了早期中国书面语发展的过程。从代表特定物体和概念的符号到或多或少使用同音“假借字”来表达抽象的概念是一个重要环节。例如，“来”的发音与“麦”相类似，因此，“来”字可以写成“麦”字以表示“来”这个抽象的概念，这需要依靠阅读者的想象将两者联系在一起。这种假借的方法能够使该文化中的文字数量显著增加，但是含义越来越含糊不清，需要读者进行解读。另外，只有相当少的同音字能够这样用，于是另一发展阶段必然产生。

会意字将两个概念或图像组成一个新字,因此“日”和“月”可以组成“明”。假借字使用同音字来扩展词汇。抄写者将这两种方式结合，用同音字作为声旁，将类别作为表意的部分，形成新汉字，这使得字的数量大大增加。例如，象形文字“方”可以用作其他同音字的声旁，然后添加一个表示语义的部分以示区别：加上“言”就组成了“访（訪）”，加上“金”就组成了“钫（鈁）”。

当然，组合的过程并非总是遵循规律的。以“百”字的结构为例，“一”显然是表示含义的部分，然而这个字却被归在部首“白”之下，而“白”显然是声旁。

商代后期，中国书面语发展到最后一个阶段，文字的声旁和形旁之间产生重要关联，这种方法已经在甲骨文中得到证实。另外，在公元前一千年初早期诗歌繁荣的时期，中文词汇就已经非常丰富了。[16]

虽然以上有关商代文字的描述过于简洁，但任何阐释都应注意以下三个因素：首先，考古证据表明，中文的口语和书面语之间存在着根本性的重要区别；其次，同样的证据表明，很多非语言因素影响了书面语的独立发展；最后，对大部分词汇而言，语言学考虑的因素既包括视觉（语义），有时也包括口头（语音），使书面语在 3300 年前就形成了固定的形式、结构和词汇。因此，从诞生之初起，与宗教和其他信仰紧密相连的文言似乎就与口语存在显著差异，发展的过程中也同样存在差异。

正确理解文言基本的非口头属性，其最大障碍之一就在于，今天使用的大多数汉字并非纯粹的象形文字或会意字，而是组合字——由表示文字含义类别的“形旁”和表示发音的“声旁”组成（形声字）。正如前文所述，这些形声字现在约占汉语全本词典45000多个汉字中的百分之九十。这些字的历史悠久，因为一部12世纪的词典中，收录的24200个汉字里已经约有22000个形声字。早在公元前后，收录9353个汉字的词源学字典《说文解字》中就有大约2000个象形字和会意字以及大约7000个形声字。

但是，后来的汉语中形声字比例很高，这一现象并没有否定文言和口语存在显著差异，也没有否认文言基本上不是口语的记录这一观点。那么口语和书面语之间到底有什么关系？高本汉强调了书面语定型的过程及其日渐独立于不断变化的口语的过程：

的确，“意符”和“声符”组成的这类最多的汉字大量诞生时期（目前真正在使用的大多数汉字均诞生于公元后第一个千年），语音也得到了相当规模的拓展。不过，使用相应声符的情况很快就不再出现了，因为汉语不可能像拼音文字那样将逐渐变化的发音反映在书写中，从而更改相应的拼写。汉字的构成彻底定型后，就不可能在这方面做出改变。[17]

口语和书面语自古代起就互相分离，其结果就是：

文献是视觉产品，而不像口语那样是供耳朵听、嘴巴说的。文献作为一种与口语并行的独立现象而独立存在。[18]

很多学者都关注形声字，但并没有重视这些字的语义特性，拒绝使用“ideographs（表意文字）”这样的术语来指代形声字。例如，约翰·德范克就曾说过：

显然，有充足的理由相信，汉字基本上（即超过任何其他情况）是一种书写的语音系统。[19]

与此类似，威廉·汉纳斯（Hannas）也认为：

我们可以否认以下异想天开的想法：汉字是现实世界和精神世界中物体和概念的图标，即这些符号属于象形文字。

我们也反对那种不可靠的假设，即认为汉字是“表意的”，也就是说，无需语言的介入而直接与含义发生关联。[20]

认为汉字本质上是表音的，这种解释如果用于古典时期的研究会产生很多问题，其中相当重要的一个问题是，这样会显得中国历史上的语言学者所做的研究不如人意。因此，德范克认为，尽管汉字的确是一种表音的音节文字，却是“一种糟糕的表音文字”[21]；汉纳斯也认为汉字主要是表示语音的书写系统，接着又称汉字在这方面表现“糟糕”。[22]

就算缺乏西方现代语言学的知识，也很难相信，在两千多年的时间里，中国学者竟然对自己的语言都稀里糊涂。直至20世纪，在西方语言的影响下，中国的字典才开始采用一种语义分类系统对汉字进行分类，还有些字典按照声调和韵母进行分类。这些从语义角度根据汉字“部首”编排的字典必不可少，因为如果不知道读音，人们就无法按韵查字。

因此，应该被确切地称为“形声字”的汉字大量存在，并不能说明文言主要是对口语的记录。如果简洁的字形可通过视觉或其他方式传递应该传递的相关信息，那么，正如前文所述，口语传递信息时就无需传递所有语音。这是一个普遍规律，同样适用于书面形式的拼音文字。例如，新闻标题就不能很好地体现英语的“语法”，因为新闻标题是对口语的高度概括。在这种情况下，需要的是简洁，代价是语言模糊（我们认为，这与文言非常类似）。多年前西雅图一份报纸的体育版上就有这样一则标题：SALMON BITING OFF PUGET COAST，想一想当时引起了多少种不同的联想吧。

更重要的是，从概念角度看，一个字的意符与音符彻底分离似乎是有问题的，而且在方法论上也会对早期文言的研究产生误导，因为很多汉字中被称为声旁的部分实际上是（有时候完全是）意符，所有这些假形声字很难从形式上与会意字区分开来。发现产生这种现象的原因并不难。要知道，汉语中有众多同音异义字，数量多到任何一个普通的音素都不可能对应一种独一无二的写法。实际上，经过数百年的发展，汉字的语音得到简化，不考虑使用音调的排列组合，现代汉语中目前仅有大约420个不同的音节。因此，抄写者自行寻找一个符号代表某个新词条时，可能不得不从三到一百个不同的符号中进行选择，而这些符号的发音几乎完全相同。抄写者挑选符号的原则是什么？当然应该是从语义角度做出选择。例如，如果想造一个读音为 /wu/、意思是“撒谎、欺骗”或“诽谤”的字，抄写者显然会使用表示说话的符号“言”作为组字的部首。在众多读音为 /wu/ 的汉字中，抄写者有一系列同音异义字可以选择。例如，“无”“武”“毋”和“巫”的发音都相同。抄写者更可能创造性地选择“巫”（其含义同“巫士”）作为声旁，尤其是当他想起在古代中国，巫士通常被视为不可靠的人而且不值得信任。因此含义为“撒谎、欺骗”的“诬”字就造了出来，从形式上看表示的是“巫士之言”，但“诬”字被归为形声字而非会意字。也许在某种程度上，是否需要对“形声字”的概念加以修正已经超出了我们目前的关注范围。不管怎样，我们都应承认，语音方面的考量决定了很多汉字的结构，而且我们依然认为《论语》中的语言并非转写下来的口语？证明这一观点的重任须由认可这些观点的语言学家来完成。

为什么虽然现存大量形声字，但我们不应受到数量的误导去相信文言或多或少是对口语的记载，还存在另外一个重要原因。在汉语书面语发展的最早阶段，形声字很少，特别是排除了明显的专有名词后形声字变得更少；正如前文所述，商代有记录的三千多个汉字中大部分是象形字或会意字。特别是，汉朝初期的几百年间越来越多地使用形声字，同一时期，这一新的帝制下的中国与中亚和印度人的联系也显著增加。汉语需要大量复制外来词汇，自然会在创造某些新字时更多地直接使用音译，这些非汉语词汇便融入已经完备的语言模式中（中国化）。

因此，在字形得以确定并标准化的形成期（也是文学传统得到发展的时期），形声字无疑发挥了作用。可以说，从语言学角度来看，字形主要由语义而不是语音或语法方面的考量决定，重点在于字形的视觉特点而非发音特点。所以，汉语书面语和口语的语言结构存在明显差异，这丝毫不令人觉得奇怪。没人能够否认，随着时间的流逝，汉语书面语和口语之间相互影响，也不能否认有些影响可以追溯到古代；目前的观点认为，两者之间的分歧同样也可以追溯到古代。

这时可能有人会提出反对意见，认为我们的语言学论证并非结论，而且前提过于重视有限的考古证据。也许，因为出土的文物是用于宗教仪式的，所以在这些器物上就没什么必要使用形声字和非口语结构的甲骨文。

换种说法，甲骨作为祭祀物品，上面留存的是相当有限的宗教语言词汇，因此，符号丰富以及与口语模式不一致都是预料之中的，可以结合商代人具体的宗教信仰和习俗加以解释。也许反对的声音不会到此为止，因为仅仅用于宗教语境且往往采用不寻常语序的近三千个汉字，当然无法构成整个语言和文献的坚实基础。

有关商代文字的语言学争论可能永远都不会彻底说服对方，尽管吉德炜对这些文字所做的基础性研究总体来说支持我们的一家之言。[23] 但是，在目前情况下，无需局限于这些争论，因为文言象形 / 会意和非口语的基本特点并不仅仅局限于商代文字，甚至也不局限于西周时期的青铜礼器。正相反，最重要的是，此处强调的文言特点是整个早期古典文献共有的特点，所有这些文献至少从语言学角度与纯粹的宗教仪式符号使用的环境完全不同，和口语也存在差异。也许似乎难以置信，丰富多彩的文献和文学传统能够围绕着最初的大约 3000 个汉字发展起来，但这的确就是事实。中国现存最古老的诗歌总集《诗经》（其中有众多各式各样的语音特征）是儒学的五经之一，对后世的诗歌形式和风格产生了不可估量的影响，但是其中 305 首诗仅仅使用了不到 3000 个不同的汉字。《春秋》仅使用了大约 950 个不同的汉字，《论语》使用了 2200 个。而且，公元前 213 年前后，李斯试图通过“小篆”规范各种字形，标准化的规范字应该也只有 3000 多。

因此，我们有很多充足的理由认为文言是一种独特的视觉导向的交流媒介，而非仅仅是对口语的糟糕记录。在其形成和发展的早期阶段，有充足的证据表明文言的书写形式受到文化因素及其自身内在结构的严重影响，只有相当少的证据表明它们受到口语的严重影响。但是，到目前为止，我们几乎只是在讨论文言的语音和语义特点以证明它们的独特性，实际上还须讨论文言的语法，因为文字之间的相互关系显然在交流过程中扮演着至关重要的角色，也许使口语和书面语显得如此不同的原因就在这里。

文言：语法角度的思考

首先，从描述文言语法，我们就开始感到疑惑，因为我们很快就会遭遇到一系列否定。汉语没有时态，没有格、性、数的变化，没有词性变化，没有前缀或后缀；也没有独立于语篇的“词性”，等等。所有这些陈述都是真的，但是，除了说明在汉语中只能找到相当少的此类结构以外，对试图将汉语语法结构进行概括的人没有特别的启发。

其次，汉语是一种分析型语言，文言中的语序并非严格固定；阅读《荀子》和阅读《论语》会有很大不同。这一事实加上每个汉字都有多种含义且可以归属于不同的词类，我们就会明白，为什么与其他语言相比，很少有对文言中汉字语法关系的综述。举一个英文常见的例子，冠词在名词之前而非在名词之后，所有文本的所有冠词和所有名词都是如此（而且找到名词也不难，因为英语规则中有名词短语—动词短语的语序要求）。如果出现不符合此类说明的例外情况，一定会用其他因素做出解释，否则这种用法就要修正或抛弃。但是，文言中的例外太多，数量通常远远超过适用于归纳总结的情况，因此，很难找到一个重要且必须的情景，要求文言符合某种语法。

这个问题值得进一步讨论。虽然已经对文言开展了很多语言学角度的研究，但是得出的结论却与上文所述的语法总结截然不同。我们没有获得普遍的说明，而是如下形式的统计关系：在上下文 A 中，当时汉字 X 占 Y 项功能的 n%。这样的陈述形式并没有将特定含义或功能与上下文关联在一起。正相反，例如，即使在相同的语言环境中，某个汉字可能作为名词出现 40%，30% 作为修饰语，30% 作为其他种类使用。意义方面也是如此，我们没有得到将意思与上下文关联的结论，因此我们不能说，在如此这般的情况下，某个特定的汉字应该以这种方式翻译，在其他某个特定的上下文中须以另一种方式翻译。我们说的最多就是，在特定的上下文中，某个汉字大约十次中有五次具有某种含义或语法功能。这些概率型的陈述在帮助阐释汉语文本时非常有帮助，但要清楚，这不是语法的组成部分。如果所提出的规则 / 原则只适用于一小部分情况，那么这些规则 / 原则很快就会就被降为一种假设，如果标准英语中的“主谓一致”仅仅有时出现的话，那么从描述或语言学角度，这一事实就没有什么用处。

学习文言的学生并非通过掌握其语法规则来掌握这种语言，因为就语法规则的统一规定性意义而言，文言中很少存在类似的规则（当然，也存在一些规则，特别是涉及虚词时）。初学者似乎必须牢记某个文本或组合独一无二的符号书写模式，而这些书写模式可能而且通常与其他文本中的书写模式或多或少存在差异。例如，优秀的中国学生会背诵《诗经》中的诗歌来“掌握”这部经典中出现的书写模式。与此相类似，他们也会背诵《论语》，但是基本上不能从这两部经典中概括出文言的语法规则；与此相反，他们似乎从一部经典中学习一套书写模式，从另一部经典中学习另一套不同的书写模式。而且我们相信，所有的书写模式都不能充分反映英语读者的语法规则。

这并不是说，学生在尝试阅读新篇章时，完全没有语言线索，而是仅仅想指出，与那些记录口语语音的书面语不同，文言中的很多语言线索都不是语音或语法线索。例如，在英语中，甚至可以在不知道关键词含义（语义内容）的情况下，借助格、时态、词缀、位置等明显的阐释性线索来阅读语篇。英语“true”的名词形式通过后缀 -th 表示。同样，“the preeves clithe away”这个句子可以解读为由（不知其意的）复数名词形式“preeves”和所谓的动词“clithe”组成。因此，即使没有几个人知道 preeves 是什么，也至少可以推测出是某种东西；也就是说，我们会把这个词当成名词：我们要提的问题当然是“preeves 是什么？”而不是“如何

preeve？”——后一问题应该针对“clithe”提出。

但文言的读者并非经常获得语音和语法线索；我们再重复一次，文言几乎完全是一种分析型语言。上下文为大部分章节提供阐释的基本背景，语法或语音提供的帮助小于语义信息提供的帮助。例如，汉语中的名词化不通过词缀标记，也并非始终通过位置或虚词“者”标明。不过，如果一个学生意识到“山”的意思是“mountain”，无论这个字出现在一段话的哪个位置，他都会毫不犹豫地将其看作主题，只有在将“山”作为主题的情况下无法解读文本时，才会尝试将其作为动词或修饰语加以理解。但是，这种情况与汉语的特点没有太大关系，而是和语言外世界的本质息息相关：“山”是一种实物，除了地质学家，山不容易被视为事件或活动；因此，表示“山”的词将被视为一段话的主题（名词）而非陈述的部分（动词）。同样，“见”字通常译为“to look”（看），首先被解释为动词的主动形式，其次才会被译为一种景观、观点或景象。当然，在很多情况下，这种信息可能仅能为读者提供有限的帮助，不过在缺乏标准语法线索的情况下，任何帮助都强于没有帮助，这也是我们强调汉字视觉因素的原因。如果阐释文言的线索主要是语义，那么传递语义信息的汉字外形就具有语言学方面的意义。对于使用拼音文字的人而言，这一点也许难以理解，但实际上非常简单。正如前文所述，中国的象形字几乎就是对物体的简单描摹，如树、手、门、马、山等。因此，我们针对难以理解的段落明确提出了阐释的规则：在上下文没有相反证据的情况下，将象形字视为名词或主题。同样，因为会意字描述物体间的互动或关系，或者是推断，因此可以类推如下：将会意字首先解读为陈述部分，从而获得清晰的阐释。今天，我们很难看懂汉语书面语重要的图示特性，因为大部分汉字已经高度程式化了。但是，前文已经提及，这并不是汉字形成时期的情形。有证据表明，很多汉字的早期形式尽管在某种意义上很符合常规，却都与其所代表的事物非常相似。同一个字往往有很多异体字。如果仔细研究最近考古出土的竹简和帛书，一定会断定，这些汉字是“画”出来的，不是“写”出来的。而且，正如导言中所述，中国人倾向于在书写时使用平行结构，这也有助于解读篇章。

除了承担起自身的语言学功能，文言的语义部分不得不承担其他语言中通常由语音和语法部分承担的功能。也就是说，一种语言的语法传递出的信息越少，词汇提供的信息必须越多。这是文言作为一种独特语言媒介的又一证据。迄今为止，我们已经提供了足够多的证据表明，过分容易地接受这种假设，即文言仅仅是对早期口语的简单记录，这一点至少应该怀疑。带着这些支持我们观点的少量语言学证据，让我们暂时去探讨文言更具哲学意味的内涵吧。

汉语：哲学角度的思考

当代语言学者就有关语言学究竟包含什么展开了本

体论争论，我们对文言性质的看法与这一争论息息相关。生成语言学家以及一些哲学家和社会科学家（包括本书的作者之一罗思文）追随语言学家诺姆·乔姆斯基的开创性工作，主张自然语言之间巨大的表面差异（语音、语法和语义）掩盖了众多从更深层次将这些语言联系在一起的相似性，即普遍语法（UG）[24]。的确，乔姆斯基在其最近的作品中指出，语言学研究如果以下述假设为基础，也许会取得更丰硕的成果。这种假设就是，只存在一种表现为各种不同方言的人类语言。[25]

但是，其他一些学者（包括本书的另一位作者安乐哲）似乎更喜欢奥卡姆的剃刀而不是柏拉图的胡须，一直质疑普遍语法提出的规则 / 原则。有时候，文言也被用作这种质疑的证据。例如，继语言学家亚里克·威尔克斯之后，乔治·斯坦纳提出：

> 文言（我们还有什么其他证据吗？）似乎不需要英语的名词—动词结构。那么，我们如何才能将显然源自我们自己语法习惯的固有语法特性赋予文言呢？[26]

斯坦纳（和威尔克斯）极力坚持自己的观点：文言“需要”一些语法结构，而且通过虚词和语序表达出这种需求。不过，以下观点更全面（如果不明显的话），本质上是正确的：文言没有清晰地表现出语法关系，即被视为普遍语法基本特点的关系（似乎也被视为所有人类自然语言的特点）。但是斯坦纳、威尔克斯和其他学者（例如安乐哲）并没有因为这一点而欢欣鼓舞，因为这一独特的观点并不意味着普遍语法的理论是错误的，更准确地说，文言并非该理论一个有效的反例。换言之，如果自然语言等同于口语，那么对任何自然语言的语言学理论而言，文言也许都不是一个合适的例证或反例。幸运的是，至少在这次合作中，我们没有就乔姆斯基进行争论。

我们强调文言和自然语言之间的差异，是因为萨丕尔－沃尔夫的语言相对论假说有时也适用于汉语。[27] 按照这一假说，母语的结构在很大程度上决定了人们组织自己体验和观察世界的方式，由此可以推测，两个存在明显差异和分歧的语言群体中，其成员实际上以不同的方式"观察"这个世界。正如开头所述，根据文言的某种特点推断出中国人概念能力的某种所谓的特点也会用类似这一假设的某些观点直接或间接加以论证。关于世界观如何沉淀在语言中，弗里德里希·尼采认为：

> 印度、希腊和德国所有哲学思维奇妙的流派相似性都很容易进行解释。只要语言相似，由于共同的语法哲学（我的意思是，由于受到相似语法功能无意识的控制和引导），所有一切从一开始就为相似的哲学系统的发展和结果做好了准备，而阐释世界的其他可能的方法似乎均被禁止。[28]

我们认为，文言确实影响了中国人感受世界的方式

（正如导言中力图描述的那样），文言的性质为我们提供了很多真实线索，使我们了解中国古人的生活方式和思考方式。可是，这需要考虑到文言这一古代书面语的非自然的独特特质。无论对萨丕尔－沃尔夫假设的最终判断如何，都不能无条件地使用这一假设，因为这样的援引仅仅适用于跨文化比较的语言都是口语的情况。

这一独特性观点的相关推论与所谓的中国早期思想中的逻辑发展不充分有关。如果纯粹出于说明问题的目的，我们可以将基本形式逻辑简单分为两类：一类研究完整句子之间的关系，这些句子通过转折连词、否定词或连接词连接在一起，形成了现在的句子演算或命题演算；还有一类研究两个或更多至少有一个词连接的句子之间的关系，如亚里士多德的三段论和谓词演算。这两类研究的共同点是，都关注陈述句之间的关系，更具体地说，是主题－评述结构句子之间的关系。当然，两种系统都是真值函数。汉语的大部分口语句子适合这种分类，但是独特性观点认为，早期的书面形式只有在极度扭曲的情况下才符合这种分类。因此，没有可靠的理由证明，中国古典哲学文献能够在很大程度上反映句子逻辑或谓词逻辑。

此种情况下，不应认为中国古代哲学家轻视或忽略逻辑的要求，也不应认为他们拥有某种神秘逻辑。[29] 涉及重要的论述时，他们只会经常使用语义关系的某个特定子集，而众多西方哲学文献中并没有强调这种语义关系（这也是众多西方哲学家认为中国没有“真正”哲学家的原因之一)。[30]

尽管逻辑重点方面存在的某些差异可以从纯语言学角度做出解释(一旦逻辑关系明确,即真值函数关系明确),但并非所有的差异均可以这样解释。中国早期哲学家和西方哲学家之间的差异显著,超出了语法的范围。虽然文言反映了中国人世界观中清晰的逻辑及合理性,我们并不想明确提出他们观点和语言中的逻辑顺序或合理秩序[《论语》中没有相当于"logic(逻辑)"或"rational"(合理的)的词]。正是出于这个原因,我们强调了其中的美学秩序。

研究中国历史的著名学者费正清认为,对一个中国思想家而言,"质疑儒家的德治思想就像是否认表达这些思想的汉字存在。"[31] 也就是说,对中国哲学家而言,怀疑某种抽象品质的存在,就相当于怀疑命名这些品质的汉字的存在。乍一看,这种观点似乎认为中国人倾向于将符号与其所指混为一谈,但这种解读显然没有抓住重点(汉字的视觉属性当然会赋予其具体的形象,这也许会对认识论最坚定的怀疑论者提出挑战。很难质疑一幅画不是描绘事物的一幅画)。但是,迄今为止,我们提供的语言和逻辑证据进一步了支持我们的观点,中国人对本体论或认识论的关注程度远不如对物体、时间和品质之间关系的关注。当然,在某种意义上,"仁"一定"存在",正如前文所述,"人"字是"仁"的一部分,而人当然存在。对中国思想家而言,更有趣且令人着迷的似乎是"仁""义"和其他道德品质如何以及为何彼此关联、与人关联、与社会关联、与自然关联。这种相称和谐的关系一旦提出，就一定具有很强的美学意味。

我们并不是第一个呼吁关注中国美学秩序的人。早在一百多年前，汉学家卫三畏就曾说过：

> 汉语存在严重缺陷，也拥有某些惊人的优点。在熟悉了汉字的组成部分之后，汉字富有表现力的特点使句子的主要含义能够马上浮现在眼前，因缺少曲折变化，但使用部分虚词，汉语显得简洁明了，富有活力和生机，风格活泼，这是任何拼音语言都无法做到的。[32]

但是，如果将一种纯粹的逻辑秩序强加给一种拥有重要美学意味的语言和思维模式，显然，“翻译时会丢掉一些东西”。在1932年出版的《孟子论心》中，瑞恰兹将解读《孟子》的工作作为比较研究新方法的一种尝试。在此过程中，他也遇到了我们翻译《论语》时遇到的问题，并提供了解决办法。对瑞恰兹而言，

> 简单的说，问题是这样的：尝试理解和翻译一部来自与我们自己的传统截然不同的作品，我们能够不用自己的概念对其进行曲解吗？……更准确地讲，我们能够在自己的头脑中保持两套思想体系，不会使其相互影响，还能以某种方式在两者间进行沟通吗？[33]

和葛瑞汉一样，瑞恰兹推测（我们认为这种推测是正确的），如果将“分析”作为理解《孟子》（或《论语》）文本或其中所有概念的方法，那么这种方法将悄悄带入一种与其自身传统相反的世界观和思维方式。他的具体原文引用如下：

> 西方传统为我们提供了有关共性、特性、物质、属性、抽象、具体、普遍性、特殊性、性能、品质、关系、情结、偶然性、本质、有机统一体、概括、阶级、个体、具体共相、客体、事件、形式、内容等的详尽概念。
>
> 而我们看到，孟子的思想中没有这些，也根本没有明确的替代品。除了总体从形而上学的角度出发，我们不可能引进这一体系，实际困难在于，如果使用这一体系，我们就会曲解孟子的思想……需要警惕一种危险，即我们倾向于将自己因特殊的西方训练（理想主义者、现实主义者、实证主义者、马克思主义者等）而最容易使用的结构强加于某些思维模式，而在这些思维模式中，此类结构可能根本就不存在——也许根本无法使用此类逻辑体系加以分析。[34]

与瑞恰兹的观点相反，我们对文言语义特点的分析并不是要告诉读者如何利用逻辑顺序阅读中文典籍，而是只想指出，中文典籍不讲逻辑，或者说不讲理性，他们的语言和想法可能与我们自己的语言模式存在巨大差异。套用帕斯卡的说法，一位儒者可能会这样自我解释：

“心自有其理，非理智所能企及。”

未能指出与中国传统到底有哪些不同，最明显的例证是用于翻译的语言和充当文化差异桥梁的词汇。[35] 从16 世纪末最早接触中国开始，特别是随着学术的发展，精通语文学的译者用充足的时间，有时还借助非凡的语言技巧，对文言语料库进行了仔细研究。但是，19 世纪有关中国哲学著作的翻译对欧洲和美洲的哲学实践产生的影响非常小。诚然，造成这种惨状主要在于哲学家自己，他们目光狭隘，虽然他们不愿承认。

当然，译者对这种情况也负有不可推卸的责任，因为他们在翻译中大量使用西方哲学史上极为重要的关键词，导致汉语典籍在西方思想家过去 2500 年所取得的成果面前显得非常幼稚。由于大部分哲学家没有将中国传统视为“哲学”，因此几乎没有将中国思想介绍到西方。考虑到哲学作为一门学科，在学院中负责清晰地勾勒各种传统所拥有的世界观，在对中国文化的了解质量方面，我们必然因这种漠然而付出代价。

西方人文学者尝试使用汉语材料（包括文本材料和概念材料）时遇到的最大障碍不是翻译材料的语音、音韵或语法方面，而是在词汇方面。不仅核心哲学词汇的语义重要性没有受到应有的重视，而且，通过不加批评地使用充满西方思想内涵的术语，这些学者受到异域世界观的控制，相信自己身处熟悉的环境，而实际上不可能处在熟悉的环境。

简而言之，翻译中国哲学核心词汇时不加鉴别的规则将汉语中原来没有的形而上学引入了汉语，因此，保持了前文所述的有害文化还原论。可以仔细考虑以下词汇“已有”的翻译：天：Heaven；有无：Being/Nonbeing；道：the Way；性：human nature；仁：benevolence；理：principle；气：primal substance；实：reality；宇宙：universe；知：knowledge；太极：Supreme Ultimate；是非：right/wrong；礼：ritual；志：will；一：unity, the One；精：essence；义：righteousness；类：category；命：fate or Fate；善：good；罪：sin；阴阳：negative cosmic principle, positive cosmic principle；无为：doing nothing。

例如，把“天”译为首字母大写的“Heaven”，无论首字母“H”是否大写，都会令西方读者联想到超验的造物主神以及灵魂、罪和来世等。将“命”译为“fate”（或者更糟糕的“Fate”）时，会使读者联想起不能挽回的事件、困境、悲剧、目的论等概念——这些概念几乎与中国古代传统没有关联。将“仁”译为“benevolence”，好像在进行心理分析，使用的是一个利他性的术语，而原文最初拥有完全不同的社会学内涵。“利他”意味着在服务他人时“无我”，但这种“自我牺牲”暗含着一种独立于他人而存在的“自我”的概念，这种“自我”可以放弃——我们认为，《论语》中的“自我”概念是相反的。实际上，这种解读从根本上将自我实现的策略转换成一种自我牺牲的策略。

将普遍“人性”看作一个范畴，对此进行无条件假设以及在某些领域担心过多的差异会导致无法比较，这已经隐瞒和掩盖了我们与中国人之间的根本差异，他们遵守一种与西方截然不同的人类秩序。还有一些先决条件在中华文明的成长和完善过程中发挥着作用，而我们在自己的翻译作品中未能深入挖掘并承认这种差异，使得中国人的世界观变成了与我们相类似的世界观，这显然带有欺骗性。当另一种哲学传统变成一种熟悉的传统，与此同时，又在西方证据标准的基础上加以判断，这种传统只能被视为西方主题的低级变种。因此，中国典籍被认定为不是“真正的哲学著作”。

我们陷入了一种恶性循环。西方哲学家对待中国传统的态度充满矛盾，并因此不愿意将中国传统作为哲学研究领域纳入哲学学科，至少有部分原因是非哲学专业的译者未能明确并尊重基本的文化差异，结果导致汉语词汇的内涵在翻译过程中被大大简化。人种学上的边缘化以及实证主义者以方法论为中心的传统，在很大程度上导致无法充分表达原语词汇的内涵，从而妨碍了对中国文化产生专业的哲学兴趣。中国典籍仅被视为具有某种传统的文化重要性，而不被视为本身具有重要性，这样，中国典籍就变得既无趣也没有哲学意义。

从这一点来看，至少可以明白，这些术语现有的形式主义翻译在哲学意义方面带来了很大的风险。解决这一翻译问题的选择有多个，但都存在实际的局限性。最早、最常见的做法导致了我们目前的状况——我们从自己的哲学术语库中根据自己的文化兴趣和经验选择对应词。我们查词典，以词典提供的多重义项为基础，决定哪些情况下“神”的意思是“human spirituality”，哪些情况下其含义是“divinity”；哪些情况下“心”的意思是“heart”，哪些情况下又是“mind”。人们没有注意到，这种方法往往以模棱两可和文化偏见为代价来解决含糊的问题。人和上帝或者人类体验的认知和情感得以区分的一些预设根深蒂固，如果要求读者屈从于这些预设，那么英语译文的流畅性就会受到破坏。

翻译中国哲学文献时的第二个选择是蒙混过关，努力通过提供新奇的术语对应词以尽可能多地适当处理不同的内涵：例如开头的“heart-and-mind”和“pneuma”。这种努力有时候会产生粗陋且令人困惑的新词语，有时候，会使知识更丰富的读者似乎不经意间遇见了斐洛。积极的一面是，如果相对不熟悉这些新词，那么这些词听起来就像是一种警告，警告读者进入了一个不同的哲学领域。我们可以依靠读者展开自己的想象，从这个意义上来讲，新词甚至可能使新含义变得更加鲜明。但是，除非小心谨慎，这种真实传达语义的尝试只会为不耐心的读者带来神秘感。

第三种方法备受推崇，就是从重要的汉语哲学词汇中选出关键的二十多个术语，首先提供注释，然后采用音译的方法。这种方法对读者的要求更高，但是将显著减少因翻译和解释而产生的问题。

对有些人而言，这种方法似乎仅是解决难题最懒的方式。但是，“ritual”在英语中的含义组合狭窄而有限，而“礼”在英语中的含义组合存在显著差异，其含义更为狭窄。没有印度学者会为 karma、dharma 等寻找对应的英语单词，也许对文言也该这样做了，虽然文言存在众多同音异义字。我们开始在翻译哲学术语时使用罗马字母，至少通过拒绝使用“天”已经存在疑问的英语翻译，开始将中文术语引入英文。之所以这样做是因为我们相信，西方学者，特别是西方哲学家，一定要对孔子使用自己的术语所说的话变得敏感起来——从字面意义来看的确如此。

总之，希望读者明白，我们对语言的抽象观点、对书面“语言”的总体观点、对汉语书面语的特别观点、对中国古代思想家如何看待自己语言的观点（伴随着宇宙论的预设），都是对《论语》的重构而不是解构。我们知道，即使汇集我们的语言证据以及逻辑和本体论的论据，这些证据和论据也不具有充分的说服力，但是我们同时相信，这些证据和论据至少提供了合理的根据，证明我们在自己的翻译中运用逻辑宽容原则，努力在合理的模糊性这块锡拉岩礁与逻辑和哲学这种天真的卡律布狄斯漩涡之间保持平衡。我们有关中国语言和中国思想的部分观点相互补充（比“循环”这一表述更为文雅），但应该明白，我们有关中国语言的众多论述或支持或反对我们对中国思想的观点，不论准确性如何。

哲学是唯一将其主题定义作为其主题基本元素的知识学科。在整个 20 世纪，哲学在英语世界被定义为一种澄清思想的尝试。但是，英语中日常使用的

“philosophy（哲学）”却表示与并非由我们自己创造的世界进行妥协的一种方式，哲学家通常被视为那些想象出不同“世界”的人，这样我们就能与这些“世界”和解。我们相信，《论语》就提供了这样一个不同的世界，因此我们将自己的翻译和注释视为一项哲学事业。

最后，事实也许证明，翻译艺术过于重要，不能交给哲学家来完成，但是我们认为有必要尝试一下。

注释 1. 关于引用理雅格（Legge）、韦利（Waley）、道森（Dawson）和刘殿爵的部分，见导言注释 1。

2. 如果没能把“改”理解为“革新”（reforming），就会在翻译重要文本时发生典型错误，最明显的例子之一就是《道德经·第二十五章》中的一个段落，“道”在那一段中被形容为“独立不改”，几乎大部分英译者都将其译为了“it stands solitary and does not change”. 这段译文中的“does not change”很难吻合下一行中的“周行而不殆”：“Pervading everything and everywhere it does not pause”. 这里的意思并非是“道”“does not change”，而是说“道”包含了万物的全部，是独一无二的，不会因为吸引了外界事物而革新。

3. 有关这点的辩论，见库克和罗思文（Cook and Rosemont，1994）的著作中“有争议的术语”（Terms Controvercy）一章，附带参考文献。

4. 葛瑞汉（Graham，1978 : 25）。

5. 葛瑞汉（Graham，1990 : 359）。

6. 陈汉生（1992 : 45ff）。

7. 莱昂纳德·欣托（Leonard Scinto），在陈汉生（1998 : 1）的著作中引用。

8. 琼 · 奥克 · 余姆（June Ock Yum，1988：374）。

9. 德范克（DeFrancis，1984：71-74）。

10. 高本汉（Karlgren，1949：57）。

11. 吉德炜（Keightley，1978：59）。

12. 吉德炜（Keightley，1978：67）。他后期作品的启发性不比早期作品少。对于许多甲骨文文字来讲，要想解读它们，语音这一层面是不可忽略的，吉德炜对这一论断又作出了发展。他还指出，这些文字的早期形态，至少是其中的一部分，是早期标志性图画或雕塑的简化或程式化再现。见吉德炜（1996）。

13. 吉德炜（Keightley，1949：9）。在近期的著作中，鲍则岳（Boltz，1994）就这个问题直截了当地反对了吉德炜的观点，他坚持认为没有不表音的汉字。然而，当他对大量汉字及其演变热切地提出见解时，我们对他那笼统的观点提出了质疑，因此，他需要一个难以被证伪的假设。对鲍则岳观点更加仔细、更富细节的批评，见亨德尔（Handel，1994）。

14. 吉德炜（Keightley，1974：65-66）。

15. 高本汉（Karlgren，1949：15）。

16. 见高本汉（Karlgren，1923，1926，1949），可以看到对这一迷人过程的完整描述。

17. 高本汉（Karlgren，1926：39）。

18. 高本汉（Karlgren，1926：41）。

19. 德范克（DeFrancis，1984：111）。

20. 汉纳斯（Hannas，1995：6）。

21. 德范克（DeFrancis，1984：97-100）。

22. 汉纳斯（Hannas，1995：1）。

23. 吉德炜（Keightley，1978）。后续几页对照罗思文（Rosemont，1974）。

24. 罗思文（Rosemont，1978）。

25. 乔姆斯基（Chomsky，1993：47-48）。

26. 斯坦纳（Sreiner，1969：233）。

27. 沃尔夫（Whorf，1956：esp.134-60）

28. 尼采（Nietzsche，1966：20）。

29. 更多对古代中国逻辑的探讨，见罗思文（Rosemont，1974）。

30. 在康德的逻辑范式中尤其如此。在把老子的哲学视作“怪物”之后，康德（Kant，1981：79）继续说道：“中国的哲学家们在一间黑屋子里面，闭着眼睛，努力去体验和沉思他们的虚无。”

31. 费正清（Fairbank，1962：66）。

32. 卫三畏（Williams，1888，Vol II：370-71）。

33. 卫礼贤（Richards，1932：86-87）

34. 卫礼贤（Richards，1932：91-92）

35. 之后几页对照林同奇等（1995）的著作。

参考文献

Ahern, Emily (1981). *Chinese Rituals and Politics*. Cambridge: Cambridge University Press.

Allan, Sarah (1979). "Shang Foundations of Modern Chinese Folk Religion," in *Legend, Lore and Religion in China*, ed. Sarah Allan and Alvin P. Cohen. San Francisco: Chinese Materials Center.

Ames, Roger T. (1999). "Human-centered Spirituality in Classical Confucianism," in *Confucian Spirituality*, ed. Tu Wei-ming and Mary Evelyn Tucker. New York: Crossroads Press.

(1998). "Death as Transformation in Classical Daoism," in *Death and Philosophy: Reflections on Mortality*, ed. Jeff Malpas and Robert Solomon. London and New York: Routledge.

(trans.) (1993). *Sun-tzu: The Art of Warfare*. New York:

Ballantine.

Bodde, Derk (1938). *China's First Unifier: A Study of the Ch'in Dynasty as Seen in the Life of Li Ssu (280?-208 BC)*. Leiden: E. J. Brill.

Boltz, William (1994). *The Origin and Early Development of the Chinese Writing System*. New Haven: American Oriental Society.

Boodberg, Peter (1953). "The Semasiology of Some Primary Confucian Concepts," in *Philosophy East and West* 2: 4.

Brooks, E. Bruce, and Taeko Brooks (1998). *The Original Analects*. New York: Columbia University Press.

Chan, Wing-tsit (ed.) (1986). *Chu Hsi and Neo-Confucianism*. University of Hawaii Press.

(1969). *Neo Confucianism, etc: Essays by Wing-tsit Chan*. Hong Kong: Oriental Society.

Chomsky, Noam (1997). *Language and Thought*. London: Moyer Bell.

(1996). *Powers and Prospects*. Boston: South End Press.

Cook, Daniel J. and Henry Rosemont, Jr. (trans.) (1994). *Leibniz: Writings on China*. Open Court.

Creel, H. G. (1960). *Confucius and the Chinese Way*. New York: Harper Torchbooks.

Dawson, Raymond (trans.) (1993). *Confucius: The Analects*.

Oxford: Oxford University Press.

(1981). *Confucius*. Oxford:Oxford University Press.

DeFrancis, John (1984). *The Chinese Language: Fact and Fantasy*. Honolulu: University of Hawai'i Press.

Dewey, John (1920). *Reconstruction in Philosophy*. New York: New American Library.

Dubs, H. H. (1929a). *Hsun-tzu: The Moulder of Ancient Confucianism*. London: Probsthain.

(1929b). "The Failure of the Chinese to Produce Philosophical Systems," in *T'oung Pao 26.*

(trans.) (1928). *Hsun-tzu.* London:Probsthain.

Fairbank, John King (1962). *The United States and China*. New York: Viking Press.

Fingarette, Herbert (1983). "The Music of Humanity in the Conversations of Confucius," in *Journal of Chinese Philosophy,* 10.

(1972). *Confucius: The Secular as Sacred.* New York: Harper and Row.

Fung, Yu-lan (1953). *A History of Chinese Philosophy,* 2 volumes, . trans. D. Bodde. Princeton: Princeton University Press.

Graham, A. C. (1990). *Studies in Chinese Philosophy and Philosophical Literature*. Albany: State University of New York Press.

(1989). *Disputers of the Tao.* La Salle:Open Court.

(1978). *Later Mohist Logic, Ethics and Science*. Hong Kong:Chinese University Press.

Hall, David L., and Roger T. Ames (1998). *Thinking From the Han: Self, Truth, and Transcendence in Chinese and Western Culture.* Albany: State University of New York Press.

(1995). *Anticipating China: Thinking Through the Narratives of Chinese and Western Culture*. Albany: State University of New York Press.

(1994). "Confucian Friendship: The Road to Religiousness," in *The Changing Face of Friendship*, ed. Leroy S. Rouner. Notre Dame: University of Notre Dame Press.

(1987). *Thinking Through Confucius*. Albany: State University of New York Prcss.

Handel, Zev (1999). "In Defense of *huiyi*: The Case for the Phonetic-less Character" (a review essay of William Boltz, *The Origin and Early Development of The Chinese Writing System), in China Review International.*

Hansen, Chad (1992). *A Daoist Theory of Chinese Thought*. Hong Kong: Oxford University Press.

Hannas, W. C. (1997). *Asia's Orthographic Dilemma*. Honolulu: University of Hawai'i Press.

(1995). "The Cart and the Horse." Georgetown

University. Unpublished ms.

Ivanhoe, P. J. (1993). *Confucian Moral Self-Cultivation*. New York: Peter Lang.

Jensen, Lionel (1998). *Manufacturing Confucianism*. Durham, NC: Duke University Press.

Kant, Immanuel (1981). *On History*, trans. L. W. Beck. Indianapolis: Bobbs-Merrill.

Karlgren, Bernhard (trans.) (1950a). *The Book of Documents*. Stockholm: Bulletin of the Museum of Far Eastern Antiquities.

(trans.) (1950b). *The Book of Odes*. Stockholm: Bulletin of the Museum for Far Eastern Antiquities.

(1950c). *Grammata Serica Recensa*. Stockholm: Museum of Far Eastern Antiquities.

(1949). *The Chinese Language: An Essay on Its Nature and History*. New York: The Ronald Press Company.

(1926). *Philology and Ancient China*. Cambridge, MA: Harvard University Press. (Reprinted 1980, Philadelphia: Porcupine Press.)

(1923). *Sound and Symbol in Chinese*. London: Oxford University Press.

Keightley, David (1996). "Art, Ancestors, and the Origins of Writing in China," in *Representations* 56, Fall.

(1990). "Early Civilization in China: Reflections on How It Became Chinese," in *Heritage of China:*

Contemporary Perspectives on Chinese Civilization, ed. Paul S. Ropp. Berkeley: University of California Press.

(1978). *Sources of Shang History: The Oracle-Bone Inscriptions of Bronze Age China*. Berkeley: University of California Press.

Knoblock, John (trans.) (1988-1994). *Xunzi: A Translation and Study of the Complete Works*. Stanford: Stanford University Press.

Lau, D. C. (trans.) (1992 revised edition). *Confucius: The Analects (Lun yü)*. Hong Kong: Chinese University of Hong Kong Press.

(trans.) (1984). *Mencius*. Hong Kong: Chinese University of Hong Kong Press. First published Hamondsworth: Penguin, 1970.

Lau, D. C. and Roger T. Ames (trans.) (1996). *Sun Pin: The Art of Warfare*. New York: Ballantine.

Lau, D. C. and Chen Fong Ching (1992). *A Concordance to the Shuoyuan*. Hong Kong: Commercial Press.

(1992). *A Concordance to the* Liji. Hong Kong: Commercial Press.

(1992). A *Concordance to the* Hanshih waizhuan. Hong Kong: Commercial Press.

(1992). A *Concordance to the* Huainanzi. Hong Kong: Commercial Press.

(1992). A *Concordance to the Yi Zhoushu*. Hong Kong: Commercial Press.

Legge, James (trans.) (1960 rep.). *The Chinese Classics*, 5 volumes. Hong Kong: University of Hong Kong.

(trans.) (1885). *Li Chi.* In the Sacred Books of the East series, vols. 27 and 28. Oxford: Clarendon.

Leys, Simon (trans.) (1997). *The Analects of Confucius*. New York: Norton.

Lin Tongqi, Henry Rosemont, Jr., and Roger T. Ames (1995). "Chinese Philosophy: A State of the Art Essay," in *The Journal of Asian Studies*, August.

Lynn, Richard John (trans.) (1994). *The Classic of Changes: A New Translation of the I Ching as Interpreted by Wang Bi*. New York: Columbia University Press.

Makeham, John (1998). "Between Chen and Cai: *Zhuangzi* and the *Analects*," in *Wandering at Ease in the* Zhuangzi, ed. Roger T. Ames. Albany, State University of New York Press.

(1997). "The Earliest Extant Commentary on Lunyu: Lunyu Zheng zhi zhu," in *Toung Paoy* LXXXIII, 260-99.

(1996). "The Formation of LUNYU as a Book," in *Monumenta Serica* 44, 1996.

Munro, Donald (1969). *The Concept of Man in Early China*. Stanford: Stanford University Press.

Nietzsche, Friedrich (1966). *Beyond Good and Evily*, trans. Walter Kaufmann. New York: Vintage.

Pound, Ezra (trans.) (1954). *The Confucian Odes*. New York: New Directions.

(trans.) (1951). *Confucius: The Great Digest and Unwobbling Pivot.* New York: New Directions.

Raphals, Lisa (forthcoming). "A Woman Who Understood the Rites: Confucius on Ji of Lu," in Bryan Van Norden (ed.), *Essays on the Analects of Confucius.*

(1998). *Sharing the Light: Representations of Women and Virtue in Early China.* Albany: State University of New York Press.

Richards, I. A. (1932). *Mencius on the Mind*. London: Routledge and Kegan Paul.

Rosemont, Henry, Jr. (1999). "Tracing a Path of Spiritual Progress in the *Analects*," in *Confucian Spirituality*, ed. Tu Wei-ming and Mary Evelyn Tucker. New York: Crossroads Press.

(1996). "How Do You Learn to Be Religious?" in *Cultural Dynamics* 8.2.

(1995). "Why the Chinese Economic Miracle Isn't One," in *Z Magazine* (October).

(1991). *A Chinese Mirror*. La Salle, IL: Open Court.

(1978). "Gathering Evidence for Linguistic Innateness," in *Synthese* 38.

(1974). "On Representing Abstractions in Archaic Chinese," in *Philosophy East and West* (January).

Ryle, Gilbert (1949). *The Concept of Mind*. London: Hutchinson.

Schuessler, Axel (1987). *A Dictionary of Early Zhou Chinese*. Honolulu: University of Hawai'i Press.

Schwartz, Benjamin (1985). *The World of Thought in Ancient China*. Cambridge, MA: Belknap Press.

Shaughnessy, Edward L. (trans.) (1996). *I Ching: The Classic of Changes*. New York: Ballantine.

(1993). "*Shangshu* 尚书(*Shu Jing* 书经)," in *Early Chinese Texts: A Bibliographical Guide*, ed. Michael Loewe. Berkeley: The Society for the Study of Early China.

Sivin, Nathan (1965). "Chinese Alchemy and the Manipulation of Time," in *Earlham Review* I.

Steele, John (trans.) (1917). *I-Li.* London: Probsthain.

Steiner, Ralph (1969). "The Tongues of Man," in the *New Yorker*, November 15.

Takeuchi, Teruo (1965). "A Study of the meaning of *jen* Advocated by Confucius," in *Acta Asiatic.*

Tu Wei-ming (1997). "Chinese Philosophy: A Synopsis," in *A Companion to World Philosophies*, ed. Eliot Deutsch and Ron Bontekoe. Oxford: Blackwell.

(ed.) (1996). *Confucian Traditions in East Asian Modernity*. Cambridge, MA: Harvard University Press.

(1985). *Confucian Thought: Selfhood as Creative Transformation*. Albany: State University of New York Press.

(1979). *Humanity and Self-Cultivation: Essays in Confucian Thought*. Berkeley: Asian Humanities Press.

Twitchett, Denis, and Michael Loewe (eds.) (1986). *The Cambridge History of China V. I: The Ch'in and Han Empires (221 BC-AD 220).* Cambridge: Cambridge University Press.

Ullman, B.L. (1969). *Ancient Writing and Its Influence*. Cambridge MA: MIT Press.

Veith, Ilza (trans.) (1972). *The Yellow Emperor Classic of Internal Medicine.* Berkeley; University of California Press.

Waley, Arthur (trans.) (1938). *The Analects of Confucius*. New York: Modern Library.

(trans.) (1937). *The Book of Songs*. London: Grove Press.

Watson, Burton (trans.) (1963). *Hsun Tzu: Basic Writings*. New York: Columbia University Press.

Whorf, Benjamin (1956). *Language, Thought and Reality*. Cambridge, MA: MIT Press.

Wilhelm, Richard (trans.) (1961). *I Ching, or Book of Changes*. Translated by Cary F. Baynes. Princeton: Princeton University Press.

(1931). *Confucius and Confucianism*. New York: Harcourt, Brace, Jovanovich.

Williams, S. Wells (1888). *The Middle Kingdom*, 2 volumes. New York: Charles Scribner's Sons.

Wright, Arthur (ed.) (1953). *Studies in Chinese Thought*. Chicago: University of Chicago Press.

Yum, June Ock (1988). "The Impact of Confucianism on Interpersonal Relationships and Communication Patterns in East Asia," in *Communication Monographs*, December.

何志华 . 出土文字新证 [J]. 人文中国学报 ,1998(No.5).

河北文物研究所定州汉墓竹简整理小组 . 定州汉墓竹简论语 [M]. 北京：文物出版社 ,1997.

荆门市博物馆 . 郭店楚墓竹简 [M]. 北京：文物出版社 ,1998.

李学勤 .《博局占》与规矩纹 [J]. 文物 ,1997(No.1).

司马迁 . 史记 [M]. 北京：中华书局 ,1959.

许维遹 . 吕氏春秋 [M]. 北京：文学古籍刊行社 ,1955.

荀子 . 哈佛燕京学社汉学引得丛刊 (第 22 册)[M]. 北京：哈佛燕京学社 ,1950.

杨伯峻 . 论语译注 [M]. 北京：中华书局 ,1980.

周踵灵 , 施孝适 , 许惟贤 (编). 韩非子索引 [M]. 北京：中华书局 ,1982.

庄子 . 哈佛燕京学社汉学引得丛刊 (第 20 册)[M]. 北京：哈佛燕京学社 ,1947.

图书在版编目（CIP）数据

哲读论语：安乐哲与罗思文论语译注：汉文，英文/(美) 安乐哲（Roger T. Ames），(美) 罗思文（Henry Rosemont, Jr.）译著；彭萍译. -- 北京：中译出版社, 2022.8

ISBN 978-7-5001-7150-8

Ⅰ.①哲… Ⅱ.①安… ②罗… ③彭… Ⅲ.①《论语》—研究—汉、英 Ⅳ.①B222.25

中国版本图书馆CIP数据核字(2022)第147610号

ZHE DU LUNYU: ANLEZHE YU LUOSIWEN LUNYU YIZHU
哲读论语：安乐哲与罗思文论语译注

出版发行：中译出版社
地　　址：北京市西城区新街口外大街28号普天德胜大厦主楼4层
电　　话：（010）68359827，68359303（发行部）；68359725（编辑部）
传　　真：（010）68357870
邮　　编：100088
电子邮箱：book@ctph.com.cn
网　　址：http://www.ctph.com.cn

出 版 人：乔卫兵
总 策 划：刘永淳
策划编辑：范祥镇　王诗同
责任编辑：范祥镇　王诗同
营销编辑：吴雪峰　董思媛
封面设计：文件帮　马骁尧
排　　版：冯　兴

印　　刷　北京中科印刷有限公司
经　　销　新华书店
规　　格　880毫米×1230毫米　1/32
印　　张　13.75
字　　数　127千字
版　　次　2022年8月第1版
印　　次　2022年8月第1次

ISBN 978-7-5001-7150-8　　定价：78.00元